U0574213

行者系列

# 松岗听涛

在校园与乡土之间

陈春声　著

北京师范大学出版集团
BEIJING NORMAL UNIVERSITY PUBLISHING GROUP
北京师范大学出版社

# 目
# 录

**【学术断想】**

# ◎ 自 序

　　这本小书定名"松岗听涛"，是因为过半文稿的落款处，都写着"于广州康乐园马岗松涛中"。"马岗"是中山大学康乐校园东部一处林木氤氲的坡地，作者日常笔耕的历史人类学研究中心小楼，即位于马岗顶部，原是许崇清老校长的故居。马岗顶的松树也很有来历。正如《玉在山而草木润》一文提到的，近百年前没有严格的动植物出入境查验制度，利用寒暑假探亲返校的机会，从美洲、澳洲和东南亚各地携带新的植物品种到康乐园种植，是老一辈学者的传统之一。马岗顶这十几棵美洲湿地松引种于1933年，是中国许多地方湿地松的"祖先"，虽然已年届"米寿"，但斑驳苍劲、高数十米的树身依然挺拔，在众多"子孙"的簇拥之下，每年春天照样抽枝扬花，林业部门也都适时前来采摘松果，保育其纯正基因。40多年前笔者还是本科学生，77级同学中"文学青年"为数不少，民间自发遴选过所谓"校园八景"，"马岗松涛"也就忝列其中。我们这代人自诩多一些理想主义情怀，所谓"松涛"，其实更多的还是"心涛"。

这个集子收录了20多年来不经意间形成的长长短短40来篇文字，就内容而言，大致可分为两类。一类是在学校兼差从事行政工作的讲稿、杂感和随笔，另一类则主要是在华南乡村地区做社会史研究之所感所获，也包括为前辈、同行和朋友的著作所写的序跋。这就是"在校园与乡土之间"副题的由来。

回头再读这些"忙里偷闲"留下的记录，彼此抵牾、相互矛盾者有之，内容重复、叙事啰嗦者有之，立意不高、观念老旧者有之，文字粗糙、语言梗涩者更有之，真的很有重写一遍的冲动。这也是从两年前就开始编集这本小书，却迟迟没有定稿的主要原因。但限于时间和精力，又想到好像应该存有一份保留不成熟历史原貌的"初心"，所以也就只是删去一些实在过于明显的重复内容，没能做更多"伤筋动骨"的改动。每到此时，业师傅衣凌教授如雷贯耳的教诲又再次在耳边响起："不惜以今日之自我与昔日之自我作战"。

这本小书原来的书名，用的是第一篇文章的题目，即"读书人要脱俗"。后来为兼顾丛书格式的一致，才改用眼下的书名。时至今日，已到写序的时候，笔者还是不得不承认，内心深处真正喜爱的，仍然是"读书人要脱俗"这六个字。

是为序。

学境遐思

# ◎ 读书人要脱俗<sup>①</sup>

——重读陈寅恪先生《清华大学王观堂先生纪念
　　碑铭》

1927 年 6 月 3 日，近代著名学者、清华大学国学院四导师之一王国维自沉于颐和园之昆明湖鱼藻轩，是为 20 世纪中国学术思想史上的大事。对于王国维的死，学术界有殉清、被逼等各种说法，异说异是，不胜纷纭。陈寅恪先生在《王观堂先生挽词序》中则云："凡一种文化值衰落之时，为此文化所化之人，必感苦痛，其表现此文化之程量愈宏，则其所受之苦痛亦愈甚；迨既达极深之度，殆非出于自杀无以求一己之心安而义尽也。……盖今日之赤县神州值数千年未有之巨劫奇变；劫尽变穷，则此文化精神所凝聚之人，安得不与之共命而同尽，此观堂先生所以不得不死，遂为天下

――――――――――

① 原载《中山大学报》2009 年 10 月 15 日，第 2 版。

后世所极哀而深惜者也。"①陈先生从与传统文化共存共尽的意义阐释王国维之死，与各种流俗之说截然不同，影响深远。

两年之后，因"清华研究院同仁咸怀思不能自已，其弟子受先生之陶冶煦育者有年，尤思以永其念"②，在清华园为王国维先生立碑，陈寅恪教授作为他的同事与好友撰写了碑铭，是为学术史上不朽的《清华大学王观堂先生纪念碑铭》。陈先生本人无疑也是高度重视该碑铭所表达的对学术研究的信念的，直至1953年12月，他在康乐园口授《对科学院的答复》，劈头就讲："我的思想，我的主张完全见于我所写的王国维纪念碑中"，其后又郑重声明，"碑文中所持之宗旨，至今并未改易。"③今年是陈先生撰写《清华大学王观堂先生纪念碑铭》80周年，也是陈寅恪先生逝世40周年，重温这一碑铭，深感先生振聋发聩的警句，仍然不失其现实的意义。

《清华大学王观堂先生纪念碑铭》其词曰："士之读书治学，盖将以脱心志于俗谛之桎梏，真理因得以发扬。思想而不自由，毋宁死耳。斯古今仁圣同殉之精义，夫岂庸鄙之

① 陈寅恪：《王观堂先生挽词序》，《寒柳堂集》附《寅恪先生诗存》，6～7页，上海，上海古籍出版社，1980。
② 陈寅恪：《清华大学王观堂先生纪念碑铭》，《金明馆丛稿二编》，218页，上海，上海古籍出版社，1980。
③ 陈寅恪：《对科学院的答复》，载陆键东：《陈寅恪的最后二十年》，111页，北京，生活·读书·新知三联书店，1995。

敢望。先生以一死见其独立自由之意志。非所论于一人之恩怨，一姓之兴亡。呜呼！树兹石于讲舍，系哀思而不忘。表哲人之奇节，诉真宰之茫茫。来世不可知者也，先生之著述，或有时而不彰。先生之学说，或有时而可商。惟此独立之精神，自由之思想，历千万祀，与天壤而同久，共三光而永光。"[1] 其中将学术精神的要旨，归结为"独立之精神，自由之思想"，又将这一点与"脱心志于俗谛之桎梏"联系在一起。24 年后在《对科学院的答复》中，他再次讲道："我认为研究学术，最主要的是要具有自由的意志和独立的精神。所以我说'士之读书治学，盖将以脱心志于俗谛之桎梏'"。[2] 也就是说，读书人要脱俗。

　　"俗谛"本为佛学的术语，相对于"真谛"而有"俗谛"之称，又云"世谛"。俗者，指俗事、世俗之人；谛者，真实之道理也。"俗谛"即俗事上之道理，《大乘·义章一》有这样的说法："俗谓世俗，世俗所知，故名俗谛"。陈先生对佛教史有精湛研究，其著作中常常借用佛学的术语，如1930 年为陈垣《敦煌劫余录》所写的序中，有这样一段名言："一时代之学术，必有其新材料与新问题。取用此

① 陈寅恪：《清华大学王观堂先生纪念碑铭》，《金明馆丛稿二编》，218 页，上海，上海古籍出版社，1980。
② 陈寅恪：《对科学院的答复》，载陆键东：《陈寅恪的最后二十年》，111 页，北京，生活·读书·新知三联书店，1995。

材料，以研求问题，则为此时代学术之新潮流。治学之士，得预于此潮流者，谓之预流。其未得预者，谓之未入流。此古今学术史之通义，非彼闭门造车之徒，所能同喻者也。"① 其中"预流"二字之后，陈先生即注明"借用佛教初果之名"。

陈先生所言之"俗谛"，首先是指"曲学阿世"的行为。他这样清楚地说明："'俗谛'在当时即指三民主义而言。必须脱掉'俗谛之桎梏'，真理才能发挥，受'俗谛之桎梏，没有自由思想，没有独立精神，即不能发扬真理，即不能研究学术"。他数十年如一日，"生平固未尝侮食自矜，曲学阿世"②。王国维先生在《论近年之学术界》中也说到，"吾国今日之学术界，一面当破中外之见，而一面毋以为政论之手段，则庶几可有发达之日。"③ 这样的理念，时至今日，仍有其重要的意义。

不过，作为历史学家，陈先生主张"必神游冥想，与立说之古人，处于同一境界，而对于其持论所以不得不如是之

① 陈寅恪：《陈垣敦煌劫余录序》，《金明馆丛稿二编》，236 页，上海，上海古籍出版社，1980。
② 陈寅恪：《赠蒋秉南序》，《寒柳堂集》，148 页，上海，上海古籍出版社，1980。
③ 王国维：《论近年之学术界》，《王国维遗书》第 5 册《静庵文集》，1829 页，上海，上海古籍出版社，1983。

苦心孤诣，表一种之同情"①，他对也是清华大学国学研究院导师的梁启超参与政治活动，却表现了与世俗之见截然不同的态度："任公先生高文博学，近世所罕见。然论者每惜其与中国五十年腐恶之政治不能绝缘，以为先生之不幸。是说也，余窃疑之。尝读元明旧史，见刘藏春、姚逃虚皆以世外闲身而与人家国事。况先生少为儒家之学，本董生国身通一之旨，慕伊尹天民先觉之任，其不能与当时腐恶之政治绝缘，势不得不然。忆洪宪称帝之日，余适旅居旧都，其时颂美袁氏功德者，极丑怪之奇观。深感廉耻道尽，至为痛心。至如国体之为君主抑或民主，则尚为其次者。迨先生《异哉所谓国体问题者》一文出，摧陷廓清，如拨云雾而睹青天。然则先生不能与近世政治绝缘者，实有不获已之故。此则中国之不幸，非独先生之不幸也。又何病焉？"②这样兼具学术理性和人性情怀、带超越感的理解与同情，正是摆脱了"俗谛之桎梏"的最好体现。

脱俗，固然指要摆脱世俗的外部环境的压迫、羁束与诱惑，更重要的还是指读书人要自己挣脱主观的障蔽与心智的束缚，在从事学术研究时达致精神的自由。1953 年，陈寅

---

① 陈寅恪：《冯友兰中国哲学史上册审查报告》，《金明馆丛稿二编》，247 页，上海，上海古籍出版社，1980。
② 陈寅恪：《读吴其昌撰梁启超传书后》，《寒柳堂集》，148 页，上海，上海古籍出版社，1980。

恪先生撰写《论再生缘》一书，就有感而发："撰述长篇之排律骈体，内容繁复，如弹词之体者，苟无灵活自由之思想，以运用贯通于其间，则千言万语，尽成堆砌之死句，即有真情实感，亦堕世俗之见矣。不独梁氏如是，其它如邱心如辈，亦莫不如是。再生缘一书，在弹词体中，所以独胜者，实由于端生之自由活泼思想，能运用其对偶韵律之词语，有以致之也。故无自由之思想，则无优美之文学，举此一例，可概其余。此易见之真理，世人竟不知之，可谓愚不可及矣。"①这里三次用到"自由"一词，均指摆脱了"俗谛之桎梏"之后心智的状态。

陈先生力倡摆脱的"俗谛"，还包括在学术上墨守成规，以庸俗之心理解学问的言行。如1932年夏考，他受清华大学中文系主任刘文典委托为国文科目命题，因"连岁校阅清华大学入学国文试卷，感触至多。据积年经验所得，以为今后国文试题，应与前此异其旨趣，即求一方法，其形式简单而涵义丰富，又与华夏民族语言文学之特性有密切关系者"②。据说当年所出题目，一为作文"梦游清华园记"，一为对子"孙行者"。结果，"试事终，下第者大噪。"

---

① 陈寅恪：《论〈再生缘〉》，《寒柳堂集》，65～66页，上海，上海古籍出版社，1980。
② 陈寅恪：《与刘叔雅论国文试题书》，《金明馆丛稿二编》，221页，上海，上海古籍出版社，1980。

陈先生给刘文典写信说道，"今日言之，徒遭流俗之讥笑。然彼等既昧于世界学术之现状，复不识汉族语文之特性，挟其十九世纪下半世纪'格义'之学，以相非难，正可譬诸白发盈颠之上阳宫女，自矜其天宝末年之时世妆束，而不知天地间别有元和新样者在"[①]。在致傅斯年的信函中，又说："总之，今日之议论我者，皆痴人说梦、不学无术之徒，未曾梦见世界上有藏缅系比较文法学，及印欧系文法不能适用于中国语言者，因彼等不知有此种语言统系存在，及西洋文法亦有遗传习惯不合于论理，非中国文法之所应取法者也。"[②]这里，陈先生将做"流俗之讥笑"者，视为"痴人说梦、不学无术之徒"，因其不知学术之进步，以19世纪的成见，来非难20世纪的学术见解。

读书人之间的交往，同样也有"脱俗"的问题。他这样描述与同时代学者的交往："学说有无错误，这是可以商量的，我对于王国维即是如此。王国维的学说中，也有错的，如关于蒙古史上的一些问题，我认为就可以商量。我的学说也有错误，也可以商量，个人之间的争吵，不必芥蒂。我、你都应该如此。我写王国维诗，中间骂了梁任公，给梁任公

① 陈寅恪：《与刘叔雅论国文试题书》，《金明馆丛稿二编》，227页，上海，上海古籍出版社，1980。
② 陈寅恪：《致傅斯年》，《书信集》，第21、42～43页，北京，生活·读书·新知三联书店，2001。

看，梁任公只笑了笑，不以为芥蒂。我对胡适也骂过"。[①]这样的场景，对于今日的读书人来说，也是可遇而不可求的。

陈先生本人的求学经历，也充分体现"以脱心志于俗谛之桎梏"的追求。他游学海外近20年，恰如天马行空，忽来忽往，读书不在取得文凭或学位，而在广采博收，获取学问上的真知卓见，因而未取得任何文凭或学衔。在留美期间，他还对着挚交吴宓，这样评价当年留学生的专业选择："今则凡留学生，皆学工程、实业，其希慕富贵，不肯用力学问之意则一。而不知实业以科学为根本，不揣其本，而治其末，充其极，只成下等之工匠。境界学理，略有变迁，则其技不复能用，所谓最实用者，乃适成为最不实用。至若天理人事之学，精深博奥者，亘万古，横九垓，而不变。凡时凡地，均可用之。而救国经世，尤必以精神之学问（谓形而上之学）为根基。乃吾国留学生不知研究，且鄙弃之，不自伤其愚陋，皆由偏重实业积习未改之故。此后若中国之实业发达，生计优裕，财源浚辟，则中国人经商营业之长技，可得其用；而中国人当可为世界之富商。然若冀中国人以学问、美术等之造诣胜人，则决难必也"[②]。诚哉斯言！

① 陈寅恪：《对科学院的答复》，载陆键东：《陈寅恪的最后二十年》，111 页，北京，生活·读书·新知三联书店，1995。
② 吴宓：《吴宓日记》第 2 册（1917—1924），100 ～ 101 页，上海，上海三联书店，1998。

陈寅恪先生说过："吾国大学之职责，在求本国学术之独立，此今日之公论也"[①]。在纪念陈先生逝世40周年的时候，我们应该铭记他的嘱托。

（2009年10月7日于广州康乐园马岗松涛中）

---

① 陈寅恪：《吾国学术之现状及清华之职责》，《金明馆丛稿二编》，317页，上海，上海古籍出版社，1980。

# ◎ 真正的学术群体应该"脱俗"

　　我以为，从事"华南研究"的这个学术群体，应该不是库恩所说的那个意义上的学术共同体。我一直以为，目前有许多年轻的学者和学生从事传统乡村和地域社会研究，搜集地方文献和民间文书，进行实地考察或田野调查，关注民间信仰、宗族组织、乡村社会组织等，并不一定是因为大家在学术价值观上比较接近，认同或接受了某种共同的学术规范。我的感觉是，许多年轻学者在博士、硕士研究生学习的阶段，觉得学位论文的选题不容易确定，在原来的通史教科书的套路下写大的题目不容易有新意，就去选个村落的、区域的、家庭的、个人的历史做论文题目，这样的"小题大做"貌似比较安全，答辩时比较容易通过。至于这些具体研究的背后有没有大的问题、大的学术史背景，有没有建构理论的学术追求，那就另当别论了。比较担心的情况是，大家看到许多同行在做类似的研究，以为"华南研究"的学术追求得到了更多的理解，有了许多志同道合者，而实际上可能大家不一定真的拥有共同的出发点和价值观。

如果一定要讲几点体会的话，我想下面这三点是应该被提到的。

首先，一个有共同追求的真正的学术群体，应该是"脱俗"的。也就是说，这一群人必须没有俗气，意思就是大家一定要把学术当真，不会特别计较，尤其是不会计较个人的所谓"得失"。譬如，有一些学科的学者比较不喜欢同行去看他的田野调查点，据说这是"行规"。而我们这群人下乡去做调查，常常邀请同行们也去看看，我们每个人都在自己的调查点上，举行过不止一次的考察和研讨活动。而且，我们每个人都一定会把自己学生的调查点也开放给其它的老师，请其他的老师提意见，一起指导学生。说实在的，"华南研究"的共同学术兴趣和问题取向，正是在这样的场合和氛围中培养起来的。也正是因为有了这样的体验，我才认为"脱俗"对于真正的学术群体的形成，实在是太重要了。而且，只要不俗气，把学术当真，就必然会影响到学生，老师不俗气，就自然会有些不俗气的学生跟着你。反过来，如果老师都俗气了，要学生"脱俗"真的很难。我在别的场合也说过，人文学科跟社会科学、自然学科有所不同，人文学科的价值标准，更多地以本学科最优秀学者活生生的榜样为准绳，学术更重要的是一种思想与生活的方式。人文学科的工作好不好，有用还是没有用，价值大还是小，不仅仅是看文章，不仅仅是看研究成果，同时也是以一个个活着的人文学者做榜样的，看他怎么做人处事、怎样研究和讨论问题。

其次，是要在长期的学术实践中逐渐形成一些最基本的带有信仰和价值观色彩的共识，或许有点像库恩所谓的规范。这些共识常常是从共同的具体问题开始的。"华南研究"的朋友们一直拥有一些可以共同讨论的具体问题，当然，这些问题也一直在变。20世纪90年代初，在做"华南传统中国社会文化形态研究计划"时，大家都比较关心乡村的庙宇和民间信仰的历史；而1995年科大卫在牛津大学举办"闽粤地区国家与地方社会比较研究讨论会"之前，他给我们每个人写了一个单子，希望大家讲清楚所研究地方最开始出现"宗族"这个词是什么时候？当地第一个祠堂是什么时候建设的？什么时候有第一部族谱？问的似乎都是与宗族有关的问题。我们每天只讨论一个报告，讲一个地区的事情。几天下来，我们逐渐明确了，其实大家应该共同关心的是，拥有不同文化的不同地方的人群，是在什么样的历史进程和历史背景下，成为"中国人"的？换言之，地方文化千差万别的广袤地域，是通过什么样的历史进程，形成这样一个叫"中国"的统一的国家的。在日后的研究实践中，我们更加明确了，了解王朝制度的演变与地方社会如何结合，是整个问题的本质。也就是说，可以通过制度的研究来理解不同的地方社会如何融进国家，从这一点出发或者有可能重新解释整个中国历史。从这样的角度看，在中国历史演变的过程里，制度史的脉络可能是本质性的。近年推动的"中国社会的历史人类学"研究计划，让更多的年轻学者有可能在更大的范围实践和探讨这一学术理念。这样的过程可能跟自然科学有些不一样，在自然科学界，可能在出现一些关键性的颠覆性实验之后，科学共同体就会很快地明白某个学科领域的核心问题在哪里，然后大家就共同围绕这个问题展开研究。而人文学科常常要有十几二十年的时间，大家才慢慢地明确共同的核心问题是什么。而更要命的是，从明白共同问题的那一天开始，我们已经在想，这个有点带着"规范"味道的问题也该已经"过时"了，又开始在想新的共同问题。特别希望学生们从年轻的时候开始，就明白这一点。

最后，我们还是一直在强调，人文学科的学术本质在于传承，而传承的本质又在于"叛师"。我在其他的场合下讲过，具有历史人类学色彩的传统中国地域社会研究，属于一个有着深远渊源和深厚积累的学术追求的一部分，所谓"华南研究"的学术取向和价值追求，是学有所本的。我们这群人一直强调自己追随的是梁方仲先生、傅衣凌先生所奠基的学术传统，我们的工作仍然可以归入中国社会经济史研究的学术范畴。我们这几位在中山大学学习、工作过的，常常会提到岭南大学和中山大学的前辈们的影响，傅斯年等先生20世纪20年代在这里创办语言历史研究所，就倡导历史学、语言学与民俗学和人类学相结合的研究风格，并在研究所中设立人类学组，培养研究生，开展民族学与民俗学的调查研究；顾颉刚、容肇祖、钟敬文等先生开展具有奠基意义的民俗学研究，对民间宗教、民间文献和仪式行为给予高度关注，他们所开展的乡村社会调查，表现了历史学和人类学相结合的研究特色；杨成志、江应梁等先生，以及当时任教于岭南大学的陈序经先生等，还在彝族、傣族、瑶族、水上居民和其它南方不同族群及区域的研究方面，做了许多具有奠基意义的努力。这些工作都是所谓"华南研究"的出发点。而另一方面，我们又强调学术传承的本质还是叛师，特别是在人文社会科学领域。"叛师"其实是学术传承最重要的环节，所谓"师我者生，似我者死"，讲的就是这个道理。人家觉得你能够继承自己老师的前提，是因为你已经在某种程度上背叛了自己的老师。先跟着老师学，最后做得跟老师不一样，也就"顺便"弘扬了老师的贡献，这就是所谓"学术传承"。所以说，传承背后最本质的一点，是要有一点"叛师"的精神，不叛师就对不起老师，这是关键。而叛师是需要有自信的。很高兴的是，我们的学生做了许多与我们很不一样的工作。

讲到学生，有一点要提到的，就是与我们相比，我们学生因为研究生在学的时间有限制，写学位论文的时候，常常来不及扎根某个村落做深入的研究。而我们这些人基本上都有一个观察、研究了十几年到几十年的村落，作为区域研究的立足点。我自己的经验是，有没有一个深入的村落研究的经验和体验，是会影响到地域社会研究的质量的。其实，村落研究是最能达致所谓"总体史"的境界的，必须能够用"乡村的故事"将"国家的历史"讲通了，关于地域社会演变的理解和解释才能算是立得住脚。我们常常被视为"进村找庙"者，且不时也会听到说我们的工作"鸡零狗碎"的批评，其实，村落研究对于理论建构的重要价值，是没有类似经历的同行们所难以理解的。我自己以为，对于我们的学生辈来说，村落研究仍然是一个不能轻易就绕过去的坎。

讲到今后可能的发展路向，也许有两点是值得注意的。

一是要充分预见"数字人文"时代到来的学术影响。

不管我们愿意与否，包括数据可视化、数字存储、文本发掘、多媒体出版、虚拟现实等特征的所谓"数字人文"的时代正在到来。传统时代的历史学者皓首穷经，有时可依赖对冷僻资料的占有、对新资料的发现、对浩瀚文献中某个词句的挖掘或解读而对学术有所贡献，然而，进入21世纪之后，占有所谓冷僻资料或发现新资料这类具有"学术积累"意义的工作，已经越来越成为普通史学工作者日常研究过程的一部分，毫无惊喜可言。更为重要的是，在"数字人文"的时代，由于"数字存储"和"数字图书馆"的大量存在和在互联网上的利用便利，由于海量的资料文献可以"全文检索"之类的方式便利地查询，由于"文本数字挖掘"蕴涵着几乎没有限制的"创造"与"重构"史料的可能性，传统条件下一位学者需要花费数月、数年光阴，甚至要花费毕生精力进行比对、校勘、辑佚、考订，才得以解决的问题，现在可能在计算机网络上数秒、数分钟就可以有相当确切的结果；而原来因为缺乏史料，许多传统历史学家认为不能研究的重要问题，在"数字人文"和人工智能的背景下，变得有点"唾手可得"。因为这样，更大的理论关怀和超越具体研究课题的问题意识，对于我们的学生来说，可能已经成为对其学术生命生死攸关的问题。"数字人文"时代历史学者的功力，可能更多地表现在眼界和通识方面。我们学生的工作，若要引起国内外同行的重视，更重要的是要有深厚学术史背景的思想建构，也就是说，"出思想"与否，可能会成为新的学术世代衡量史学研究成果优劣高低更重要的尺度。

我们要设身处地地想想，我们的学生所面临的挑战，要比30多年前我们面对的更复杂、更艰难。我常常在想的问题是，50年后的历史学家想研究当代中国社会史和经济史，要到哪里去找资料？他们需要的是什么样的技艺和功底？除了今天我们在大学历史系专业课和专业基础课讲授的这一套东西之外，也许他们更需要懂得对他们来说已经很古老的网络技术、古董电脑的硬盘修复技术、数据资料恢复技术、个人密码破解技术等，因为他们要搜集、发掘、整理、利用的资料，基本上是非纸质的，要在旧电脑、旧硬盘、旧数据库、云端和我们现在还不知道的什么地方去获取。在使用历史资料的技艺层面上，其实我们这一代已经落伍，现在就理性地认清这一点，对学术的发展大有好处。因为史料利用技艺的进步，可能在本质上预示着学术研究规范和研究价值的根本性转变。

二是要考虑是不是到了该编写一本好的中国历史人类学教科书的时候了。

多年来我们一直坚持，在现阶段，各种试图从新的角度解释中国传统社会历史的努力，都不应该过分追求具有宏大叙事风格的表面上的系统化，而是要尽量通过区域的、个案的、具体事件的研究表达出对历史整体的理解。我们强调，要通过实证的、具体的研究，努力把田野调查和文献分析、历时性研究与结构性分析、国家制度研究与基层社会研究真正有机地结合起来，努力通过个案的、区域的研究来表达整体的历史关怀。所以，多年来我们一直反对随随便便对自己的研究做概念性的总结，觉得让大家了解和接受的最好方式，还是写几篇像样的研究文章，出版几部像样的学术专著，也就是说，我们觉得"范本"比教科书更重要。

不过,近年我们中开始有人在讲编撰教科书的必要性了,这或许与人的生命周期有关,老之将至,就难免会多想一些比较体系化的东西。我自己以为或许已经到这个阶段了,但这应该是交由学生们去做的事情。

（原载《开放时代》，2016年第4期）

# ◎ 学术评价与人文学者的职业生涯 ①

30 余年来，中国学术研究的制度发生了翻天覆地的变化，这种变化是整体性的，不仅表现在高考制度、研究生培养制度、院系扩展、大学与科研机构转型等比较"内在"的方面，更重要的是，也包括了公共资源的投入与分配、出版发行、学术评价、公众对学术研究的态度等似乎较为"外部"的内容。而令人深思的是，尽管有了如此巨大的制度性变化，但 30 年间真正可以在学术史上留下痕迹的思想发明似乎并

① 本文曾提交 2008 年 7 月在汕头大学举行的第四届中国文化论坛年会，是为年会的两篇主题报告之一。该届论坛的主题为"中国人文社会科学三十年"，另一主题报告为朱苏力的《80 学人与 30 年人文社科发展》，已发表于《开放时代》2009 年第 1 期。本文的修改，从各位与会者的评论和讨论中获益良多，谨致谢忱。

未如预期般地同步增长，中国知识界"自立于世界民族之林"的自信心似乎也并未同步增强。在改革开放已经 30 余年的今天，也许正是平心静气地讨论出现这种情形的缘由的时候了，除了可以从政治环境、文化氛围、意识形态、国民素质等方面继续分析其缘由之外，可能更本质的理由，还是在学术从业者本身。

在此试图引申讨论两个方面的问题，一是时代，二是心灵。关于前者，值得关注的是，与"大学教师成为令人羡慕的职业"的同时，学术评价的标准世俗化，大学从业者也庸俗化了，具有"公共知识分子"意识的大学教师数量锐减、质量锐降；关于后者，一个明显的现象是，在大学实行教师职务聘任制之后，新一代大学教师普遍萌生了"打工仔"心态，为学术而学术的"学者"难以再成为职业生涯的目标，从而真正意义上的学者也锐减了。学术的世代交替迫在眉睫，但前景未必乐观。作者以为，现阶段也许应该很尖锐地把这类问题提出来，或许能唤醒一些有可能成为真正"学者"的年轻人心中隐藏的学术理想、使命感和宗教感。

## 一、七七、七八级已成为中国学术发展的绊脚石？

1978 年因恢复高考而进入大学读书的本科生和研究生，由于历史和时代的缘故，在国人的"历史记忆"中，已被形塑为一个具有特殊意义的社会群体。从与国家政策紧密相连的个人命运戏剧性转折及因此而产生的某种集体认同感来说，将所谓"七七、七八级"的存在视为一种社会现象，可能还是有理由的，但若因为这两个年级的本科生是从10年未能参加高考的1200万考生中，以约20∶1的淘汰率被录取的，就以为这他们真的"天赋异禀"，期待在这个带有"虚拟性质"的社会群体中能产生更多优秀的学者，期待他们会有更多的具有传世价值的思想创造和学术贡献，时隔三十年后，再回首静思，就很可能觉得这样的期待过于理想化了。起码在人文学科的各个学术领域中，总体而言，出身"七七、七八级"者并未显示出更大的优势，或有更突出的贡献，平心而论，那些出身"工农兵学员"、而再攻读硕士、博士学位者，在许多领域里同样具有很大的影响，同样成绩斐然。

正如许多研究者已经指出的那样，如果把七七、七八级（或更广义一点，包括被称为"八○学人"者[①]）视为一个群体，那么，这一群人由于其生长、生活的社会背景的限制，在知识结构、科学素质、外语能力、国际观、品味和眼界等方面都存在着许多"先天的"不足，从而严重制约了他们后来从事学术工作时的创造力和生命力。此外，还有一点值得

————

① 若借用朱苏力的定义，所谓"八○学人"，是指"20世纪70年代末进入高校并于20世纪80年代前期进入学界（主要是高校和科研院所）的学人"，参见朱苏力：《80学人与30年人文社科发展》，载《开放时代》，2009（1）。

关注的，就是因为大的时代背景，他们刚刚踏足学术领域时，经历过一个"反淘汰"的过程，最终能以学术为业者，以"中才者"居多。

作为历史的亲历者，20世纪80年代中期我们这一代人主动或被动地以学术作为职业选择时，社会上普遍存在的"造原子弹不如卖茶叶蛋，拿手术刀不如拿剃头刀"的情形，仍然历历在目。一方面，国内大学和科研机构的研究条件、薪酬标准、人事制度和行政文化等，在"拨乱反正"之后，仍然延续着在"前文革时代"就已被创造出来的对年轻学人不具吸引力的种种传统，结果，许多已经或可能"留校任教"者陆续离开学术，选择到更具吸引力的政府机关和公司商号任职；另一方面，国门打开后，出国留学的浪潮卷走了众多年轻的"潜在"知识精英，而随后发生的一系列政治变动，为他们滞留海外提供了法律上的可能和在心理上说服自己的合理性凭据，其后果，是致使很多可能成名或已开始成名的学者因选择定居外国，而最终离开了学术界，真的令人扼腕。历史不能假设，但如果在80年代出国的数十万留学生中，能有一半"学成归国"，中国学术界或许也就不是目前这样的状况。

20世纪五六十年代大学毕业的学者，目前大多已经退休。由于"文化大革命"十年间大学没有正常招生的缘故，80年代开始学术生涯的年龄参差不齐的"一辈"学人，正执各大学、各研究机构所谓"学科建设"之牛耳。总的看来，存在着明显年龄和心理断层的这一次学术的世代交替，基本上是平顺而自然的。但两代人之间学术传承的缺陷，却也逐渐显露出来。

毋庸讳言，目前在中国人文学科有较大影响的学者，以所谓"土鳖"为主，基本上是在国内大学取得硕士、博士学位的。而中国学位制度的推行，采用了"大跃进"的方式，在本国的研究生教育传统和学术积累相当薄弱的情况下，学位授权点数量迅速增加，招生规模不断扩大，几十年间就发展成为在读研究生人数世界第二的"研究生教育大国"，每年招收研究生 40 多万人，在读硕士研究生 90 多万，在读博士研究生逾 20 万，规模之众，举世瞩目。回顾 80 年代，其时当上"硕导""博导"的学者，不论其学术地位高低、学术功力厚薄，作为一个群体，有一个弱点是明显的，这就是，他们大多只是大学本科毕业，自己从未写过硕士、博士学位论文，没有接受过正规的研究生教育的训练。"文化大革命"前中国大陆研究生招生人数很少（"文化大革命"前的 17 年间全国共计约 13500 人），又未实行学位制度，结果，20 世纪五六十年代大学毕业者，当上硕导、博导之后，大多对如何系统指导研究生的学习，如何循序渐进地指导一篇学位论文的研究与写作，并无亲身体验，也就多少有些心中无数。结果，最初的几批"土鳖"硕士、博士，基本上可以说是"自学成才"。对其中的天才者，在这样的教育方式中，可能是"因祸得福"，他们因此得以彰显个性，崭露头角；而对于众多的"中才"之辈，则可能是悲剧一场，浑浑噩噩之中变成"博士"，还自以为得到名师真传，现在自己当上硕导、博导了，也就如法炮制，以其昏昏，使人昭昭。

无论如何，这些有其群体的结构性缺陷的所谓"八〇学人"，现已成为中国人文学科的中坚力量，几乎所有著名大学重要文科学院的院长都由他们出任，重要的全国性学术组织的领军人物，似乎也已非他们莫属。而且，由于"文化大革命"所造成的"人才断层"和下一辈学者学术的"政治企图心"偏弱，也由于已成"既得利益者"的这一辈人直接参与了大变革时代学术游戏各种规则的建立与修订，因缘际会，这个人群占据学术舞台中心的时间，可能比前辈和后辈都要长一些。也正因如此，作者才深感"八〇学人"有必要理性反思，以期缩小社会期待与实际学术能力间的落差。

因纪念恢复高考 30 周年，近期各地多举办七七、七八级大型聚会，大众传媒（其掌门人也大多为所谓"八〇学人"）竞相报道，成功人士侃侃而谈，七七、七八级"天赋异禀"之社会形象，有意无意之间又被浓妆重彩了一次。我也有机会多次参与这类活动，已是"老夫聊发少年狂"的同辈人握手言欢之时，随着年岁日长而越不加掩饰的群体心智的局限，也越发明显。置身于"全球化""数码化""后现代""后国家"的学术语境，静心观察依然踌躇满志的同辈学人的言谈举止，某种悲凉之感，油然而生。

其实，在下一辈人文学者眼中，许多出身七七、七八级的所谓"大牌学者"，已渐渐被视为学术发展的绊脚石。他们掌握了过多的学术资源，却未能生产出相应品质的学术产品；他们位高权重，却常常意气用事，做事有失公允、公平；他们制定的规则已经对自己有利，还不时"权力寻租"，超越规则谋取更多的好处；他们建构了似乎影响力无远弗届的国内、国际学术网络，所作所为却往往难掩人际关系庸俗的一面；他们手上指导着许多硕士生、博士生，却日益墨守成规，对新的学术进展和思想发明缺乏兴趣和敏感。更可怕的是，他们中有不少人遗传了当年打压过他们的某些上一辈学者的文化基因，开始带着酸溜溜的偏见，看不惯、看不起下一代学人。这些毛病，若大而化之，基本上可归结到人的"生命周期"一类的结论上去，人生苦短，过了50岁以后，人生的"价值危机"日益明显，内心煎熬日渐加剧，人性的许多弱点也就趁机释放得多了一些。但具体到这些自以为肩负着"民族文化"甚至"人类文化"传承重任的"知识精英"，要问的问题应该是，为什么他们的"超越感"同样如此匮乏？本来，超越日常生活经验、超越个人利害得失、超越阶级和时代局限，乃是一个优秀人文学者应有的禀性。

## 二、"学""术"之间：人文学科的评价标准

正如许多研究者已经指出的，30 年来，高等教育界和学术界逐渐将所谓"可操作性"引入学术评价体系，经过加权（考虑的权项仅包括刊物等级、引用指数等中专程度学生即可处理的简单内容）的论著数量和写作的规范性成为评价一个学者、一个学科、一个大学研究水准的不二法门，本应以学者间的"清议"为臧否标准的人文学科，所受冲击尤为严重。究其原因，在于混淆"学"与"术"的关系，误"术"为"学"，从而误导学人，耽误学业，为害学术。

众所周知，学术的本质在"学"，指的是知识积累、技术发明、理论创造和思想体系的建构，就是要有超越前辈学者的贡献，这是学术之所以存在的根本理由。而眼下许多治学者、治校者津津乐道的征引注释是否规范，杂志刊物是否"核心"，不同学科的"引用指数"是否可比，课题、成果、著作数量是否可以互相折算等，则均属"术"的范畴。毋庸讳言，重"术"轻"学"甚至有"术"无"学"，已成妨碍当代中国学术发展的痼疾。

当然，教育和学术行政主管当局强调所谓"学术规范"，重视所谓研究成果的定量分析，也实有其不得已之处。由于学术职称泛滥、学位授予宽松、学术评审流于形式，剽窃、

抄袭等不端行为层出不穷，学术底线一再被深度撕裂，为首者中不时听到院士、资深教授、知名学者的大名，事关国家和大学颜面，对学术规范自然得高度关注。与此同时，整个社会的平庸化自然也影响到学者的学术生涯，谋职、升职、评审等学术环节，日益浸淫在人际关系庸俗的一面之中，学术共同体的所谓"清议"和所谓"权威学者"的判断，其公信力越来越被怀疑，相对而言，刊物等级、引用指数、论著数量等可以定量计算的指标没有多少"人情味"，较少模糊性，且便于不同学科之间"不伤感情"地相互比较，也就在一片指谪之声中被广泛接受。在大学和学术机构中常常见到的尴尬是，许多在学理上力陈"定量评价"之非的学者，遇到与个人利益相关的场合，仍不得不以刊物等级、引用指数、论著数量等来"据理力争"。

在这样的场景之下，个人学术生涯的晋升之梯，似乎与合乎"规范"的经过加权的论著数目，以及项目、获奖之类可以计量的若干要素，有了直接的对价关系。过去常常与良知、公义、人类未来等充满宗教和理想色彩的词语联系在一起，其神圣的终极目标似乎永远不可企及的学术研究，一下子蜕变为具有很强可操作性的谋生工具和经营手段。

毋庸讳言，许多所谓"八〇学人"作为既得利益者，在这样的对价关系中获益甚丰，还被一些不明就里者视为成功的榜样。而他们培养出来的许多年轻学人亦视追求数量增长为学术正途，亦步亦趋地奋力攀爬学术生涯的晋升之阶。

对于追求"自由之精神，独立之思想"，要求其从业者要"脱心志于俗谛之桎梏"①的人文学科来说，这样的情势，更是某种动摇根本的威胁。已有无数学者论述过人文学科与社会科学、自然科学的差别，举其要者，人文学科具有以下诸方面的特质：

——人文学科存在的理由，源于人性最深层面上非理性的需求。哲学、宗教、文学、历史、艺术等学科的最初萌芽，都可追溯到混沌初开时原始人的日常生活，反映的是人的本性，而非功利的目的；

——思想发明重于知识的创造。人文学科在人类社会生活中的功能，主要是改变世界观和价值观，而非提供实用性的知识，在本质上，人文学科是"没有用"的学问；

——有价值的思想基本上源于学者个人的"孤独思考"。有史以来，所有伟大的思想家都是特立独行的，"团队"和"工程"对思想发明毫无用处；

——讲究"家法"和"学有所本"。人文学科的价值标准，更多地以本学科最优秀学者活生生的榜样为准绳，学术

---

① 陈寅恪：《清华大学王观堂先生纪念碑铭》，《金明馆丛稿二编》，218页，上海，上海古籍出版社，1980。

更重要的是一种思想与生活的方式，而主要不是表现在看得见、可计量的论著上；

——学术成果的检验方式是多种理论并存、竞争与相互批判。一种思想被同行和公众接受，依靠的主要是"共鸣"，而非理性的"证明"或者"说服"；

——学术的发展不是因为经验知识或逻辑意义上的"取代"，而是艺术史意义上的"超越"；

——人文的研究难免有其"本土化"色彩。在这里，"越是民族的，就越是世界的"之类的表述，确有其贴切之处。

强调人文学科的这些特质，并非要否认理性分析和理论归纳对于人文学科的重要性，就像马林诺斯基在《科学的文化理论》一书中所指出的："一种真正的科学方法早内在于所有的历史学著作、所有的编年史写作，以及法学、经济学、语言学的每一个论点之中；也不存在完全没有理论的描述这回事"①，承认逻辑、理性和理论对于本学科的重要性，是近代以后所有学术研究证明其存在合理性的必要条件。但是，如果从事人文研究者缺乏学科的自觉，缺乏超越现行学术评价标准的自主精神，以为学术生活就是沿着那些"规范"划定的"晋升之路"，蝇营狗苟，一步一步往上爬，那他应该

---

① 马林诺斯基著、黄建波等译：《科学的文化理论》，31页，北京，中央民族大学出版社，1999。

离人文学科更远一些。因为强调思想、价值、精神、文化的人文学科，较之社会科学和自然科学，更容易受到"世俗化"的学术评价标准的伤害。

近年国家用于学术研究的资源投入成倍增加，而投入的方式大多以大规模的"工程建设"的形式进行，招标、中介、评标、中标之类原流行于基建工地的术语，堂而皇之地成为人文学者（特别是学术行政负责人）也要去操弄的语言工具和办事程序，与此相适应，公众和官员要求人文学者证明将大量公共资源投入本学科"建设"的合理性，而且还要在"投入"与"产出"之间获取更高的"效益"。面对着学术外部环境的这种变化，人文学者要不厌其烦，反复强调学科的特质和"无用方为大用"的道理，努力说服公众和官员理解人文科学的发展对于维系、守护民族文化的意义。但更重要的是，人文学者自己要心存定见，无论如何迁就、适应环境的要求，都要保持学科的自觉，守护人文的精神，超越个人的日常经验。因为人文的研究毕竟对设备、经费、研究空间的要求不是太高，其学术成果主要是用"心"做出来的，只要人文学者怀有一颗人文之心，不管环境如何，其作品总是不至于太俗、太差的。这样的从业者越多，人文学科自然就越成气候，其独立性和自主性也就越强。

## 三、新一轮世代交替：大道自然

无论如何，当越来越多的年轻学者，渐渐把出身于七七、七八级的所谓"大牌学者"视为学术发展的绊脚石时，新一轮学术的世代交替，也就自然而然地在进行着了。

回想起来，这些所谓"八〇学人"中，有许多人在30岁前后就已崭露头角，与之相比，似乎新一辈人文学者成名的年龄，显得"滞后"了不少。"八〇学人"成名较早的原因，除了一再被提起的"文化大革命"所造成的"人才断层"之外，那一代人因接受理想主义教育而培养起来的某种不畏权威、敢于反叛的集体人格特质，可能对他们后来的职业生涯有深刻的影响。而后一辈学者成名较迟，除了各种社会性原因之外，由于成长在较为正常、从而也相对"平庸"的时代，导致学术上的"政治企图心"偏弱，也可能是值得考虑的重要因素。

现在中国每年有50000多名博士学位获得者进入就业市场，取得博士学位已经成为年轻学者取得大学教职，从而能够以学术为业的必要条件。就人文学科而言，这样大批量生产博士的后果之一，就是博士论文的选题出现了明显的"碎片化"趋势。在短短的三年期间，要完成一篇博士论文的选题、资料收集、理论分析、写作、修改和答辩，还要到处去找工作，时间着实不够。而且这么多人同时研究一个很专门的领域，论文选题就难免会有"撞车"的危险。例如，在中国现当代文学专业，就有"三十年、六个作家（鲁迅、郭沫若、茅盾、巴金、老舍、曹禺）、三千人研究大军"的说法，而这所谓"三千人研究大军"，指的是大学教师，还不包括每年数以百计的博士生和数以千计的硕士生。为了规避选题"撞车"的风险，就只好尽量选择没有人注意的相当具体的地域、人物、事件作为研究对象。本来"小题大做"是好的学术态度的体现，也是博士论文选题的一般规矩，但因为导师指导不善，加之读书和思考时间不足，结果，大多数人文学科的博士论文都有一个致命的弱点，这就是"小题"的背后没有大的问题意识，也未有与前人对话的冲动，大多数论文都在自言自语。新的学术世代如何在博士论文选题"碎片化"的趋势之下，拥有超越学科、地域和个人生活经验的共同的问题意识，如何通过这种解构的、碎片的研究，辩证地培养起把握整体的"中国文明"的意识和雄心，是他们这一代人终究要直接面对的沉重的问题。在学术与社会一同"平庸化"的时代，真正怀有这种学术的"政治企图心"者，总是凤毛麟角。

数字化时代还使研究成果的发表和知识的传播，变得便捷、多元和更加不确定，对于新一代人文学者来说，这样的情势使自己有更多的机会摆脱既有学术行政架构的约束，在国际性的学术共同体中寻求认同和交流；但与此同时，由于大量的"非专业研究者"也有更多的发表意见的机会，也由于多元的传播方式使所谓"学术权威"难以形成，在群龙混杂、良莠难分的环境中，要用什么样的机制，才能让下一代优秀的人文学者脱颖而出，仍然是有待解决的难题。也许，"大道自然"和"举重若轻"仍是真正有效的因应之道。

作为人文学者，我们应该深深地庆幸自己能够生活在这样一个大变革的时代。过去 30 年间，我们所经历和体验的经济、社会、文化和学术领域的巨大变化，在几千年中国历史上是绝无仅有的。亲历这样的历史，对中国社会和中国文化的研究者来说，真是可遇而不可求。正是由于社会的迅速转型，人们的价值观、行为方式和思维模式正日益多元化，人文学者的职业生涯也因此有了更多、更深刻的矛盾和困惑。真正的解决之道，还是要让视野更加博大，思想更加深刻，心灵能够容纳更多的矛盾，是自我的超越。

（原载《开放时代》，2009 年第 5 期）

# ◎ 人文学科的"有用性"①

## 人文学科源于人性的需求

**黄达人**（以下简称"黄"）：陈大师，我还是喜欢这样称呼你。今天访问你，想请你谈一谈，在培养人才方面，历史学这个学科究竟对一个人的成长起到什么作用？我们可以先从"985"高校人文学科的定位开始讲。

**陈春声**（以下简称"陈"）：你问的其实是我们这些年来一直在想的问题。对于人文学科的"有用性"，我想打一

① 2013年7月31日上午九点，黄达人校长在中山大学大钟楼办公室访问陈春声副校长。原载黄达人主编：《大学的根本》，北京，商务印书馆，2015。

个比方：一个家里最有用的地方是厕所，其次是厨房。家里最没用的东西，数来数去可以说是墙上挂着的那幅齐白石画的虾。但是家里有客人来了，你会带他去参观厨房和厕所吗？我想，大家坐在客厅评头论足讨论得最起劲的，恐怕还是齐白石画的虾。这就是人文学科。

人文学科跟社会科学、自然科学最不一样的地方在于，人类还没有进入文明时期的时候，文、史、哲这些学科的萌芽就差不多存在了。我们的祖先在没有文字的时候，已经开始懂得跟女孩子说一些逻辑不连贯但是真情实感的话，这样的表达形式后来被称为"诗歌"，那就是文学的起点；一个亲密的人去世了，大家觉得很舍不得，一定会举行适当的仪式。根据考古发掘，从很早期的墓葬中，一个家庭男女老幼会葬在一起，他们的头颅边上会摆放一些彩色的石子。这些表明，我们远古的祖先已经在考虑灵魂的问题，考虑人类从哪里来、死后又去哪里，这是哲学的起点；又比如，人们记性有限，时常忘记，所以，我们的祖先会"刻木记事"和"结绳记事"，这是史学的起点。这些都说明了，人文学科的存在是因为人性的需求，它跟物理、化学、政治学、经济学这些学科不同。这些学科是在文艺复兴之后逐渐分立出来的，它们能带来一些实际的、非常具体的好处。比如，物理学可以给我们带来各种新的动力来源，经济学可以告诉我们怎么用最少的投入获得最多的回报。甚至政治学、军事学都有这一类功能。但是，文、史、哲，包括宗教、艺术，就是源自人性，在人还没有很理性地知道要干什么的时候，他就有这种发自内心的本能需求。所以，人文学科是与人的本能联系在一起的。它的思维方式，包括人才培养的方式，其实是与有着很强理性目的的社会科学和自然科学不同的。

现在，我们终于逐渐地明白这一道理了。二三十年前，我们刚"出道"的时候，大家都在讲历史学有危机、人文学科有危机。大家都说历史学没有用，但是它真的没有用吗？历史学、文学还有哲学都是一样的，千百年来，它存在的理由恰恰是因为它没有任何必须存在的理性道理，只是因为人类发自本性需要它，这是发自内心的。这些学科的存在不是源于社会进步、经济扩展、政治争斗等功利性的需要，不是因为这些现实生活中赤裸裸的理由。所以每一代人都会有人自然而然地从事人文研究，也自然会有一部分很好的学生跟着做下来。这是人文学科得以存在的缘由，也是我们保持学科自信的基本理由。

人文学科根源于人的本性，这是它第一个特点。

第二个特点，对于人文学者来说，思想的发明要比知识的创造重要得多。思想的发明是人文学科的根本追求。人文学科不会给你很多实用性的知识，但是它提出的思想可能会改变人们对世界的看法。因为人们对世界的看法不同，他们面对和改造世界的方法也就有所不同，结果，世界也随着改变了。

由此带来人文学科的第三个特点，也是你一直在关注的：人文学科中，重要的思想发明其实都是孤独的思考者独立思考的结果。到现在为止，人文学科还没有发展出以大团队做大规模研究的成功模式。当然，我们可以讲"毛泽东思想"是集体智慧的结晶，但实际上，没有毛泽东就不会有"毛泽东思想"。纵观20世纪的历史，真正改变了人类思想方式的思想家不会超过20个，其实他们都是天才。

第四个重要的特点是，人文学科的思想之所以被社会或同行接受，依靠的是思想的批判，而不是实践或逻辑的检验。它靠的是共鸣，而不是理性的说服。大思想家就是能说出别人心里想说的却说不出的话的人。因为思想批判的需要，人文学科要求让很多思想共存，提供很多选择，然后在学术的论辩中，学术从业者和普通民众自觉不自觉地与某一种思想产生共鸣，接受这种思想，这种思想就传播了开来。

由此又带出第五个重要的区别，就是人文学科的进步与艺术家的创造一样，是一种艺术史意义上的超越，而不是在逻辑或实证意义上被取代。举个例子，不会有谁说因为徐悲鸿的马画得很好，所以齐白石的虾就不行。这就是艺术。艺术是树立一个又一个的高峰，有某种很有意义的超越，这个超越是说，下一代人再也不会完全像上一代人那样画画、唱曲、跳舞、演电影，但反而证明上一代人的艺术成就值得珍惜。所以，从事人文研究的杰出学者可能越老越吃香，他的思想可能已经过时，下一辈学子也不会跟着他的模式做，但是他的贡献还是弥足珍贵。

人文学科第六个重要的特点，就是"越是民族的，才越是世界的"这句话，实际上只对人文学科才适用。在人文学科里面，所有世界性的伟大发明都是有很强民族性的。这一点只适用于人文学科，法学不行，经济学更不行，只有在人文学科才会有明显的体现。这就是我在大学里做人文教育的思考。

黄：这是一段非常精彩的论述。

## 一个大学有没有一流的文史哲，
## 完全是在表现一个大学的高低上下

黄：那我们大学里面设有中文系、历史系、哲学系，这些人文学科培养的本科生以及研究生，跟其他专业相比，有没有什么不同？

陈：其实，我在很多场合下也讲过两件事：一个大学有没有一流的文史哲，本身不是在表现这些学科的高低上下，而完全是在表现一个大学的高低上下。就是说，一所好的大学基本上还是应该有一流的文史哲，它影响学校的品味、风格和文化，还有在学校整个环境里熏陶出来学生的气质。有一流文史哲的大学，和其他大学相比，它培养出来的学生的气质，是会有点不一样的。这是我要强调的第一点。

黄：不光是文史哲的学生，而是对于全校的学生来说，气质都不一样。

陈：当然，一个学校有没有一流的理、化、生，也是不一样的。有没有一流的某个基础学科，都会影响到整个大学的学生面貌。

我还想讲的一点是，现在中国大陆办文、史、哲的学校太多了，大家都号称在发展"人文学科"。我以为，只有最好大学的人文学科，才能达到我刚才说的那一类标准或具备那一类特点。很多一般本科学校，其实没有达到这样的境界。

文史哲还有一个很特别的地方，就是判断某一研究的学术价值的标准，基本上是以一些伟大的、卓越的人文学者活生生的生活、学术经历来作为准绳的。这些学者许多已经过世了，如我们的大学会讲陈寅恪，但我们所讲的陈寅恪，其实是在后辈学者心目中被重构过的陈寅恪，不完全是他本人。我问过许多跟随一流人文学者学习、生活过的人，他们常常有这样的感觉："老先生在世的时候，好像也没有感觉到他有这么神圣呀"。但是，好的大学都会有这一类与卓越人文学者相关的故事流传着。一流的文史哲之所以能够维持下去，很大程度上靠的是学校的氛围、品味和传统。

我们自以为是最好的大学，所以我们要对整个国家的文化传承，国家的明天和后天承担起责任。我们称学生为祖国的"劳动者与接班人"，那对于关系祖国明天和后天命运的年轻人的文化教育，就是我们这类大学的责任。我们培养的学生，毕业后要适应社会上的工作，也可以厚积而薄发，有很厚的人文功底和很好的文化素养，将来从事专业的工作。这些都很重要。但是，这还不够，我们还希望在很少的一部分学生中培养出"文化托命"的感觉。这是陈寅恪讲过的，有文化托命感的学者，会相信这个国家的某些文化命脉就系于自己身上。其实，所谓"文化命脉"不是一种实体，不可捉摸，也难以用客观的标准去衡量，但如果有一批人具备这种感觉，就会影响国家的文化面貌。我们跟一般大学的不同之一，就是我们可能会培养出少数这样的人。

黄：文史哲培养出的大部分人，并不是一定要去从事文史哲直接相关的工作，但希望孕育出这样的人。

陈：对，要孕育出一些有某种文化托命感的人。如果没有这样的人才，你的文史哲专业就并没有真正办好，只是培养了一些实用性的人才。我们大多数的文史哲专业都在做这种事。

黄：历史系的学生毕业以后，绝大部分的就业方向不是从事跟历史相关的工作？

陈：中大历史系的学生本科毕业后，读研究生的大概能占到一半左右；就业的则各个行业都有，有做公务员的，有到文化机构的，也有做教师的，也有到企业的。实际上，最终大部分人都不继续做与历史学相关的工作，最后真正从事与历史学直接相关工作的差不多八分之一。

黄：哲学、文学是一样的？

陈：中文培养从事本专业的人的比例会更低一点，因为招生的数目大。中文系基本上没有培养出一个搞创作的那类文学家，这个专业更多的是培养"文学批评家"。文学专业里面，与历史学比较接近，被认为比较有学问的，就是古典文学了，所谓"文史不分家"常常指的是这个方向。

其实哲学也有同样的情况，除了那些非常伟大的思想家，其他许多研究哲学的有成就的学者，大都是研究哲学史的。

当然，也有很多不是学历史、哲学、文学的其他专业的同学，对文史哲非常有兴趣，对人文学科也了解得不错。

黄：社会上有很多人不是历史专业出来的，却对历史很精通。

陈：因为人文学科跟人性相通，所以很多人随着阅历的增加，越接近生命的终点，对文史哲也越有兴趣。这是个很普遍但有点奇特的现象。很多人到晚年的时候，既有社会地位，也有经济地位，常常会回过头来反思人生的经历，从历史上的人与事寻找借鉴，容易回到人的本性上去。也因为这样，这些阅历丰富的长者，对历史有时会有超越一般常识的真知灼见。

黄：也有很多人在文史哲上很有修养。但是他不是学文史哲出身的。

陈：大家对文史哲的专业性其实有误读的成分。很多人自认为他懂文史哲，但其实没有真正弄懂。我们还是要承认非常重要的一点，即在现有的学术制度下，文史哲是一个需要严格学术训练的专业性学科。社会上很多人认为文史哲是一些对人生非常有启示的、非常有作用的课程，这并没有错，但是他如果假定文史哲是风花雪月，是好玩的，读文学史就是读《三国演义》和《聊斋志异》，读历史就好像听"百家讲坛"一样的，这就错了。历史专业训练要问的是，你会不会古文标点、会不会训诂、懂不懂目录、懂不懂制度史、职官制度和年代学？这些都是很枯燥的。在目前的大学历史学的课程体系之下，学历史并不轻松。

历史学在大学里面之所以存在，本质上是因为它是一个有很深学术渊源的严肃的专业。除了好玩的"百家讲坛""戏说清史"那一类的东西，历史学还有很痛苦的、很不好玩的严格学术训练，这是一般公众没注意到的。而这部分是这些学科的好老师或者是好的学术带头人看得最谨慎的部分。事实上，文史哲的同行评价一个人，只要你没有受过那个专业训练，就被叫作"野狐禅"，就是"学无所本"，讲几句话就会露馅。这样的人是写不出严谨学术论文的。所以，在当代学术条件下，一流的历史学家基本上是在好大学里面训练出来的。

## 以实践教学为中心的历史学本科教学体系改革

黄：下面一个问题，对于历史学本科生的培养，你们有哪些举措，做了哪些改变，为什么要做这些改变？

陈：目前中国大学的文史哲，比起欧美大学的文史哲，最弱的地方就是专业基本功的训练。过去，我们看不太出来；现在问题已经比较凸显了。因为我们还是在国外教过一点书，有比较的视野。我觉得，我们的文史哲训练比国外要差。

第一个差别表现在学术性阅读上。我们大学文史哲专业现在学分很多，一个孩子一学期能拿 20，甚至 30 多个学分。而在欧美的学校，基本上是一个学期修 16 ~ 20 个学分就是极限了，就是四门课。为什么我们的学分那么好修？因为读书没有含金量，缺乏学术性阅读的训练。其实，学术性阅读没有那么复杂，就是每门课一个星期读一本专业书，写一篇读书报告。但如果一个星期上四门专业课，读四本书，交四篇读书报告，一门课却最多 4 个学分，四门课 12 ~ 16 个学分，再加上英语等公共课，为了完成学分就要把人累得半死。我们的大学课堂教学的要求太低了，学分太容易拿。

**黄：** 这一点很重要，我也一直呼吁，要给大学生增负。

**陈：** 有很长一段时间，在我们整个大学的人文训练里面，学术性阅读差不多是荡然无存。现在在历史系的教学改革里，这一点做得比较好，每门专业基础课专门配一门文献课。这是第一个差别。

第二个差别就是"小班上课"与"小班讨论"。说到学术性阅读，其实阅读的背后更重要的是讨论与交流。老师要看你的阅读报告，还要在课堂上讨论。而你在课堂讨论中的表现，是要记到平时成绩里面的。如果平时不认真，那个学分差不多是拿不到的。每个读书报告老师或助教都要看过、改过，还要在课堂上跟你讨论。这个在大班教学是做不到的。现在，我们最大的问题就是老师布置的作业没人去看、去改，很多学生的所谓读书报告是直接在网上下载回来的，也都没人去查。参加某著名大学本科教学评估的时候，我曾检索过一门通识课里得最高分的 10 篇作业，结果有 8 篇是大段大段从网上下载的，你说有多严重？老师应该用心。在目前的师生比之下，可行的方法也许是大班上课配合小班讨论。现在，我们正努力在某一些课程里面推动这个模式，包括让大量的博士生去做助教。但是，我们有许多老师还不懂得怎样利用助教提高课堂教学质量，教授们还是上完课就走。其实配助教的目的之一，就是帮忙改读书报告。前提是助教必须自己读过这些书，不然也没法改。

第三个差别是实践教学。不止读书，实践教学也要做好，我们有一位在欧洲受学术训练的教授，学的是考古学，从本科到博士，每年暑假、寒假，就跟着考古队去考古工地，据她说干的活主要是洗陶片，洗了 10 多个假期的陶片。平常她还在博物馆当临时工。就是在这种环境里面慢慢熏陶，现在成为一位非常有成就和学术影响的学者。这就是实践教学的功用所在。实践教学不仅仅是再去读书本上的知识，而是要亲自动手。我们国家还没有建立起这样的制度，没有经常性教学经费的保证，也没有带强制性的要求或安排。

黄：在这三个方面，具体的做法有哪些？

陈：关于学术性阅读，中大历史系每一门重要的基础课、主干课，都会配一门"文献研读"课程。上世界史课程，配的就是外文的文献研读，上中国史课程，当然配的是中国的古典文献。比如说上从先秦到唐朝的中国古代史课程，同时老师还要上一门先秦到唐朝的文献课，都是必修课。把原来的一门通史课，分成讲一般历史脉络的和研读文献的两门课。这个改革差不多已经十年了，现在已很成熟，当然我们还要不断地改进。因为没有先例，也没有现成的教材，所有的都要自己想办法。

我们的老师有一个基本的讲稿，但布置给学生做标点、校勘、释义的文献与在课堂上讲的文献是不一样的，布置给学生做作业的量比较大，但课堂上是精讲。老师要想办法让学生进行学术性阅读，训练学生够接受这种学习方式。现在的大学生常常认为到大学学文科是很舒服的，没想到大学念书比中学还苦。

与欧美的大学教育制度比较，美国大学念一个学分要1000～1500美元，一门3学分的课程就是3000～4500美元，学分是很值钱的，老师不用心好好教，对学生要求不严格，学生会有意见。学生考试挂科了，就得重修，还得交那么多钱，能不好好学吗？以目前中山大学的学费折算，我们一个学分才值130多元人民币，学分含金量少，课堂教学质量的"含金量"也随着变少，学生对老师的认真态度期望值不高，老师对学生的要求也得过且过。例如，如果学生平时作业没有做完，在欧美这门课可能就不及格了，但我们很少有老师能下决心把学生 fail 掉的。我觉得，想要迈过这一道关，老师是最重要因素。现在越来越明白教师发展中心很重要，因为老师一定要有一个提高的过程。

黄：我们有学者专门做了一次关于学生学习程度的调研，收集到六千多份有效问卷。其中，认真读书的或者现在很努力的，大概占三分之一；中间部分占50%；然后，剩余20%的人各种指标几乎全是负分。

陈：我认为差不多就是这个比例。就文科来说，这是大学的教学制度导致的，孩子们自己没有学习动力。

黄：有什么办法让学生忙起来？我想，历史系给了我回答。通过学术性阅读，而且主要的课程都配有文献阅读。

我们希望学生能够自觉地用功，但现在学生大概是不会自觉的，所以老师必须要有办法。你作为一个大学里管教学的副校长，这么多年，对这方面有什么体会？

陈：读书本身是苦的，不能是风花雪月的，所以一定要靠一个教学制度让学生们忙起来，有紧迫感，觉得自己要去读书。将来，他也许能够享受读书的成果，但这是他读完书之后的事。

黄：好的，能不能再说说小班教学？

陈：小班教学在历史系非常受欢迎，很多课都是这样。因为历史专业的老师相对比较多，而学生的学分是有限的，在这种情况下，如果都是大班的话，会有很多老师不能开专业课。更重要的是，我们的老师很习惯上小班，而且学生也很紧张"这课我考不过怎么办"。

另外，在中山大学有质量的通识课中，历史系的老师占了非常大的比重，而且都很受欢迎。尽管是辅修课，但是老师的要求更严。历史系认真地推动让博士生做助教的安排，且优先分配给通识课和珠海校区的课程。也是因为珠海校区的学生接触老师的机会比较少。

**黄** 第三个是实践教学,历史系的实践教学是怎么开的?

**陈:** 历史系面向本科生的实践教学是从学校推行"三学期制"时就开始的,利用夏季学期将同学们带出校园,努力回到"历史现场",现在已经制度化,纳入到课程体系里面去了。我觉得有一点要注意,就是刚开始这样做的时候,先找那些对学术有追求、平时就愿意为学生和教学做奉献的好老师。因为在许多人的概念里面,觉得夏季学期这个时间还应是假期,出去搞实践教学等于做义工。一开始历史系找了两拨人,一拨搞历史人类学,一拨搞近现代史,成效都非常好;现在发展到有四支团队,基本上大家都很乐意这样去做。应该说,在实践教学这一块,历史系老师的参与度非常高。

每年六七月份,我们就利用夏季短学期开展实践教学活动,学生在老师的带领下"兵分数路",进入野外实践教学基地和田野考察点开展实践教学,阅读老师们编写的文献读本,寻找各种官方及民间文献,开展口述历史访谈,并将其置于具体历史场景中解读、辨识,进而发现问题,展开讨论。

**黄:** 事先我也看到了有关材料,你能不能具体介绍一下这四支团队?

**陈:** 第一支是口述史实践团队。多年来分别前往珠海平沙、湖南汝城、桂东、宜章等地。这样的口述史实践，主要是通过找到访谈对象，收集受访者讲述的那些个人故事或生活经历，作为素材，捕捉到重要的历史信息，把每个人的"个案"放在历史的场景去，重建出一个个"故事"，加深对一些宏观历史的理解。

在此基础上，再安排一天专门到当地档案馆查阅资料，很多同学都是第一次接触历史档案，觉得资料里的故事跟自己采访的有很多相似，历史场景就会慢慢清晰化。

第二支就是我参与的历史人类学实践教学。这也是植根于历史系的学术传统。从20世纪80年代初以来，我们几个人沿着梁方仲教授开创的中国社会经济史传统，通过与海内外一批历史学者、人类学者的积极交流，形成了一个在国内外均具有较大影响的被称为"华南研究"（海外学者也有称为"华南学派"的）的学术共同体。"华南研究"方法论的核心是"在田野解读文献"，并以坚持了多年的"田野工作坊"的研究形式而闻名。例如，我们分别在湖南省宜章县和广东省乐昌县建立了本科教学实践基地和研究工作站，两地地处楚粤孔道，历史文化资源丰富，文物古迹颇丰，均是抗战时期中大的临时办学地，与我们中山大学有着极深的渊源关系。我们的老师就把学生带到这些乡村去，把乡村里的族谱、碑刻、契约等搜集起来并与正史、方志等传统文献对照，在此基础上指导学生将不同种类的文献与各种仪式、口碑资料、建筑布局、自然环境等整合起来，整理出一个"立体的、多层次的历史"。培养了学生在乡间民间搜集资料和解读资料的能力。

与前两支队伍不同，第三支队伍的研究对象是华侨。更强调动态的、跨国的联系。这批华侨，当年从中国移民到越南，后来遇到当地"排华"风潮，又回到中国来，回到国内之后又有相当大的部分移民到别的国家去，处于不断的迁徙当中，属于跨国的移民。也有的在回国之后在国内迁居。他们对于当地社会生活的适应，包括对当地社会的国家认同、地域认同、族群认同、语言认同等，都是值得研究的问题。这支队伍重视口述史的运用，因为这些侨民很少有碑刻、族谱这些东西留存下来，因此更偏向口述其经历。老师、学生基本都是入户，或直接随机找到人进行采访，更多地了解一些底层的人群。

我们现在正在计划组织第四支队伍。希望通过实地教学，发现乡村历史档案和遗迹，开展乡土考古学，设计乡土史陈列和布展，建设社区博物馆，甄别关键讲述人，采取协作的方式帮助住民写作村庄史等，引导学生接触和发现乡土中国，鼓励他们采取和住民合作的方式，帮助他们表达自身的乡土认知。

在实践教学中，我们特别强调历史现场感，它的最直观的表现就是对历史场景的复原、对空间特征的认知，在于对场景中各种关系人的心态、立场、情感的把握和分析，以达到"了解之同情"的史学境界。

黄：跟以前相比，我们学生的变化是什么？

陈：我认为，对学生锻炼最大的，就是学习如何与陌生人打交道。这也是最难的，现在的情况跟过去不一样，同学们都是高中一毕业就进入大学念书，接触社会较少。所以我们的学生需要机会去学习，怎么去接洽，怎么跟人家打交道，怎么去表达自己。

黄：一方面是让他了解最基层的生活，然后是培养他面向社会的能力。

陈：学生也非常认同这种做法。我们没一个学生把在烈日炎炎之下下乡做田野调查看成一个负担，而是视为一个非常期待的事情。其实，有老师私底下跟我说，现在历史系的学生待遇已经好很多了。我们给学生找的是有空调的招待所，人家人类学系的学生就是几个人一起直接住到老百姓家里去了，都是自己烧水、做饭，在条件很差的乡村厕所里洗澡。

最后，我们把学术性阅读和实践性教学结合在了一起。

我们相关的实践性教学是带学生走出去，走到社会上，做一些我们在课堂和教室黑板中不会接触到的事情。同时，我们强调在"在田野中阅读文献"，通过实践教学，同学们也感觉到，在历史现场读书，常常可以获得比在图书馆、课室和校园里读书更丰富、更贴近历史实际的独特体验。

## 不同大学人文学科有着不同的定位

黄：很多学校都设了文史哲专业，对于不同大学的人文学科，你怎么看？

陈：文史哲专业对这个社会之所以重要，可能还有两方面的原因。一是在制度性的基础教育里面，文史哲教育是一个人的人格成长和社会化过程里，必须接受的最基本训练。我们需要大量的具备良好的文史哲素养的中小学老师，所以，培养一流的、或者是优秀的中小学老师是大学文史哲专业的重要功能。二是一个社会里面，其实还有很大一部分职位并不要求从业者严格地具备非常专业的职业技能，而是更看重从业者全面发展的素质和平衡感。文史哲培养的就是这一类人，而且这是文史哲特有的功能。当然，所有的人都应该有良好的综合素质，这是一个常态发展的社会所需要的。

黄：这是文史哲的定位，但是，对于不同的学校，是不是定位有所不同？

陈：我的硕士导师汤明檖教授是岭南大学经济系毕业的，但他在自传中写道，他读中学时最喜欢的是历史。之前之所以学经济而没有选择历史，是因为他知道学经济只要有一般的资质就可以了，而学好历史必须有更高的天赋，所以他还是选择去学经济。我想说的是，在统一的高考制度下，各个大学的文史哲专业，能招到天赋很高学生的，要有一个定位，招不到这样学生的，也应该有一个定位。

黄：按照这个说法，历史系真正要从事历史研究的人都也该有较高的天赋。但是，每个学校要找准自己的定位。招不到这样学生的，也是要走大路的，做法是不一样的。

## 本科教学评估的意义

黄：还有一个问题，我们都知道，保障教学质量很重要的一点是质量评估体系。因为你是教育部本科教学评估的专家，在这方面，想听听你的体会。

陈：我刚刚去过南京大学，参加了它新一轮的审核评估。

新一轮的审核评估，跟原来还是有一些不一样的。最大的不同有两个：一是以被评估学校自己设定的目标来检验这个学校，二是把以报表为基础的很客观的数据作为支撑材料，不是让学校自己填一堆材料交上来，而是我们带着数据下去核对。正是因为这两点不同，我们到各个院系做调研，重点是核实学校的整个办学理念是不是深入人心，在具体教学操作环节里是不是落到实处，特别是学生是不是理解并实实在在地得到好处。应该讲，根据后来核实的结果，不同学院的情况是参差不齐的。

我想说的是，现在这样的比较符合高等教育规律的评估，其实是在前一轮评估的基础上达成的。没有前一轮评估，目前的审核评估要达到现在这样的程度是不容易的。

我认为，前一轮评估是教育行政主管部门、教育部领导顶着社会的不理解，顶着高校老师的对抗情绪的巨大压力，本着对整个国家高等教育质量高度负责的态度去完成的。这样做是充满着勇气的，而且效果是好的。那一次评估将来在中国高等教育史上，是值得被后人提起的。

我这样说，原因有三：一是中国的大学不论是追溯到近五十年，还是近一百年，从来没有能够这样在开放的环境下，用几年的时间集中学校领导和教师的精力与智慧，去关注本科教育，用现代教育的理念，从人才培养的角度全面、系统地审视学校的发展思路、定位、办学举措。这是大学办学和人才培养难得的"顶层设计"，也取得让大学回归"人才培养本位"的重大成效。二是本科教学评估推进学校第一次如此认真、深刻地思考学校的办学特色，办学传统和挖掘学校的个性特征。即便是历史不长的新建院校也认真地思考应当办出什么样的特色，培植什么样的教学传统。这对推动中国大学多样化、个性化是有积极意义的。三是本科教学评估也促使中国高校第一次如此全面、认真地按照评估指标体系的要求构建起教育教学质量保障和监控体系，包括建立较为完善的教学管理制度体系。

这样的评估对当时中国教育在转型过程中，保证整个本科教育的质量、改变大学内部的资源分配、改变大学领导者对于本科教学的观念和规范基本的教学程序，起了里程碑式的作用。

黄：这是非常高的评价。我始终认为，对于教学改革的事情，应该长远去看。你的这些评价，能否阐述一下？

陈：第一，回过头去看，现在我们中国，即使是比较边缘、比较差的高等学校，基本上教育的硬件都不比欧美国家的大学差，特别是与网络、数字化、信息化有关的硬件，还包括课室、图书馆等基本设备。这些都是在上一轮本科教学评估里改变的。对于许多地方院校而言，那次评估无疑是获取资源的一个很重要的契机。无论如何，在中国整个高等教育短短几年经历了跨越式发展，从精英教育到大众化教育、大学生大量增加的特殊情况下，我们居然能够保证基本的教学条件不但没有滑坡，反而还有跨越式的提升。这肯定得益于教育部抓了本科教学评估。

第二，在宏观层面上，还改进了大学班子对于本科教学的基本理念，不但引起普遍的重视，而且真正做到心中有数。这在过去是没有的。过去大家都觉得本科教学就是按课程表去上课就行了，现在整个班子都重视本科教学了，而且正在从一般化的粗放型管理转变到比较精细的数字型管理。

黄：我的想法是，本科教学评估确实是每过几年必须再来一次。因为其实很多校领导不是教务处长出身的，所以，对教学的基本状况，新上任的干部也没有一个整体的认识。从这个角度讲，过几年再来评估一次真的是有必要的。因为要不断地强化。

陈：其实把本科教学评估理解成一个培训过程也可以。除了让各位校领导关心教学外，真的是要让大家明白怎样关心、重视才是有效的。要在学校的办学思想上，真正明确本科教学的中心地位。

第三，在具体的教学环节里针对的是老师。我们要查试卷、论文、教学大纲、教学进度表。我们大多数课程都有教学大纲，但是没有进度表，而且，进度表跟实际进度相距十分远。结果，容易导致老师大规模地弄虚作假。其实到每一个学院去查的时候，最激起老师反感，因为他过去没做教学进度表，各个教学环节也都有漏洞，而评估一来，学校就逼着他要去补齐，结果就一边骂娘，一边弄虚作假。

真正抓到教学环节，也是有故事的。我曾经意外地加了某个地方大学文学院的 QQ 群，看到在评估第一天，学院领导一边发牢骚，一边连夜召集老师改正第二天我要抽看的试卷和论文。其实起码应该有教学档案的积累，以及教学过程日常的规范化管理。但原来是没做，所以很痛苦地去补材料，全是弄虚作假。我反而看到这个备受各界诟病的过程中正面的因素，很奇怪的，经历了这个过程，规矩也就建立起来了。现在我们去审核评估的时候，随便要什么材料，都有了。

黄：我觉得你说的这个角度特别好。你看到了作假的过程就是建立规范的过程。

陈：这是确实的。举个例子，目前台湾社会正在转型，他们常常用的一个词，叫"历史共业"，"业"是一个佛教词语，从梵文翻译过来的，就是前世因缘的关系。"历史共业"就是说大家一起做一件事情，可能都做错了，但在很长的历史时间里，这是制度性的原因导致的，而不是因为一些人的品德特别坏或者有意要怎样。在历史转型期，一定会出现这类所谓"历史共业"的东西，这是没办法的。读历史的人应该很清楚，评估的作假就是一种"历史共业"。

第四，本科教学评估比较清晰地理清了学校和学生的关系。通过这个评估，大家对在新的市场经济情况下，学校与学生相互之间的责任比较明确了。这也是很重要的，是下一步深化本科教育改革很核心的一点。当大学与学生的关系，从原来比较传统的像一个家族性的组织，或者一种温情脉脉的组织关系，慢慢地变成一个现代关系，学校开始去处理学生的申诉、仲裁，保护学生的利益等。通过这一次评估，这一类的观念逐渐建立起来了。因为很多评估时重视的与数字有关的东西，其实背后都是在维护学生的利益。学生也知道整个评估的基本目的，是保证他们的利益，让他们享受到跟他们所交的学费匹配的教育质量和教育资源。所以，据我了解，同学们对评估是很少批评意见的。

其实，差不多没有大学校长是真正反对评估的，学生出来反对评估的，更加没有。很明显地，可以看出有两种人在批评，一种是一些慵懒的老师，另一种是社会上自以为读过大学就懂得高等教育的人。整个高等教育机制的运作，目的之一是要保护在大学中处于弱势地位的学生群体的利益。本科教学评估过程背后，是一个分清利益关系的过程，其实是想让老师要有更多的付出。就是在高等教育市场化这个过程里，真正把这两个群体的利益分开来。过去，我们说起师生关系，总是弄得温情脉脉，好像一个家庭一样。这一次评估活动，我们把这个关系划分得比较清楚。现在，大家都比较明白了，学生也懂得维权，懂得保护自己的利益了。所以，我认为本科教学评估是很有价值，在很长一段时期内是不能放松的。

黄：那你怎么看最近这几十年中国高等院校的整体教育质量？

陈：历史真的是充满了辩证法。一方面，我觉得我们的课堂教学与海外的许多大学相比，还是有诸多改进空间；但另一方面，我还是认为我们国家的高等教育发展，不管是人才培养规模还是教育质量，基本上是适应了国家和经济社会发展需要的，基本上是适应广大人民群众对高等教育的期望的。一个明显的例证是，改革开放30多年来，中国经济、社会、文化所发生的变化在人类历史上是空前的，可以说是奇迹，我是学历史的，敢说这句话。而事情是人做出来的，这样伟大的奇迹，在某种意义上，就是新中国成立60多年以来中国大学培养的毕业生创造出来的。从这个角度讲，中国的高等教育是取得伟大成就的，我们不要妄自菲薄。做历史的人，要懂得换个角度、以更长的时间尺度去评价某种社会制度的实际运作及其成效。

我在前面提到社会上自以为读过大学就懂得高等教育的人的意见，其实，教育是一个很容易遭到批评、永远没有办法让所有人满意的领域，这是一个普遍的现象，世界各国都是一样的。许多人很容易引用美国的例子来批评我们自己的大学，但仔细看一下，美国人对自己国家的高等教育，也是从来就没有满意过，他们也一直在搞教改，不断有批评教育制度的研究报告发表。而且都影响很大。可以说，对教育的不满足是一个正常社会的"常态"，教育是为社会进步、为人类的明天培养人才的，一定要有前瞻性，对教育的不满可视为社会充满进步动力的标志。

也正因为这样，在大学里做行政的人、教育行政部管理部门要有一定的"定力"，不要一听到批评就心虚，就急于做立竿见影的所谓改革。我曾经对来调研的上级有关部门建议，在适当的时候，向社会公开承诺，高考制度经过这一轮改革之后，将保持10年不变，让公众和中学的师生安下心来。就高考这件事来说，一定要看透一点，只要高考制度存在，应试教育就不可避免，号称改革的"补丁"（如自主招生、保送生、特长生）打得越多，漏洞就越多，社会也越不满，而从大学的角度看，每年录取的考生的整体质量不见得有什么不同。我个人以为，很长一个时期内，高考制度不应该取消，而且变化越少越好，花样越少越好。

　　常常有一种不好的倾向，就是以小概率事件作为整体制度改革立论的依据。媒体常常提到所谓"钱学森之问"，即为什么近几十年中国的大学培养不出诺贝尔奖得主，问这个问题当然有他的道理，但若是以这样的问题作为改变整体的教育制度的出发点，那就大错特错了。说实在的，获诺贝尔奖是极小概率的事件，获奖者实际上不是大学可以有意识去培养的，而大学的教育教学制度一定要面向每一个学生，公平地让每一个学生获益。在这个基础上，若能在无意之间产生几个得诺奖的校友，最好是将其视为上帝送给学校的礼物，而不要傻到去总结所谓"培养经验"。或许不用很久，中国大学的毕业生中就会有人得诺奖，但这种事可能属于没有的时候觉得是件大事，有了就觉得什么也不是那一类。做历史研究的人，常有这样的直感。对于大学来说，更重要的还是为国家和社会培养更多更好的优秀人才，不能傻到以培养某一奖项的得主作为总体制度改革的目的。

# ◎ 新一代史学家应更关注"出思想"

毫无疑问，中国史学界正在经历"世代交替"的历史性变化。我想说的，不仅仅是指因个人生命周期之类的缘故所引致的史学从业者年龄结构的变化，更值得关注的是，新的学术世代正在数据可视化、数字存储、文本发掘、多媒体出版、虚拟现实等所谓"数字人文"的背景下成长起来，在我们的学生中，懂得"叛师"的最优秀者，其问题意识、书写或表达形式、研究规范与学术价值观，已经呈现出与我们这一代人迥然不同的样貌。实际上，不管我们是否愿意面对，这样的转变也在世界各地的同行中发生着。历史学家对于自己学科正在经历的历史性变化理应更加敏感，也更加理性，也许我们应该在这样的基础上，回顾和展望新时期中国的史学理论研究。

《史学月刊》一直为推动中国史学理论学科发展辛勤努力，真的是居功阙伟。回想起来，三十多年前，在座的各位怀着经历过那个时代的学者似乎天生俱来的理想主义情怀，在刚刚改革开放的社会背景之下，有点生吞活剥地介绍和学习欧美的人文社会科学理论，以几乎没有与日常生活相联系的功利色彩的理论热情，甘愿冒着各种风险，反思当时我们认为关系到整个历史学发展路径和学术基础的一系列所谓"重大理论问题"，与之同时，中国史学研究的问题意识、书写或表达形式、研究规范与学术价值观也就随着改变了。那也是一个"世代交替"的时代。正因如此，亲历那段历史的各位老师、朋友，一回想起 20 世纪 80 年代，就难免心潮起伏。

我们也都注意到，20 世纪 90 年代以后，史学研究中理论探索的热情明显下降，曾经让诸多前辈和同行悬梁刺股、殚思绝虑的许多所谓理论问题，似乎已不再让更多的史学家激动。大家好像更加愿意回归到另一个被重塑过的学术传统中去，罕见或珍稀资料的搜集整理、具体的个案或人物研究，以及自以为传承自民国时代某些知名学者的若干问题与课题，吸引了众多年轻而聪颖的头脑的关注。20 余年间，中国历史学博士论文的选题出现了明显的追求"小题大做"的趋势。这是一个必然性与片面性兼具的进步，正是在这样的背景之下，大量的罕见史籍、文稿钞本、民间文献和口述资料被搜集、整理、出版和数字化，许多原来不入"正统"历史学家法眼的课题被关注、描述和分析，各种作品色彩斑斓，复印出版的各类史料丛书琳琅满目。我们这代人刚刚步入学术之门时常常遇到的善本孤本查阅不易、海外资料搜集困难、民间文书散落私人手上等备受困扰的问题，20余年间，似乎已经大大缓解。海内外公私藏的善本、古籍和其他文献大量翻印出版，以往较为冷僻的地方文献和民间文书大规模搜集和公开发表，各级各类档案对公众开放，到国外图书馆、档案馆、博物馆等机构阅读资料越来越便利，当年我们为了查找一部史籍要坐几天火车，到了收藏机构还要备受白眼，甚至申请等待多日仍不被批准阅读的情形，已经基本上不再重现。存储于笔记本电脑或移动硬盘里面的四库全书、历代方志、基本古籍等等，成为学者们的"囊中之物"，利用起来几乎不受时空的限制。而在无远弗届的互联网上，世界各国的公私档案、期刊报纸、商业文件等，更是应有尽有。这样的局面绝对不是20年前我们所能充分预见到的，而且，这个趋势还在加速发展着。

但与之同时，研究题目的"碎片化"问题也引起了广泛的警觉。本来"小题大做"是好的学术态度的体现，也是年轻学者研究论文选题的一般规矩，但由于理论思考不足，读书不够，结果容易出现"小题"的背后欠缺大的问题意识的情形，许多个案研究、专题研究、人物研究的著作实际上是在自言自语。由于年轻一代学者步入学术之门时，许多是从比较缺乏问题意识、理论思维背景和学术史背景相对薄弱的个案的、地域的、微观的研究开始的，目前中国史学的发展，带有"终极关怀"意义的方向感实际上已经相当薄弱，即使是在相当具体的研究领域内部，为数不多的研究者们也常常是在自说自话，缺乏共同的问题与理论取向。新的学术世代如何在研究选题"碎片化"的趋势之下，拥有超越学科、地域、学术圈子和个人生活经验的共同的问题意识，如何通过解构的、碎片的研究，辩证地培养起把握整体的"中国文明"或"人类文明"的意识和雄心，是这一代人终究要直接面对的沉重的问题。

我在其他的场合也讲过，"世代交替"之下中国史学发展，可能又到了重新关注理论思考的学术价值的时候了。由于时代和学术研究条件的变化，更大的理论关怀和超越具体研究课题的问题意识，对于新一代史学家来说，可能已经成为对其学术生命生死攸关的问题。

最后，还想多讲的一点是，真正有价值的理论和思想，其学术影响必须是跨学科的，不能仅仅局限于某个学科、某个领域。大家都知道费孝通先生的《乡村研究》，其学术影响遍及欧美从事中国研究的几代经济学家、人类学家、社会学家和历史学家。又如张光直先生关于中国考古学的研究，其实从来他没有到过中国大陆做田野考古工作，但他依据大陆考古学家的发掘报告所提出的理论，启发了欧美学者关于玛雅文化的考古学研究，也对当代文化研究、政治学研究和史学研究的学者有深刻的影响。新的学术世代在从事史学理论研究的时候，要学有所本，功夫要扎实，思维要辩证，问题要明确，学术史背景的梳理要清楚，但与此同时，我们的气魄、雄心和眼界都要更大一些。

（原载《史学月刊》，2016 年第 5 期）

# ◎ 广东开了 20 世纪中国学术新气象 [①]

## 广东开创了 20 世纪中国学术的新纪元

**记者：** 以籍贯而言，1948 年首届中研院院士中，浙江 19 人，江苏 15 人，广东 8 人，位居全国第三；广东在 20 世纪的中国学术里，扮演着什么样的角色，处于何种地位？

**陈春声：** 20 世纪广东学术发展的重心，更重要的在于与传统学术的断裂，而不是延续。讲 19 世纪的广东学术，一定要讲学海堂，但到了 20 世纪，广东学术发展的特点，反而表现在对学海堂传统的背离和扬弃。学海堂在 1897 年

---

① 此为《南方日报》2010 年 4 月 20 日"世纪广东学人"专访。

停办，紧接着就有新的近代教育的开始。1948年广东能出那么多院士，其核心就是大家都没走学海堂那条路，这些院士都是在近代社会科学和自然科学的学术背景下成长起来的。现在还有一些地方文史工作者，眼界不够，视野不够，以为20世纪的广东学术的主流是19世纪的延伸，有个所谓"文脉"在那里延续，其实不是这样的。

要讲20世纪广东的学术，一定要高度重视桑兵教授提出的近代中国知识与制度的转型问题，要懂得"转型"二字的深刻意义。20世纪的学术与19世纪的学问相比，不管广东也好，整个中国也好，基本上都变了。

20世纪，中国固有的学术向西方式的划分学科的现代学术转型，在这个转型的过程中，广东起着先试前行、先走一步的作用，帮这个国家开了现代学术的新气象、新纪元。中国最早的近代高等教育机构，是从这里开始的；近代的医学教育是在这里起步的；许多的自然科学学科都是在这里较早发展起来的，地质学、植物学、无线电子学、激光光学等，都是在中山大学和岭南大学的校园里首先得到发展的。可以说，20世纪是广东学术伟大的时期，没有因为学海堂不办了，广东学术就衰落了这一回事。20世纪前半期，中国自然科学最好的那些学者、那些学科、那些实验室，许多都在中山大学和岭南大学里面。到了1952年院系调整的时候，广东的学术反而受到比较大的影响，一个个好的学科去了北方。

研究 20 世纪广东的学术，应该以现代大学、以现代教育机构的发展为中心，而不应该以传统书院和那些在现代大学都混不下去的传统文人为中心。若以那些文人为中心，20 世纪的广东当然没有多少学术。许多学文史出来的教授，也包括我本人，不懂自然科学的精妙之处，且实际上也不懂现代社会科学的学术渊源和思维方式，这样的人，其实是不可能真正理解现代学术是怎样发展起来的。

还有，在现代学术制度下，每一个学科的发展都是国际性的，我们衡量一个学者的学术地位的时候，不能用圈子很小的地方文人或文史工作者的眼界去看这个人影响和贡献的大小，而应该用同时代国际学术界同行的标准，去评价这个人的地位与价值。可惜的是，20 世纪最重要的学术发展在自然科学，而自然科学成果是以高度形式化的抽象语言（许多是符号）来表达的，对于我们这些做文史的人来说，实在太难了一点。而且自然科学是积累性的学问，学术的超越常常意味着理论的替代，自然科学家之间评价上下高低的标准和方式，与文史学者间的做法很不相同，对于我们这些做文史出身的人来说，如何"将心比心"地理解自然科学家的工作，真的很不容易。

刘志伟：要评价广东学术，首先要弄清楚两个问题，一是什么是学术，二是 20 世纪学术是什么取向。在这两个前提下，来确立评价广东学术和学者的标准：第一，他必须在人类的整个知识体系里有创造性贡献；第二，他必须在中国学科的发展里有创造性和奠基性的作用。即使用这两个标准，广东提 300 人的名单也不用脸红。

记者：1949 年对广东学术而言是一个分水岭？前后广东学术整体而言有什么变化？今天广东学术哪些学科在全国处于领先地位？

陈春声：应该讲，1952 年的院系调整，对于当时广东的学术发展是有影响的，在全国居前列地位许多学科，如地质学、天文学、语言学等，这些学科的学者都成建制地离开了广东。但在当时的中山大学、中山医学院、华南工学院、华南农学院，还是保留一批在国内、国际学术界都有权威地位的学者，如中山大学的陈寅恪、姜立夫、陈序经教授，中山医学院的毛文书、陈耀真、陈心陶等 8 位一级教授，华南工学院的冯秉铨教授、华南农学院的丁颖教授等，都是整个国家在同领域研究中最有地位的学者。而新组建的中国科学院广东分院，也发展起若干有华南特色的新的科学方向。

到了今天，由于交通便利，交往便捷，人员流动频密，学术研究的组织方式和运作规范也有巨大改变，再局限于某些地域的范围内讨论、比较彼此的学术水平和学术贡献，其实是没有什么价值的。你到了美国，不会因为哈佛和麻省理工都在波士顿，就想到波士顿或马萨诸塞州就是美国学术最发展的地区。到了英国，也不会把牛津、剑桥的学术发展视为一个地域性学术发达的标志。就我服务的中山大学而言，我们目前有许多学科的水平，在国内各个大学中是居于前列的，也有的学科在学界内部认可的可比较的核心指标方面，已经进入世界前100强。但我个人也不认为一定要把这样的学术进展，视为地域性学术发展的结果。现代学术真的是国际性的，一个好学者的成就和地位，真的不应该局限于一个地域的范围内去理解。

## 真正的学术中心要"英雄不问出处"

**记者：** 20世纪改变人类的主要是自然科学，如您所言，许多自然科学学科都在广东发源，但公众对这一事实却所知甚少；而名声响亮的所谓广东文化名人，在全国的地位又大多不尴不尬。为什么会出现这种矛盾的现象？

**陈春声：** 目前一个很大的问题，就是广东文化界一些经常在媒体发声的人，眼界太低，格局太窄，气量太小，见识太浅，常常在自言自语，或哗众取宠，误导公众。他们推举的东西，拿到北京、上海去，人家还是看不起。广东有很多酸溜溜的、地方小文人气息很重的议论，在北京和上海的学术界是不会出现的。北京、上海都有超越大学围墙的"学术界"，媒体和公众也尊重学者，但他们很少在意那个学者的籍贯是不是上海人、是不是北京人。真正的学术中心要海纳百川，要有"英雄不问出处"的气度。说实在的，现在北京、上海的知名学者中，没有几个是在北京、上海土生土长起来，北京人、上海人习以为常，全国人民也见惯不怪，认为理当如此。这样的地方，才是真正的学术中心。到了欧美的大学去，这样的感觉就更强烈了，在牛津的麦当劳里，你常常遇到好的学者，他们都不是在牛津郡长大的，而常常是来自印度的、东欧的、中东的，大家都在从事科学的、学术的工作，因为牛津是世界最重要的学术中心之一，自然就聚集到这里了。经常要讲究籍贯，以本地出身的文人为荣，一般来说，还是小地方、小器局之所为。

广东人常常说自己只会生孩子不会起名，背后的意思，是说外省的什么地方没干多少活，就会忽悠，把名堂弄得挺大，一副酸溜溜的心态。但这样一来，不小心又把自己贬到二、三流的地方去。北京、上海的学术地位，难道是"起名"起得好才形成的？广东人没名气就没名气，承认自己做得还不够好就是了，不要以为是名字起得不好。广东几十年来总是想成为中国第三个学术中心，那就要把器局放大一点，眼界提高一点，在国内只与北京、上海比较，不要酸溜溜地与其它省市论短长。

刘志伟：现在我们讲学术重地，波士顿也好，北京也好，没几个学者是本地人的。如果一个地方的学术只有一群本地人在那里咸水煮咸鱼的话，那里能成为学术重地吗？我们都没见过。

记者：桑兵教授在《近代中国学术的地缘与流派》中说，岭南虽出学者，令陈寅恪在1933年感叹"将来恐只有南学"，然而岭南却不养学问，广东并非宜于治学的居处。您怎么看？

陈春声：这就是生活的常态。学术是必然有学术中心的，因为不管这个世界资讯怎么发达，学者之间面对面的交流和接触，总会是学术发展最重要的机制之一。但这个世界只有极少数的地方可以成为学术中心。所以，我们应该问的问题是，学术中心为什么能成为学术中心，可以问北京为什么可以变成学术中心，上海不是首都为什么是第二个学术中心，香港被称为"文化沙漠"但为什么还有几个不错的大学。但没有办法回答为什么某某地方不能成为全国学术中心，因为这个世界绝大多数地方都不是学术中心，不是学术中心才是生活的常态。我们很期待成为中国第三个学术中心，这种强烈的期待，有时会造成违背或超越日常常识的冲动。当然，志存高远，多想想该做些什么，才能成为学术中心，也不能说不好，但学术这个东西，有时真的要讲究"大道自然"，要顺应学术发展的内在规律，只在外面忽悠还是一事无成的。

**记者：** 今天的广东，是否依然"出学者而不养学问"？

**陈春声：** 其实这个问题挺复杂的。这二三十年是有一些不错的广东籍的学者出现，但这些学者的贡献，真的与他们是不是广东人有直接关联吗？

作为广东最重要的大学，中山大学也在努力改善人才成长和发展的学术环境，应该讲，就学术发展的宽松程度、国际学术交往的频度和深度、学者日常生活环境的人性化程度，中山大学和广东的许多学术机构，还是"养学问"的，不然就无法解释最近这十余年中山大学的学术发展。但不够的地方还是很多，包括商品货币关系高度发展之下，人文的氛围还是比较薄弱；同城学者之间的交往还是比较少，缺乏一个超越大学围墙的"学术界"和包括了各界知识精英的有影响力的"知识界"；广东文化本身对抽象的、纯理性的理论思维和理论批判缺乏兴趣等。

我自己对下一代学者充满了期待，以为比我年轻20岁左右的这一辈人，有可能在广东这块土地上做出更加重要的成绩，他们中间会有国际学术权威出现。他们应该更加明白我们今天在这里讲的许多道理。只是要很理性地想清楚，就算在他们中间真的有伟大的学者出现，也不一定能作为广东"养学问"的例证。这样的人一定要有好的国际学术经历，当代的学术发展，真的更加国际化了。

记者：很多人认为，广东地域文化重商务实，不宜于非功利的学问；还有许多诸如"岭南文化是穿堂风"这样的观点。当代学术是否与地域文化有关系？您怎么评价这种文化决定论？

陈春声：20世纪之后，不同学科的学术都有自己的内在发展脉络，所有的学科都有自己的国际学术共同体，它在一个地方发展或不发展，很大程度上不是由这个地方的文化造成的。一般来说，在当代学术的条件下，影响学科发展的因素主要不是地域文化，各个学科人才的培养也主要不依赖于地域文化的涵养，学术成果发表更不能限于地域内部的出版。当代广东好学者学术成果发表的刊物，遍及全世界。在这样的情势之下，从地域性出发讲学问发展的道理，是特别为难的。只能说，这个学者在其人生周期的某一个阶段，呼吸广东的空气，吃广东饭菜，喝广东的水，但他做学问成就与广东文化有什么关系呢？真的不容易理性地讲清楚。

我们作为后来人，在编写地方志、重构地方史的时候，很容易地把学术发展的问题看作与本地文化相关的东西，其实不一定是这样的。地方史志工作者是从志书编修的需求出发，把本地籍贯或在本地出生或在本地活动过的若干相对有名的学者串连起来，主观地构建本地的学术系谱的，他们其实对于各个学科自身发展的内在脉络和内在动力，并不了解；对于自然科学学科的内容，更常常是所知甚少。他们论述的地方文化与学术发展的关系，更多的是出于个人的感觉，而难以理性地去实证。

## 最简单、最落到实处的，是把这几个大学办好

记者：既然与地域文化无关，广东学术和文化要发展，应该从哪里着手？

陈春声：20世纪学术的命脉在于现代大学，真正一流的学术只有在世界一流的大学才能够立足，全世界都一样的。要保护广东的学术命脉，发展广东的学术，最重要的就是有几个好大学。可惜岭南大学到1952年院系调整时就没有了，它真的是一个好的大学。现在要保存广东学术的精神不至于废堕，最简单、最能落到实处的，也是把现在广东的这几个好大学办得更好。这个世界上最聪明的孩子，都在好大学里面，把大学办好，我们这个社会才有好的未来。这个世界上

最卓越的学者，也基本上在好大学里面，这才是学人的精神家园啊。如果没有把大学办好这一条，其他的文化建设举措，就都是做做形象工程而已，建再多的歌剧院、体育场、电视塔，广东都不会成为中国第三个学术和文化中心的。

记者：中国无数大学都在说要办世界一流大学，但依然没有大学建成。清华大学校长梅贻琦有"所谓大学者，非谓有大楼之谓也，有大师之谓也"的说法，具体点说，您所说的一流大学的标准是？

陈春声：如果没有把学问做到世界一流的学者，一个研究机构是不会成为什么伟大的文化载体或精神符号的。不要总是去回想我们在传统上有过什么学术机构或学堂什么的，以为照样画葫芦，再弄一个同名的机构或学堂，就可以发展本地的学术，那是不可能的。

培育一流学者和培育学术氛围还不太一样，学者一定要没有什么"过人之举"才能培养出来的。只能按照学术一般的规律，很正常地慢慢去做。现在中国很多大学有太多"过人之举"，反而影响了学术的进步。中山大学这十余年有点进步，就是我们努力不要有"过人之举"。中山大学的"经验"，就是"不出经验"。

在大学里，许多事情都要讲求顺其自然，要让大学的规矩成为学者和学生日常学术活动、学习生活很自然的部分，千万不能急于求成，揠苗助长。以国际学生为例，现在我们很注重大学教育的国际化程度，如果国际学生在中山大学学习的情况，就像中国学生在哈佛大学一样，那我们就是国际化程度很高的一流大学了。外国学生跑到哈佛去读书，没有听说要去留学生科报到的，也不会有单独的留学生宿舍，还要安排另外一套课程，基本上你与美国学生没有太大的差别，不会有特别的礼遇或者特别的歧视。该毕业就毕业，该不毕业就不毕业。一个大学里，如果过着这样学习生活的外国学生占有较大的比例，留学生在这个大学里生活和学习，是一种与本国学生差别不大的常态，那这个学校就是一流大学，就是国际学术中心和高等教育中心了。

记者：广东和香港同属粤语文化圈，在地缘、文化上有很大的共通之处。香港汇聚了来自世界各地的一流学者，但广东却很少有这样的盛况。您觉得香港在这方面的优势在于何处？对于广东的大学又有何借鉴之处？

陈春声：香港的学术环境起码有两个优点。一是资讯的丰富和便捷，这不只是指硬件方面，更主要的，是香港学术界的主流语言不是粤语，而是英语。英文是全世界学术共用的语言，英语学术世界资讯的丰富程度和汉语学术世界是有天壤之别的。广东和香港的普通市民虽然都讲粤语，但两个地方的学术界其实都不用粤语的，在香港主要讲英语，在广州则主要讲普通话。不能因为两地同属所谓"粤语文化圈"，就以为两地的学术界可以做这一类的比较。学术的语言与日常生活中使用的语言常常是不同的。

二是教授的薪酬高，从全世界各个名校去香港教书的学者，大多不是因为香港是一个国际学术中心，在香港可以与一流的同行讨论学问；也不是因为香港的学生资质特别优秀，其实香港的好学生有许多已经到了欧美的大学念书。许多国际知名学者愿意到香港教几年书，很大程度上是因为香港教授的薪水接近世界最高，不少学者中青年的时候在欧美读书、教书，到快要退休的时候，就请几年学术假来香港享受高薪待遇。当然，不管什么原因，只要学生有机会与这些一流的学者接触，听他们的课，接受他们的指导，与他们聊聊天，都是能有许多得益的。

这两条广东都不容易借鉴。而且，广东是不是一定要以香港作为学术发展的样板，也是值得讨论的。香港的学术界是很热闹，也常常能见到国际学术名人，但香港整体的学术水平是不是真的比广东高，也是见仁见智的。当然，能有高一点的薪酬，对于吸引优秀的学者，总是有好处的。

（原载《南方日报》，2010 年 4 月 20 日）

# 学园絮语

# ◎ 体验学术创造的愉悦 ①

　　新学年伊始，校园的礼仪活动又开始了一个新的周期。开学典礼是一个仪式的场合，主办者常常会安排一位具有教师身份的人，在这样的场合说几句话。按照我的理解，这除了想使仪式具有一些学术"薪火相传"的象征外，更重要的，可能是想让我们这些过来人，有机会向在座的诸位谈一点从事学术工作的体验。

　　我今天想对大家讲的是，要努力体验学术创造的愉悦。

　　按照马克斯·韦伯的说法，大学教育最困难的使命，就是要将一大堆聪明、好学、有知识准备但不懂学术思维的脑

① 此为 2003 年研究生开学典礼上的致辞。

袋，训练得具有学术思维的习惯。而学术思维的本质，就是在深刻理解学术史和严格遵循学术规范基础上的知识创造。从这个角度讲，学术就是"反常识"。在当今中国的高等教育体制下，这个"脑袋转型"的过程，基本上是在研究生学习阶段才真正开始的。这也就是在座诸位从今天开始要面对的困难和挑战。

研究生阶段的学习，除了接受在学术史意义上已经成为常识的那些知识的传授之外，更重要的是，我们还要从事学术创造的工作。这一工作的成果，最终或部分地将在诸位的学位论文中体现出来。在个人的生命周期中，一篇优秀的学位论文的写作，基本上是一次"下炼狱"的经历。正是因为有过了这样的经历，我们才可以面对世人，无愧地说，我已经具有与一般人不同的思想创造的能力，我开始有资格成为一名学者。

我们的校园，是许多在中国近代学术史上做出奠基性贡献的学者传道授业之所。我想说的是，无数的前辈学者面对社会和学术界内部的种种不公，面对自己内心的种种煎熬，仍然无怨无悔地从事学术工作，除了他们对社会、对民族、对学术的责任使然之外，更重要的是，在他们的内心深处，感受到了常人所难以理解的、从事学术创造的愉悦。

古希腊哲学家德谟克里特是与苏格拉底同时代的人，写过很多关于艺术的著作，可惜大都散佚了。幸存的残篇里有一段话，充满了智慧："不应该追求一切种类的快乐，应该只追求高尚的快乐。"按照康德在《判断力批判》一书中的说法，快乐可以分成两类，一类与感官的享受有关，"单纯以享乐为它的目的，……叫人忘怀于时间的流逝"；另一类是提供反省的快乐，这"是一种意境，……虽然没有目的，仍然具有促进心灵诸力的陶冶，以达到社会性的传达作用"。毫无疑问，学术创造的愉悦，属于后者。这种愉悦，根源于我们这个已经在地球上生存了几百万年的物种的心灵深处，正是这种天赋的愉悦感，在最深刻的层面上一直推动着人类社会的发展与进步。

我注意到今天的仪式上，比过去多了一项宣誓的内容。诸位将于这个在人生历程中具有转折意义的场合，承诺恪守学术和社会的各种规范。我想说的是，在更深层的意义上，一个人之所以可以成为一个好的学者，不仅仅在于他遵守了这些外在的道德和社会规范的约束，而在于他能够在更加理性的基础上感受到学术创造的魅力，在因为各种外在的动力而埋头读书的时候，懂得自觉地倾听自己内心的声音。从这个意义上说，学术创造不是源于外在的行为规范的约束，而是植根于建立在科学理性基础上的对人的内心召唤的遵从。

在学者的学术生命中，这种伴随着巨大愉悦感的学术创造的"高峰体验",人的一辈子可能只有一次、两次。但许多有成就的前辈告诉我们,只要有过一次这样的体验,就足以让一个人毕生献身于学术的崇高事业。衷心地希望在座的诸位中,有更多的同学获得这种愉悦的体验。

(原载《中山大学报》,2003 年 9 月 10 日)

# ◎ 倾听自己内心的声音 [①]

采访前听历史系的同学说，陈春声老师是个有趣的人，说话很有感染力，喜欢说"啊，……"。果然，我们跟着他进到他在历史人类学研究中心二楼的办公室的时候，他说的第一句话就是"啊，我这里很乱啊"。其实那是一个明亮又舒服的地方。平时他就是在此和他的研究生们讨论问题，他把自己的教学方式称为"老铁匠教小徒弟打铁"——不用说太多原理或方法，只要带着他们做就可以了。他还爱用很强调的语气说"不要相信…"，比如"不要相信潮汕人就一定很会读书"，"不要相信经常跟外国学者打交道的人外语就一定好"，"不要相信神话"等。

---

① 此为陈春声老师任人文科学学院院长的访谈。——编者

他的眉毛很淡，下巴尖尖的，一笑就露出两个很可爱的小虎牙。据说他讲课的时候常常双手轻轻抱拳置于下巴下方，双目炯炯有神，被同学称为"少女的祈祷"。他待人亲切，笑容可掬，但是有时又会忽然间变得很认真严肃；他是个理想主义者，但是工作很务实；他强调顺其自然，而对他自己来说，这个"自然"也包括了每天工作到深夜两三点。他说我们应当倾听内心的声音。在给大四学生开的"史学概论"上，他在解释自己为什么要想尽办法挤时间来给他们上课的时候说："我不是为你们，我是为自己的良心"。

**记者：**您在中大从读书到执教到现在已经很多年了。请问您眼中的中大是怎么样的，您觉得中大有哪些地方需要改进呢？

**陈春声：**（笑）我有机会到过很多世界知名的大学，像牛津大学、哈佛大学、东京大学等。全世界的大学教授都在批评自己的大学。如果连知识分子都时时大唱赞歌的话，那这个社会就没什么希望了。知识分子对现实的生活必然有诸多感到不满意的地方，这是一种"智慧的痛苦"。中山大学是中国最自由、平等、开放的大学之一，其国际学术交流是比较深刻、深层次的，有其国际化的一面，较之许多内地的名校，中山大学在本质上更加容易接近现代大学制度。人们常说办企业要和现代企业制度接轨。其实办大学也是一样的，必须跟现代大学制度接轨。

**记者：**您怎么看待两校合并?

**陈春声：**有没有医学院并不是衡量一个好的大学的标准。但是在我们这个"工具理性"和"行政主导"占上风的社会，一间规模比较大的大学，在争取国内外资源方面是比较有利的，而且可以因此吸引到更多更好的学生和老师。不过，我始终认为好的学术合作和学科整合，主要依靠的还是学者之间的朋友式交流，而不是单纯的行政力量的撮合。

**记者：**我们知道中文系、哲学系、历史系和人类学系都是属于人文学院的。但是"人文学院"这个概念好像非常模糊，各个系都很独立。作为人文学院的院长您怎么看待这种现象?

**陈春声：**我一向主张人文学院不要实体化。因为中文、历史、哲学和人类学四个学科在中山大学都有自己很长的学术传统，各有自己的学科优势和学术特色，保持它们的独立性有利于学术发展，也有利于各个学科广泛争取资源。硬要合在一起的话，会破坏学科的优势。我理想中的人文学院，是一个礼仪性的而非实质上的学院。高等教育的使命，超过一半是礼仪性的，这一点现在好像大家都很难理解。做教育的时候，行政的企图心不能太大，行政的企图心过大就会危害教育本身。

记者：您对历史系学生的要求是什么？

陈春声：在很好训练的基础上充分发挥个性。

记者：您怎么样看待"个性"？

陈春声：在社会大生产的背景下，产品是要求统一规格的。现在的大学教育也是一样。正因为个性的缺乏，社会上才出现了那么多呼唤个性教育的声音。对于学者来说，从事应用研究的相对注重跨学科的团队合作精神，而从事基础研究的尤其需要孤独的思考和个人的独创。站在科学前沿的总是少数孤独的思考者。

记者：您现在已经获得了很多荣誉。您是怎么看待荣誉的呢？在中大网上我们看到了一些对您的介绍，其中有这么一句话："从未相信格言真的能指导人生"。您为什么会说这样一句话呢？

陈春声：（笑）我都不知道这话还放到了网上。这好像是某一次填表的时候随便写的。我从来不相信任何一句格言可以支撑整个人生。格言其实是一种硬邦邦的东西，是别人强加给你的，是外在的。做学术需要有一种宗教感，要倾听内心的声音。我说的宗教感指的是对学术的信仰。要进行科学研究，起码要以两个基本信念为基础，一是这个世界是有规律的，二是这些规律是可知的。但是这两点却既不可证实又不可证伪，类似于信仰，接近宗教。当然，你的内心深处，还要真的对学术有热情和敬畏。

记者：现在的历史学和人类学是不是已出现了交叉的现象？

陈春声：是的。现在的历史学和人类学都不像以前那么单一，一个重要的趋势是"历史人类学"的发展。历史人类学是战后新史学发展的重要趋势，它不是一种传统意义上的学科或学科分支，而是人文学科与社会科学多学科整合的方法取向，主要是由有人类学倾向的历史学家和重视其研究的历史深度的人类学家所共同推动的。我认为我的研究属于前者。

记者：那是不是可以说历史学和人类学的交叉产生了两个紧密相连但是方向不同的学术取向——历史人类学和人类历史学呢？

陈春声：也可以作这样的理解。就是说，本来"历史"和"人类"都可以用作定语。但是"人类历史学"这种说法，无论在中文还是英文里，都是说不通的。难道除了人类的历史学，还有别的历史学吗？所以不管哪一种取向，都只能叫"历史人类学"。

记者：您觉得网络对历史研究会有什么影响？

陈春声：我举两个例子。第一，以前做历史研究要在文献检索上花大量的时间，也更多地依赖研究者的记忆力；但是现在有了全文检索，过去需要花一辈子的时间来检索和记忆的东西，现在在网络上只需要几秒就能找到。这意味着网络时代的历史研究，越来越要靠个人的历史体验，对思想性的要求越来越高。这是历史学研究的一个带有根本意义的转变。第二，20世纪大量的新史料的发现和利用，带来了历史学的许多革命性发展。我敢说，到了22世纪，最好的历史学家很有可能都是精通"电脑考古"的技术人员。因为到那个时候，历史学家所研究历史的史料大多都在磁、光等载体里面。如何还原、阅读这些材料就变成了历史学家要做的主要工作。网络技术的发展和网络时代的来临，对历史学本身来说并不是好或者坏这样简单的问题，它是历史研究者一定要面对的一种现实。

记者：收集材料的工作变得这么简单，会不会增长人的惰性？

陈春声：不会的。人们会不断地对学术工作及其标准提出新的要求。学术是靠少数精神贵族来推动的，这一部分人，就算没有人在后边督促着，也会努力拼命往前跑。网络的发达最终可能会提供个性化的教育。其实大学并不单纯是一个创造和积累知识的地方。

记者：那大学的主要功能究竟是什么呢？是培养个性吗？

陈春声：也不全是。可能我的想法比较理想主义，但我认为，大学最主要的功能就是，给人类保留一个有别于世俗世界的精神家园。在这个过程中可能会创造知识、培养个性，但其根本是为了守护人类的文化。

（原载《中大青年》，2001 年 11 月 12 日）

# ◎ 大学职业生涯的矛盾与超越

　　新学年即将开始，学校又举办一年一度的新教职员岗前学习交流会。人事处安排我这样一位在康乐园学习、工作、生活了近30年的老同事，在这个带有某种礼仪性质的场合说几句话，无非是想让我们这些过来人，有机会向在座的诸位谈一点大学职业生活的体验。

　　我今天想跟大家讲的，是大学职业生活可能带给我们的矛盾、困惑，以及个人可能的应对之道。

　　毫无疑问，随着经济的迅速发展与社会的现代转型，在好的大学里取得一个职位，已经成为在这个社会上令人羡慕的事业成功的新起点。我们这一代人主动或被动地以大学作为职业选择时，社会上普遍存在的"造原子弹不如卖茶叶蛋，拿手术刀不如拿剃头刀"的情况，早已不复存在。最近完成的第六次中国公众科学素养调查显示，我国公众认为教师的职业声望最高，公众在期望子女从事最好职业的选择中，教师职业的期望值也是最高的。先不讲大学精神、大学文化、大学的社会责任这类赋予我们某种崇高美感的内容，仅仅从与日常生活经验相关的视角看来，大学为她的每一位从业者提供了空气清新、绿树成荫的校园，相对宽松且有人情味的工作环境，比较稳定、可能逐步上升且有较好福利保障的收入，还有一年两次、每次长达数周的有薪假期。诸位还比较年轻，到了我这个年龄，就更能体会到，我们的孩子从小就生活在一个"谈笑有鸿儒，往来无白丁"的环境中，对他们人格的形成和品味的提升，具有何等重要的意义，特别是在眼下这个社会迅速转型，价值观和是非感日益多元发展，从而令人难以适从的时代。即使从这样比较世俗的眼光看来，我们有机会在这个校园里成为同事，也真是值得高兴和珍惜的。

在座的诸位大多是年轻人，就像今天上午郑书记和黄校长在他们的讲话中殷殷期望的那样，大家选择任职于中山大学，一定不仅仅是因为上面提到的这些相对世俗化的理由，一定对自己的事业发展有很好的设计，也可能对未来的生活怀有各种各样多少有点理想色彩的期待。作为过来人，我想说的是，大学的职业生活也充满矛盾和挑战，在未来的工作中，如何保持一种带有超越感（甚至是某种宗教感）的平衡的心态，将是诸位的职业生涯能否平顺而成功的关键所在。陈寅恪先生讲过，"士之读书治学，盖将以脱心志于俗谛之桎梏，真理因得以发扬。"也就是说，读书人要脱俗。"脱心志于俗谛之桎梏"，这是一个难以企及的境界，特别是在现代中国的大学里面。我们对大学有很多期盼和理想，但这些期盼和理想的达成，有待于用一种带有宗教感的态度去提升。这也是我们这些选择任职于大学的人，所要面对的可能备受内心煎熬的难题。

我们首先要面对的，是大学理想与大学职业生涯实际状况的矛盾。

如果从 12 世纪在法国、意大利、英国等西欧国家陆续出现的中世纪大学算起，大学已经有近 800 年的历史。今天上午，黄校长也在他的报告中提到，在全世界现存的 85 个 1520 年以前成立的组织中，有 70 所是学校。大学在人类社会发展进程中不可或缺的积极作用，已经不证自明。有无数最杰出的学者、教育家描述过他们心目中的大学理想，我想不避累赘，在这里引述 20 世纪美国社会学家艾伦·布鲁姆的一段话，来说明人们有过的对一所好大学的期望，这段话引自 1987 年他出版的名著《走向封闭的美国精神》：

一所好大学应该有另一种气氛，它告诉我们，有一些问题应该被每一个人思考，但是在日常生活中却没有人问也不可能有答案。它提供自由探索的空气，不允许不利于或者妨碍自由探索的东西存在；它给出重要与不重要之间的区别；它保护传统，不是因为传统就是传统，而是因为传统提供在极高的水准上进行讨论的模式；它蕴涵奇迹，预示在分享奇迹中产生的友谊。更重要的是，这里有真正伟大的思想家，他们是理论生存存在的活的证明，他们的动机不会流于低俗，虽然人们以为低俗的动机是无所不在的。他们有权威，但不是来自权力、金钱或家庭，而是来自能够赢得尊敬的天赋。他们相互之间、他们与学生之间的关系使人们看到一个以真正的共同利益为宗旨的团体。大学是一个以理智为基石的国家的神殿，是奉献给纯粹理性的。它在人们心中唤起崇敬之情，只有那些将自身与平等自由观念融汇为一体的人才会产生这种感情。[①]

我不敢说，我们都是"将自身与平等自由融会为一体的人"，但我们在大学工作，都多多少少分享着这样的关于大学的理想。对在座的一些同事来说，也许对这样的理想的憧憬，正是你们选择任职中山大学的缘由。

然而，毋庸讳言的是，在大学任职的外部条件，特别是

---

① ［美］艾伦·布鲁姆著、缪青等译：《走向封闭的美国精神》，264～265页，北京，中国社会科学出版社，1994。

与个人职业生涯顺利与否相关的部分，并未达到这样理想化的境地。大学是人类的组织，也就具备了社会组织的所有弱点，人性的弱点也必然导致大学职业生活要面对的种种不公。代表了人类未来、良知、公正、平等和其他各种追求的大学理想，是由生活在充满了短视和不公的环境中的大学领导者、教师和其他同事的具体活动来达成的。这是每一位刚刚步入大学之门的同事，从一开始就要准备面对的。

对于教师来说，这样的矛盾，由于现代大学中教师职业互相矛盾的双重要求而被强化了。

学者职业化导致了这样一种局面，即只有在大学和研究机构里面从事的工作，才被同行承认为是学术的工作。对学术创造的愿望，促使我们在大学里找一份教书的工作。结果，就难免要遇到大学制度的一个内在矛盾。在现代的学术体制下，学术越来越变成一个从业者集团内部的自足的行为，衡量一个学者学术贡献的大小，成为学术共同体内部相互承认的过程，而这个共同体的评价，决定了我们能否当一个好学者。要当一个好学者，一定要有好的学术思维的能力，而学术思维的本质，就是在深刻理解学术史和严格遵循学术规范基础上的知识创造。从这个角度讲，学术就是"反常识"。证明自己是一个好学者的标志，是看一位学者在学术上有没有思想的创造，有没有"反常识"的发明。而另一方面，作为一位大学教师，其基本的任务之一，就是要把常识教授给学生。

这样一来，在做一个好教师和当一个好学者之间，存在着非常大的、不容易克服的鸿沟。学术创造与知识传授，需要的是两种很不相同的秉性，一个人是很难同时完美地具备这两种秉性的。我们因为热爱思想创造而来到这个大学，而且也可能有很好的从事学术创造的才能，但如果要长期拥有从事学术创造的资格，就必须同时具备另外一种不同的才能，即能够通过常识的传授，将一大堆聪明、好学、有知识准备但不懂学术思维的脑袋，训练得具有学术思维的习惯。

1919 年，德国著名思想家马克斯·韦伯做了题为"以学术为业"的演讲，这是一次学术史上不朽的演说，其中有这样两段话：

大学教师中谁也不愿意回忆那些有关聘任的讨论，因为他们很少有愉快的经历。……大家必须明白，如此多的学术前程操于命运之手这个事实，其根源不仅在于集体决定这种选拔方式的不恰当。每一位受着感情的驱策，想要从事学术的年轻人，必须认识到他面前的任务的两重性。他不但必须具备学者的资格，还得是一名合格的教师，两者并不是完全相同的事情。一个人可以是一名杰出的学者，同时却是个糟糕透顶的老师。

学术生涯是一场鲁莽的赌博。……你对每一个人都要凭着良心问一句：你能够承受年复一年看着那些平庸之辈爬到你头上去，既不怨恨也无挫折感吗？当然每一次他们都会回答说："自然，我只为我的天职而活着"。但至少就我所知，只有极少数人能够无动于衷地忍受这种事。①

这样的矛盾，我们可能要终身面对。

依我自己的经验，这类矛盾之所以有时会变成难以克服的障碍，常常主要不是由于学术制度的不公，也可能主要不是由于上级或同事看法的偏颇，而更多的是因为我们自己不能面对内心的煎熬。在现代中国的教育制度下，从小学的时候开始，老师就告诉我们，做人要力争上游。但恐怕难以改变的事实是，人类大脑先天的结构已经决定，天才只占人群中相当小的比例。我们都是很幸运的人，在一个淘汰率很高、每一步都充满风险的教育体制中，能够完成从小学到研究生的学习过程，有机会到中山大学任职。但这样的经历，仍不足以证明我们就是天才，甚至也不一定能证明我们比大学外面的人更聪明一些。客观的事实是，在现代大学里，绝大多数教职员只是中才而已。我们的内心、我们周围亲近的人们、

① ［德］马克思·韦伯著、冯克利译：《学术与政治：韦伯的两篇演说》，21～23页，北京，生活·读书·新知三联书店，2005。

甚至我们的社会，并不真正明白这一点，常常对我们怀有很高的期望，都希望我们能够取得大的成就。内在和外部的期望，与实际能力之间的差距，对每一个就职于大学的人来说，都可能会成为压力和煎熬的根源。所以，我们在选择大学职业生涯的时候，一定要扪心自问，听从自己内心的召唤。

我想说的是，要正确面对大学理想与大学职业生涯实际状况的矛盾，使我们的大学职业生活更加平顺并有更大的成功，除了要遵守外在的行为规范的约束之外，更重要的因素是，建立在科学理性基础上的对自己的内心召唤的遵从。这是一种超越日常生活经验的带有宗教感的体验。

我们选择任职于现代中国的大学，还要经常面对保持大学精神的追求与带有明显"工具理性"性质的各种外部压力之间的矛盾。

我们这个大学，是许多在近代中国学术史上做出过奠基性贡献的学者传道授业之所。正如黄校长今天上午说过的，所有的大学都会有其办学特点，不过，并非所有大学都拥有"大学精神"。如果在中国近现代历史上，没有清华大学、没有北京大学、没有南开大学、没有中山大学，那么，我们国家的历史就得重写。我们相信只有这类承载了重大历史使命的大学，才真正有其精神。我们深深相信，拥有这种精神的大学，才可能是永恒的。

生活在这样的校园之中，耳边不时回响着陈寅恪先生"惟此独立之精神，自由之思想，历千万祀，与天壤而同久，共三光而永光"的警句，中山大学的同事们对精神的自由有着比其他大学的学者更自然的向往。岭南文化对中山大学精神内核的形成，也有潜移默化的影响。历史系一位我很景仰的前辈学者说过，中大的可贵之处，不在大，而在中。这是一句朴素而非常深刻的话。我们生活在一个整天强调要"做大做强"、要"跨越式发展"的时代，常常忘了"中庸""持中""大中至正"这些中国人思维方式中最宝贵的思想要素。相对于国内其它大学来说，我也相信中山大学的最动人之处，就在这个"中"字。因为这样的一种精神因素，让这个大学始终对校史上许许多多"敢为天下先"的创举保持着足够的宽容和理解，让这个校园始终充满了浓浓的人情味，让我们这些在其中生活的人，在面对社会和自己内心的种种煎熬时，更容易保持一种平衡的心态。

但是，具有明显"工具理性"取向的外部压力仍然存在，且与日俱增，各种各样的评估和排名，实际上已经直接影响到大学的生存与发展。校长公开表明以"为中才立规矩，给天才留空间"为治校理念，既然我们大多数人只是中才而已，自然就要受到更多的外部规范的约束。而这些规范和制度，可能有一部分与我们对自己的期望、对学校的期望、对学术的期望并不一致。

作为教师和职员，学校还期待着我们为中山大学争取更多的荣誉。19世纪以后，学术成为一种职业。这意味着我们必须遵守职业的规范，而荣誉变成了一种衡量职业（而不是学术本身）是否成功的外在标志。在学术职业化的背景下，有了荣誉，就可能意味着有机会为学校争取更多的资源。但是在内心深处，我们必须明白，这与自己的学术工作是不是有价值，是没有必然关系的。我们在学术上是否成功，在于看下一代学者会不会引用我们的东西，在他们眼中，这些东西有没有价值。用数字来说明问题、来衡量每个人的水准，是具有破坏性的。太过看重荣誉，孤独思考的时间就会减少。但另一方面，生活在大学里，我们好像就有为大学争取荣誉的责任，而偏偏争取外在的"荣誉"本身，就是违背"大学精神"的。这也是现代社会的悖论。

这样一来，任职于大学者，特别是其中的学者，就有了双重的责任。一方面，我们要守护大学的本质和精神，努力改变各种不利于文化和教育长远发展的制度和规矩。我们正处于一个大变革的制度重建的年代，这样的工作，无疑是时代对于大学的要求之一，也是我们在大学工作的理想。但另一方面，作为一位普通的教职员，我们又要遵守既有的制度和规矩，在现有体制下为个人和学校争取更多的荣誉。

我个人的体验是，只有在严格遵守既有制度，在现有体制下做得比周围的人更好的前提下，我们才有资格讨论改革体制和改善制度的可能。只有遵循目前的规矩而取得令人信服的成绩，我们提出的改变现状的愿望和方案，才会被正确地理解，大家才会相信，我们提出这样的要求，真的是出于对教育、文化和学术长远发展的责任，是为了守护大学这个人类精神生活的家园，而不是出于一己之私。在这个校园工作、生活了几十年，我看到的情况是，对各种不合理的制度和举措提出批评建议，且能被接受并取得成效者，往往都是在原有的体制下就做得比别人更好的人。

我是学历史的。作为一个历史学家，深深地庆幸自己能够生活在这样一个大变革的时代。过去 30 年间，我们所经历和体验的经济、社会和文化领域的巨大变化，在几千年中国历史上是绝无仅有的。亲历这样的历史，对中国社会的研究者来说，真是可遇而不可求。正是由于社会的迅速转型，我们的价值观、行为方式和思维模式正日益多元化，大学的职业生活也因此有了更多、更深刻的矛盾和困惑。今天在这里如实地描述自己的体验和感觉，是想告诉诸位，真正的解决之道，是要让我们的视野更加博大，思想更加深刻，心灵能够容纳更多的矛盾，是自我的超越。

（原载《中山大学报》，2007 年 1 月 15 日）

# ◎ 体验时代与亲历历史

## ——谈《大学的根本》[①]

　　我是学历史的，觉得黄校长编著的包括《大学的根本》在内的这整套书[②]，其实是很适合作为当代中国教育史来读的。黄校长在近 5 年间访问了 200 多位大学校长、书记、副校长和院长，让这些有能力、有思想、有才华的校长们，有一种恰当的场合和方式，将他们的办学治校理念讲出来。这与我们常常在报纸上看到各位校长、书记比较同质化的表态性访谈不一样，那种场合一般他们是以大学代言人的身份在讲话。这套书收录的访谈录，更多的是个性化的、充满智慧

---

① 本文系 2015 年 7 月 31 日在商务印书馆举行的"大学的人才培养暨《大学的根本》出版座谈会"上的致辞。

② 指黄达人编著，2011 年至 2015 年间商务印书馆出版的《大学的观念与实践》《大学的声音》《高职的前程》《大学的治理》《大学的转型》和《大学的根本》六部著作。

和真实体验的言语。所以，将这套书作为当代中国教育史来读，应能获得更加真切的历史感。

在当代中国做教育家不容易。当一个好的教育家，其重要的行事方式应该是只做不说，至少是多做少说。不管中国还是国外，凡遇事就去找媒体喊话的所谓教育家，基本上做不成什么大事。大学校长要是每天都在报纸上讲怎么把大学办好，实际上他管理的大学常常办得都不是太好，这是经验。我们知道，中国许多大学的校长是很有思想的，他们非常敬业，他们的理论素养、思想高度、道德修养、心胸眼界和行动能力，都是一流的。在这么复杂的时代背景之下，能把各种类型的大学办到目前这样的水准，真的非常了不起。但是，缘于客观环境和职业伦理，他们都说得很少，有时在媒体上说了，还有些言不由衷。这样，对于我们这些做历史的人来说，就未免有些遗憾。也正因为如此，我才觉得这套书的历史价值是弥足珍贵的。

我以为，要了解中国当代的教育史，这套书刚好处在一个合适的平衡点上。用一套访谈录来表述高等教育领域管理者们的所思、所为、所感，大家可以说真话实话，不用说官话套话，也不像在网络或纸媒发表的那样，不用担心被过分炒作。可以说这真的是很睿智、很合适的安排。我敢斗胆预言，再过十年二十年，研究中国教育史和社会史的人，一定会根据这套书写出好多篇博士论文。今天在书里谈切身体验的人，在以后的学者看来，全都是历史的亲历者。

令人感到幸运的是，这件事是黄达人校长做的。黄校长执掌中山大学十余年，治校有方，大家都非常敬佩。而更令人敬佩的还是他的工作态度。校长在外面做访谈，每次回来都会很兴奋、很佩服地说到，他在访谈中学到了许多东西。我有许多机会听到校长这么讲，别人谈话的精彩部分，他回来后都会向我们复述，能感觉到他在享受这个过程。他以一种欣赏的心态，真心地把访谈当成是向各位同行学习的机会。正是有这样丰富的经历，以这样欣赏的心态，去做这样的工作，所以，他提出的200多次访问要求才从来没有被拒绝；而且，受访者才会跟他讲真话；还有，最重要的，人家讲的真话他真正听得懂。三者缺一不可。

我把这本书的20多篇访谈通读了一遍，作为历史学者，注意到有这么几个问题是各位校长、院长共同关注的：一是如何提高课堂教学的质量，特别是小班授课和小班讨论被反复提起；二是如何看待本科教育的国际化，以及高等教育的国际性问题；三是有近三分之二的受访者谈及通识教育的重要性及其实施方式。中国高等教育走到目前这个阶段，这些问题都确实很重要。以后做中国教育史研究的学者，一定绕不开这些问题。

快五年了，记得那是2010年12月24日，校长做了很动人的离任演说，然后与我们握别，登车离去。十分钟后，短信就过来了："春声，真的很舍不得你们，其实人还是工作的时候最美好"。我觉得今天可以说了，这五年，黄校长一直在认真地、"美好"地工作，而且工作得很有成效，很有意义。从某种意义来说，目前这项工作的价值不低于治理一所大学。

回到《大学的根本》这本书。每位受访者讲的都是中国教育的实际情形，大家都强调大学的根本在于教学，在于人才的培养。在"前言"里校长也讲到，建设世界一流大学的前提是建设世界一流的教育，尤其是本科教育。因多年分管本科教学，我也觉得，中国的大学要成为世界一流大学，最难过的一关是如何提高本科教学的水准。目前我们感到在许多方面与世界一流大学还有差距，如科学研究的水平、教师队伍的整体素质、大型科学仪器的建设等，但这些大体上都是加大投入就可以解决的。而如何让我们的本科教育质量达到一流大学的水准，却可能是最任重道远的。因为本科教学最难之处，在于怎么让每个老师把教学当成自己的本分，把心放在学生那里，这一点基本上不是加大投入就能解决的。

"前言"里还讲到，人们经常会犯的错误是"走得太远，反而忘了为什么出发"。也就是说，办教育要记住"不忘初心"。现在大学老师做科研很有动力，似乎不用督促。

但做科研的整个导向，似乎也有点忘了为什么出发，忘了"初心"。人类这个物种充满了好奇心，对发明创造有天然的兴趣，这是人类能不断进步的根本缘由。但现在许多同事做科研不是因为兴趣和好奇心，而是为了职称、奖励、津贴等，其实是忘了"初心"。现在国家社科基金年度项目、后期资助项目、重点项目等，一年立项约5000个，加上各部委、省市的项目，还有林林总总的横向课题，每年全国文科的立项可能数以十万计。一个项目短则三年，长则五年，全国大约有40万人文社科工作者，平均差不多每个人都有一个在研项目。自然科学立项的平均数起码不会少于文科。真的有那么多科学问题值得研究吗？"前言"里引用了澳门大学赵伟校长的观点，即国家立项鼓励科学研究，不仅仅是为了科学的进步，更重要的是让大学教师保持科学探索的精神，这种精神让大家有机会把学生教得更好。如果我们都懂得这个，也就是没有离开"初心"，那些钱也绝对值得花。但现实是许多人不明白这个道理，很多大学教师做研究都有很功利的目的。还是要回到大学的根本，回到学术的根本。

在访谈的时候，校长问我，怎么看待现阶段中国的高等教育。这个问题很大，我觉得社会各界对中国高等教育的情况有很多意见和不满是可以理解的，做教育的人也总是不满现状，总是觉得有必要进行教育改革。其实欧美国家也是同样的情况，美国人关于他们国家教育的报告，每一篇都充满了危机感。但是，如果站在历史的角度，更宏观地来考察这个问题，也许应有不一样的结论。改革开放30多年了，整个国家和社会发生这么大的变化，这是人类历史上少有的奇迹。而这些奇迹，基本上就是新中国成立60多年来中国自己培养的大学生造就的。事实上，我们国家在各行各业都有一批世界一流的人才，这些人基本上都在国内读过大学。所以，从更宏观的层面看，应该承认中国整个高等教育的发展，基本上是适应了国家和社会发展需要的。我们面对来自国际和未来的挑战，觉得本科教学质量还有很大的提升空间，觉得教育体制机制也有许多不完善之处，但从更具历史感、更宏观的视角看，还是要充分肯定中国高等教育与国家和社会发展相适应的一面。

在这本书里，还有在以前出版的《大学的治理》一书中，许多大学管理者谈到大学内部治理的结构，谈到大学、学部、学院、学系的划分及其相互关系。我们常常将欧美的大学作为现代大学的"常态"，应该承认，欧美的大学治理结构确实比较稳定，即使是新办的大学，其内部组织关系也比较确定，大学的组织架构比较明晰。欧美大学的运作也比较平稳，如你想与校长见个面，几个月前就可以知道他有没有时间。

相比之下，我们大学的管理体制比较多元，管理显得扁平化，且学校运作的随意性比较大，看起来似乎有点"乱"。但从历史的角度反过来看，与30多年前相比，中国大学的进步还是很大。不得不承认，这种可称为"跨越式"的进步，与目前中国大学这种特别的管理方式是有关系的。我们似乎有点"乱中取胜"的感觉，现在国际上各种大学排行榜中，包括清华、北大在内的中国大陆各个大学的排名都是往上走的。作为历史学者，反观目前中国大学的管理机制，也许目前这种比较多元的、相对有些杂乱的、显得扁平化的情况还会延续一段时间。也许二三十年后，整个国家进入"新常态"，经济增长可能也不像现在这么快，社会更加稳定，到那个时候，中国大学的内部治理结构也应该会比较稳定，学校的运作也会比较平稳，我们要见校长也可以提前三个月就约定。

但是，我们还是应该庆幸自己能作为历史的亲历者，亲身体验目前这个大变革的时代。我们刚好处在这个具有历史转折意义的阶段，这套书的历史价值也就在这里。书里每一段口述访谈的视角、内容和观点都不一样，到时候拿出来当做历史读，透过整套书，就可以看到这个多元的历史时期高等教育的真实情况，那一定是非常有意思的体验。

# ◎ 礼仪重建与大学精神

在经历百余年来激烈的社会动荡和文化变革之后，现代中国社会出现了明显的"礼仪阙失"现象。在社会的"礼仪重建"过程中，大学负有无法回避的重要的使命。在重视大学生文化素质教育，提倡"大学精神"时，学校须重视校园内各种"礼仪"制度的重新建立和规范，使之成为大学教育不可或阙的环节，以此培养学生超越"工具理性"的人文素养，并由此潜移默化地影响社会礼仪的变化。更重要的是，大学应努力发展对国家礼仪制度和民间仪式习俗的研究，使大学真正在中国的"礼仪重建"中承担起自己的责任。

正如人类学和历史学的许多研究所表明的，仪式行为在人类社会的发展中具有多方面的重要意义。仪式可以被视为个人或群体的世界观的表达方式，传统乡村社会中的许多周期活动和人生礼仪，反映的常常是人与超自然之间的某种约定的关系，周期性的仪式行为背后，蕴涵着世界轮回或宇宙再生的信仰；在人生周期的重要关头举行的仪式，如满月、入学、毕业、婚姻、丧葬的仪式，有助于帮助个人和其周围的人们面对人生新的阶段所出现的种种问题，帮助他们度过人生的不同阶段；而对个人和社会更重要的，不但是上述这些重要时刻的活动，而且也包括了日常的衣、食、住、行等生活细节中的仪式性举止，这些日常生活中的仪式行为，常常在更深刻的层面上反映了社会之中人与人、人与社区、社区与社区之间的相互关系。总而言之，人们在社会体系或社会制度中的身份和地位，往往是借着各种仪式来表达的。由于许许多多的仪式行为已经成为司空见惯的习俗，也因为我们正生活在一个"工具理性"和"行政主导"占上风的社会，仪式在人类社会构成中所起的作用，很容易被教育者和受教育者所忽视。

特别应该强调的是，仪式所表达的个人与国家、社会与国家的关系。当仪式被称之为"礼仪"的时候，国家因素的存在就变成不言而喻的。我们所熟知的关于古代中国的一个神话，就是夏朝创造的"礼"为商朝所承袭的故事，即所谓"夏造殷因"。至于《礼记》关于周代"道德仁义，非礼不成；教训正俗，非礼不备；分争辨讼，非礼不决；君臣上下，父子兄弟，非礼不定；宦学事师，非礼不亲；班朝治军，莅官行法，非礼威严不行；祷祠祭祀，供给神鬼，非礼不诚不庄"的说法，更被后来的儒者视为儒家政治理想的近乎完美的表现。这种以"礼"为中心的政治统治的传统被创造出来以后，礼仪也就成为表达传统社会体制下的各种行为的"合法性"（或"正统性"）的一种工具。在某些现代的研究者看来，也许礼仪是非常缺乏理性或"成本观念"的行为，但礼仪作为传统，在国家政治和社会生活中发挥的作用，却是无法取代的。在礼仪的场合，人们问的常常不是"我为什么要这样做"？而是"我要如何做才合乎规矩"？而植根其中的，就是关于"合法性"的不言而喻的观念。我们注意到，在中国历史漫长的发展过程中，在相对边缘的许多地区，王朝"教化"和"德化"的推行都是一个漫长的过程，这个过程常常包括了两个方面的内容，一是根据"国家"的典章制度具有正统性的礼仪行为在地方社会逐步推行，另一方面是许多民间的"习俗"，由于王朝的承认而在国家的意识形态中拥有了合法的地位。前一方面的例证，如明代中叶以后宗族制度在东南地区的普及，后一方面的例证，可以在宋代大量册封地方神明的举措中发现，其中最引人注目者，就是福建莆田沿海一个女巫最终被册封为天妃和天后的故事。

在当代中国（特别是在大陆地区），一个不能回避的问题就是，我们正面临 "礼仪重建"的困难任务。传统国家及其文化赖以证明其"正统性"的整套礼仪制度，在"欧风美雨"的吹袭之下和翻天覆地的社会、文化革命以后，已经不复存在。百姓日常生活中的各种礼仪习俗，由于知识分子阶层对自然科学法则的迷信和国家政治力量推行的一系列"移风易俗"的举措，也发生了巨大的转变。而适应新的社会文化形态和"全球化"趋势的新的礼仪制度，则有待重新建立。当代中国社会出现的种种问题，在某种意义上，都可以视为"礼仪阙失"的后果。在我们强调"大学精神"，强调大学生文化素质教育，强调大学"社会服务"的责任和作为人类"精神家园"的角色的时候，有必要强调大学在整个社会的"礼仪重建"过程中的使命。

近年也有一些从事文化素质教育的学者，在他们文章中强调大学教育中的礼仪问题，也有一些冠名为《大学礼仪教程》的教材出版，许多大学也进行了某些礼仪制度的改革，特别是模仿欧美大学的毕业典礼，在中断数十年后，又重新被内地最著名的多间大学所采用。这类努力的意义，已经有许多学者和大学行政负责人在不同的场合下强调过了，这些变革对于舒缓内地教育巨大变革可能引致教师、学生和家长的焦虑与不安，培养学生超越"工具理性"的人文素养，并由此潜移默化地影响社会礼仪的变化，都具有重要的意义。不过，在这里我想重点说明的是，为了在中国社会"礼仪重建"的过程中扮演更重要的角色，更恰如其分地承担其引导社会发展的责任，大学应加强对国家礼仪制度和民间仪式习俗的研究。

当我们强调变革礼仪和对学生进行新的礼仪教育的时候，我们应该对"礼仪"本身存有一种"敬畏"之心。礼仪和我们称之为"传统"的其它许多事物一样，都可被视为文化创造的产物。这种"传统"的传承，既依赖于"制度化"的培养读书人的教育机制，但更重要的是植根于普通百姓一代一代在日常生活经历中的"言传身教"。在有几千年使用文字的传统，并有士大夫的思想意识全面渗入乡村的中国社会中，乡民的仪式行为无疑深受读书人的影响。但许多礼仪习俗得以传承不替，其更本质的根源来自普通百姓的日常生活，来自相对"非制度化"的家庭与社区内部的"耳闻目染"。只有了解了这一点，我们才不会对"礼仪重建"的艰巨性估计不足，也不会过高的估计大学生活中灌输式的形式上的"礼仪教育"的作用。

礼仪研究在中国大学教育中的价值，不仅仅在于我们可以把礼仪研究作为一种认识手段，更深刻地理解蕴涵于仪式行为背后关于宇宙、时间、生命和超自然力量等问题的观念，从而有可能用"理性"的方法，认识潜伏于普通百姓日常行为之下的有关"世界观"的看法；也不仅仅因为这样的研究可能有助于弥补接受现代科学教育而成长的一代研究者的知识缺陷，增长他们的见闻，开阔他们的视野，并为其学术生活添加一些有启发性的素材、灵感或有趣的饭后谈资。更为重要的是，在经济全球化和信息科技迅速发展的今天，通过对礼仪问题的研究和在深入研究基础上的礼仪教育，可以让我们的学生在更加理性的基础上感受人文的魅力，让他们在因为各种外在的动力而埋头读书的时候，懂得自觉地倾听自己内心的声音，从而成为更加全面发展的人。 从这个意义上说，"礼仪重建"不是外在的行为规范的约束，而是源于建立在科学理性基础上的对人的内心召唤的遵从。

（原载《中大青年》，2002 年 11 月 21 日）

# ◎ "另类大学"与"博雅教育" [1]

 在有些读者看来，本书的英文书名 Alternative Universities 也许应该译为"另类大学"。从严格的意义上说，《重新构想大学》描述的不仅是未来大学实体性的办学模式或管理方式，其更有意思之处，在于探讨在数字化时代成长的未来世代接受高等教育的多种可能形式，也就是本书副标题所揭示的，它讨论的是"未来高等教育创新的十种形态"。尽管对我们这些 50 后、60 后的人来说，这些形态看起来有些匪夷所思。

 《重新构想大学》的作者戴维·斯特利（David J. Staley）

---

[1] 此为《重新构想大学》中文版序。原载戴维·斯特利著、徐宗玲等译：《重新构想大学》，北京，生活·读书·新知三联书店，2021。

先后任教于美国海德堡学院和俄亥俄州立大学，长期从事数字化背景下知识与学术未来发展的研究，在可视化历史研究领域更是知名的前驱学者。以目前国内一般的说法，或许也可以称之为"未来学家"。其工作以跨学科的视野为特点，如在俄亥俄州立大学，他就同时在历史系、设计系和教育研究系担任教职。《重新构想大学》2019 年由约翰·霍普金斯大学出版，对他近年发表的一系列论文和采访录的观点作了系统的归纳，新见颇多。

斯特利关于高等教育未来创新的观察，建基于所谓"大学危机"的假设之上。本书的"结论"提到，"每周似乎都有新的专著、专论或白皮书面世，感叹'高等教育的危机'。"而其"导言"则引用管理学家彼得·德鲁克（Peter Drucker）1997 年说的话，宣称"三十年内，庞大的校园即将作古。大学将无法生存"。在这样的"危机意识"之下，作者认为"高等教育的创新意味着许多新思想的构想和实践，大学可以有许多新形式。创新的机构就是那些探索大学生存可能性的机构"，并提出了平台大学、微学院、人文智库、游学大学、博雅学院、接口大学、人体大学、高级游戏研究院、博识大学和未来大学等十种"概念大学"，他称之为"十个可行的乌托邦"。

与以往的工作一脉相承，斯特利这些关于"概念大学"的设想，面对的教育对象是在互联网和数字化背景下成长起来的未来世代，其设想和描述的未来高等教育机构可能的存在形态，是以互联网、计算技术和终端设备无远弗届的存在和持续发展为前提的。有关数字化时代下人文、社会、学术与教育可能发生的翻天覆地的变化，已有汗牛充栋般的论著给我们带来海量的惊喜、期望、震撼和恐惧，问题在于，如果假定因为数字化技术的发展，传统大学的组织形式就会被颠覆，那么，正如作者也觉察到的，"自相矛盾的是，主流大学是许多技术的发源地"，一旦传统大学因为数字化技术的发展而被颠覆了，那么颠覆传统大学的数字化技术本身，或许也就失去其赖以发展的机制与基础了。起码从本书的描述看，可能依赖数字化而成长起来的那些"概念大学"，仍不足以为数字化技术的进一步发展提供高质量的支持。

解决以上悖论的解释，可能是关于已经存在的大学分层的理解。正如作者所指出的，"美国的大学分为三个层次。位于顶层的是精英大学，它们'在争夺学生、金钱和全球声誉方面具有巨大的优势'。最底层的是营利性大学，2011年时，迪米洛认为它们是颠覆性力量，只要有意愿，它们就是可以激发颠覆式创新的高等教育低端市场。迪米洛总结道：'大多数学院和大学位于中间，那里是一流大学的资源所不能及之处，在这个区域，它们发现无法找到用手中的金钱使自己变得更有竞争力的更好方法。在美国高等教育界，财富流向最上层和最底层，而不是中间层'。在高等教育市场上，中间层大学受颠覆的风险最大，主要的威胁是营利性组织的崛起，尤其是它们对技术的有效使用。"从这个角度看，也许本书描述的"未来高等教育创新的十种形态"，更适合这些所谓的"中间层大学"。而作为对高等教育具有颠覆性的数字化技术"发源地"的精英大学，似乎受自己发明的思想和技术的冲击要小一些。因为如果"精英大学"所受冲击太大，冲击的动力来源很可能也就随之减弱或消退了。这真的是读了这本书以后，静思下一个很有意思的感觉。

对于中国的教育工作者来说，要理解和想象斯特利描述的那些未来高等教育的场景，应该还会有较大的思想隔阂。从思想传播发展的现象看，一般来说，学术思想、文化传统、工艺技术和社会组织的发源地，往往更容易持续保持变革与创新的内生动力，更容易产生颠覆性想象的信心与冲动。而这些文化创造物的引入地，有时反而显得比较"教条"和保守，尤其是在社会精英的层面。所以，若是从思想史的角度，富于"同情心"地去看待本书所描述的许多在中国学者看来匪夷所思的可能场景，或许能更恰如其分得以借鉴和启发，特别是在"扎根中国大地，建设一流大学"的话语背景之下。

也毋庸讳言，对于中国大学的管理者和教师来说，两千多年教育传统潜移默化的影响，已经是一种大道自然。以本书专章论述的"博雅学院"（The Liberal Art College）为例，如本书所言，"语法、逻辑、修辞（三艺）和算术、几何、音乐、天文（四科）是中世纪大学的七种博雅技能，自由人必须掌握这些技能，以便能够参与市民生活和教会生活。"近年中国一些大学开展"博雅教育"的尝试，都很自然地从"三艺""四科"的理念出发，自觉不自觉地回归到中国传统官学或书院的教育思想，注重语言学习、经典研修和古典学训练，将博雅学院办成"古典学院"的情况相当普遍。但如作者所指出的，当代美国"博雅学院重申这一古远的'博雅'定义，它们是技能，不是科目，其中，参与现代经济的必备技能尤其受到重视。"当代中国接受"博雅教育"的学生读到如下段落，一定会发现这与他们现在的训练大相径庭："来自博雅学院的学徒学习设计并制作物品，他们掌握的技能体现为熟习一门手艺、熟知材料特性。例如，学徒被分配到设计公司或制造企业，以便设计和制造环保物品。许多社区正在打造创客空间和装配实验室，学生可能会到这些工作坊当学徒，学习木工、锻造、铸造、焊接、玻璃加工和雕塑等。"同为博雅教育基础的"三艺""四科"，在不同的文化传统之下，会产生完全不同的教育教学模式，这是阅读本书自然会产生的另一种理性自觉。其实，作者也已经讲得相当清楚："未来大学的学生需要了解许多文明、社会和文化的历史。例如，如果他们想了解中国的未来，就需要对这一古老文明的历史有所了解。"

徐宗玲教授和林丹明教授，利用防控新冠肺炎疫情、封闭在校园避疫的间隙，与高见博士一起翻译《重新构想大学》这部富于思想性的新书，即将由三联书店出版，命我为中文版写一序言。我不是研究教育学的，但与两位相识多年，对他们的学术精神和勤勉努力深感钦佩，也就在忙乱的行政杂务之余，把译稿念了两遍，还翻了一下英文版及其他资料，利用清明节假期，写下这点拉拉杂杂的感想。当然，三联书店徐国强先生循循善诱的多次提醒，也对稿子的完成起了积极督责的作用。

总而言之，窃以为《重新构想大学》还是一部开卷有益的著作。

是为序。

（2021 年清明节于广州康乐园马岗松涛中）

# ◎ 玉在山而草木润[①]

　　生命科学学院数十位本科同学，历时近两年，奔波往返广州、珠海二地，拍摄了校园 228 种代表性植物的照片，附上专业的说明文字，引录了诸多前辈先哲的名篇佳作，编成《康乐芳草——中山大学校园植物图谱》一书，作为校庆 90 周年献给学校的礼物，邀我作序。适逢国庆长假，仔细翻阅这本图文并茂，兼具学术理性与人文情怀的册子，看着校园里熟悉的草木花果的图谱，感触良深，自然而然地联想到《荀子·劝学篇》"玉在山而草木润"的说法，觉得以这一名句作为序言的标题，是很合适的。

---

[①] 此文为《康乐芳草：中山大学校园植物图谱》所写的序。原载齐璨、洪素珍、周杰主编：《康乐芳草：中山大学校园植物图谱》，广州，中山大学出版社，2014。

许多年以前，有关部门评选"花园式单位"，中大校园也毫无悬念地入选，当时我还是一名"青年教师"，出入康乐园南校门，每次看到高挂在门柱上"花园式单位"的牌子，总觉得有点不太对劲，隐隐约约感到，将中山大学校园类比为"花园"，不太像是褒奖，反而似乎是有点贬抑。中山大学每个校区都是茂林修竹，草木葱茏，康乐园更被誉为国内最优美雅致的大学校园之一，但与一般的花园不同，我们的校园是诸多为近现代中国学术做出奠基性贡献的前辈学者居停过化之区，是许许多多以其思想成就增长了人类知识、改变了人类生活的大家名士授业解惑之所，更是无数聪慧好学的年轻人问道求学之地，这里的草木伴着知识的播种而萌芽，随着学术的进步而结果，这里的自然万物寄托过一代代学者哲人的思想与情愫，与莘莘学子共同成长。所以说，大学的校园非同一般意义上的花园。

《康乐芳草》的编者们是深谙其中道理的，同学们不但为每一种植物拍摄很专业的图片，配上严谨科学的说明文字，而且选辑了自《诗经》以降，历代文人咏唱自然造化的数十段诗文名篇，包括许多师长、学长对校园风物的吟诵与感怀。颇感意外的是，业师汤明檖教授的《竹枝词杂咏》也被同学们注意到了："古木参天曲径幽，红楼碧瓦马岗头。云山珠水绕康乐，花发虬枝岁月遒"。我是1982年春天开始跟随汤老师学习明清社会经济史的，30余年之后，在假日幽静的马岗顶丛林再次诵读老师的诗作，真的是思绪万千。只有大学中人，才能感受到校园所赋予的这类具有文化与学术传承意涵的人文情怀。当然，康乐学人们留下的，还有更多的隽永名篇。如陈寅恪先生的"美人浓艳拥红妆，岭表春回第一芳"和"遥夜惊心听急雨，今年真负杜鹃红"是常被追忆者引用的佳句，而冼玉清教授早年所作"高秋纷落叶，东篱色独佳。采此隐逸花，悠然惬我怀"，则描述了创立初期的康乐园秋色和校园之中青年学子的情怀。这就是"玉在山而草木润"的道理所在。

中山大学每个校区都有自己的故事，一草一木均积淀着一代代学子的记忆与感念。30多年前，入学之初，就听说当年岭南大学有不少教授、学生家在海外，康乐园的许多物种，是他们利用寒暑假探亲返校的机会，从美洲、澳洲和东南亚各地带回来的。据说，从海外带新的植物品种到校园种植，是老一辈岭南学者的传统之一。当年听这个故事的直接感受，是想感谢民国时代的动植物出入境查验制度，若非如此宽松，这个校园的物种多样性一定会大打折扣。近年有机会请教本校植物学专业的同事，知道康乐园里确有数十种外来植物是全国最先引种的。一代代师长勤勉敬业，培护了校园美景，培养了众多人才，也培育了宽容而富有人情味的大学文化。饮水思源，同学们能利用校园内的物种资源，编辑出这本册子，自然要感念前辈们的筚路蓝缕。

看着这些校园草木的图谱，不由得又勾起30多年前的另一段往事。77 级大学生是 1978 年春天入学的，入学次年适逢新中国成立后第一个植树节，全体学生都参加了植树活动。今日南校区西门大路遮天蔽日的那两排大叶榕，就是我们这个年级种的。许宁生、李萍、朱熹平、许跃生、吴承学等师长，1979 年 3 月 12 日那个微雨的下午，应该都在康乐园里挥锄植树的学生人群之中。30 多年过去，人在成长，木亦成林。我们这代人自以为多一些理想主义情怀，其实年轻时代仍免不了偶有"附庸风雅"的举动。当年校园里"文学青年"为数不少，民间也自发遴选过所谓"校园八景"，是为紫荆迎宾、绿草如茵、画楼燕舞、惺亭夜月、马岗松涛、东湖夕望、江山一览和先哲风范。将"先哲风范"列入"八景"之中，反映了那一代青年的敢想与无畏，却也折射出校园与花园的不同。"紫荆迎宾""绿草如茵"和"马岗松涛"均是以草木入景，可知康乐园植物群落的魅力感人至深。

作为一所国家重点综合性大学，学校希望同学们既在专业的学术领域有优秀的造诣，又在教养和人格发展方面有良好的养成。我们也相信，包括课外学术活动在内的实践教学，对达致这样的人才培养目标应该大有裨益。《康乐芳草——中山大学校园植物图谱》一书的编辑出版，也许可以从一个侧面印证这个道理。

是为序。

（2014 年国庆假期于广州康乐园马岗松涛中）

学在乡土

# ◎ 走向历史现场 [①]

　　1939 年，因战争疏散到闽中永安县的福建省银行经济研究室一位年轻的研究人员，为了躲避日军飞机轰炸，在距县城十多里黄历乡的一间老屋，无意中发现了一大箱民间契约文书，自明代嘉靖年间至民国有数百张之多。他仔细研读了这些契约，在此基础上，写出了在学术史上影响深远的《福建佃农经济史丛考》。这位年轻学者，就是时年 28 岁的傅衣凌，其时刚从日本学习社会学归国不久。1944 年，福建协和大学出版这一著作，傅先生为该书写的"集前题记"中，有这样几段话：

---

[①]　此为"历史·田野丛书"总序。原载《读书》，2006（9）。

我常想近数十年来中国社会经济史的研究，至今尚未有使人满意的述作，其中的道理，有一大部分当由于史料的贫困。这所谓史料的贫困，不是劝大家都走到牛角尖里弄材料，玩古董；而是其所见的材料，不够完全，广博。因此，尽管大家在总的轮廓方面，颇能建立一些新的体系，惟多以偏概全，对于某特定范围内的问题，每不能掩蔽其许多的破绽，终而影响到总的体系的建立。

　　本书的内容，虽侧重于福建农村的经济社区的研究，然亦不放弃其对于中国社会经济形态之总的轮廓的说明，尤其对于中国型封建主义的特点的指明的责任。譬如中国封建社会史的分期和氏族制残存物在中国封建社会史所发生的作用这一些问题。从来论者都还缺少具体的说明，故本书特搜集此项有关资料颇多，惟为行文的便利起见，多附述于各编的注文中，其中所论，虽不敢说有什么创见，但为提醒国人的研究，亦不无些微意义。

　　谁都知道社会经济史的研究，应注重于民间记录的搜集。所以近代史家对于素为人所不道的商店账簿、民间契约等等都珍重的保存、利用，供为研究的素材。在外国且有许多的专门学者，埋首于此项资料的搜集和整理，完成其名贵的著作。而在我国则方正开始萌芽，本书对于此点也特加注意，其所引用的资料，大部分从福建的地方志，寺庙志以及作者于民国二十八年夏间在永安黄历乡所发现的数百纸民间文约类辑而成，皆为外间所不经见的东西。这一个史料搜集法，为推进中国社会经济史的研究，似乎尚值提倡。①

上引文字，强调民间文书的收集和整理对中国社会经济史研究的重要价值，指出在进行"农村的经济小区的研究"时，应"不放弃其对于中国社会经济形态之总的轮廓的说明"，反对"以偏概全"的错误，表达了建立中国社会经济史"总的体系"的追求，颇具概括性地呈现了傅先生关于中国社会经济史研究方法的基本理念。直至晚年，他还一再提起在永安县黄历乡那段难忘的经历，一再讲到《福建佃农经济史丛考》在他学术生涯中的重要意义，在其讨论社会经济史研究方法的文章中，还再次全文引录了这个"集前题记"。在同一文章中，他也强调抗日战争期间疏散到乡村的经历，对一个立志研究中国社会的学者的意义：

直到抗战爆发后，我从沿海疏散到内地的城市和乡村，才接触到中国社会的实际。……抗战的几年生活，对我的教

---

① 傅衣凌：《福建佃农经济史丛考》，1～2页，邵武，福建协和大学中国文化研究会，1944。

育是很深的，在伟大的时代洪流中，使我初步认识到中国的社会实际，理解到历史工作者的重大责任，他绝对不能枯坐在书斋里，尽看那些书本知识，同时还必须接触社会，认识社会，进行社会调查，把活材料与死文字两者结合起来，互相补充，才能把社会经济史的研究推向前进。这样，就初步形成了我的中国社会经济史的研究方法，这就是：在收集史料的同时，必须扩大眼界，广泛地利用有关辅助科学知识，以民俗乡例证史，以实物碑刻证史，以民间文献（契约文书）证史，这个新途径对开拓我今后的研究方向是很有用的。[①]

　　傅先生一再强调的"把活材料与死文字两者结合起来"的研究方法，包括了社会经济史研究者要在心智上和情感上回到历史现场的深刻意涵。事实上，在实地调查中，踏勘史迹，采访耆老，既能搜集到极为丰富的地方文献和民间文书，又可听到大量的有关族源、开村、村际关系、社区内部关系等内容的传说和故事，游神冥想，置身于古人曾经生活与思想过的独特的历史文化氛围之中，常常会产生有一种只可意会的文化体验，而这种体验又往往能带来更加接近历史实际和古人情感的新的学术思想。这种意境是未曾做过类似工作的人所难以理解的。正是这种把文献分析与实地调查相结合，

---

① 傅衣凌：《我是怎样研究中国社会经济史的》，载《文史哲》，1983（2）。

"接触社会，认识社会"，"以民俗乡例证史，以实物碑刻证史，以民间文献证史"，努力回到历史现场去的研究方法，使傅衣凌先生成为中国社会经济史学科重要的奠基者之一。

有意思的是，也是在 1939 年，中国社会经济史学科另一位重要的奠基者梁方仲教授，正在川陕甘三省进行为期八个月的农村调查。梁方仲先生时年 31 岁，任中央研究院社会科学研究所副研究员。他的同事李文治教授后来这样回忆道：

> 为了进行前后对比，梁先生还特别重视社会调查，多次到农村调查土地关系和农民田赋负担的问题。1939 年，为了相同的目的，曾前往川陕甘三省从事社会调查，不辞辛劳，深入农村，搜集有关资料，为期凡八阅月。①

梁先生受过严格的经济学和社会学训练，后任中央研究院社会研究所研究员，再任岭南大学经济系主任，而以研究明代赋役制度著名。他研究明代经济史的直接动因，在于要从根本上理解民国时代的农村经济问题，特别是农民田赋负担的问题。他对历史上经济问题的关注，植根于对现代中国

---

① 李文治：《辛勤耕耘，卓越贡献：追忆梁先生的思想情操和学术成就》，载《中国经济史研究》，1989（1）。

农村社会问题的深切关怀之中。在具体的研究实践中，他是"利用地方志资料来研究王朝制度与地方社会的学者中最为成功的一位"①，也特别重视民间文献在社会经济史研究中的价值。梁先生在《易知由单的研究》一文中有这样一段话：

> 过去中国田赋史的研究，多以正史和政书为限。这些材料，皆成于统治阶级或其代言人之手，当然难以得到实际。比较可用的方法，我以为应当多从地方志、笔记及民间文学如小说平话之类，去发掘材料，然后再运用正确的立场、观点和方法去处理这些材料，必须于字里行间发现史料的真正意义，还给他们真正面目。然而这种工作，无异沙里淘金，往往费力多而收获少。除了书本上的材料以外，还有一类很重要的史料，过去不甚为人所注意的，就是与田赋有关的实物证据，如赋役全书，粮册，黄册，鱼鳞图册，奏销册，土地执照，田契，串票，以及各种完粮的收据，与凭单都是。本书所要介绍的易知由单，也就是其中之一。②

---

① 刘志伟：《〈梁方仲文集〉导言》，见刘志伟编《梁方仲文集》，14页，广州，中山大学出版社，2004。
② 梁方仲：《易知由单的研究》，见刘志伟编《梁方仲文集》，333～334页。

梁方仲先生一直重视各种公私档案的收集和解读，新近出版的《梁方仲文集》收录有《清代纳户粮米执照与土地契约释文》①一文，我们从中获知，1936 年梁先生在济南一古书店购得清代山东吴姓地主的私家账簿，其中附夹的 11 份清代"纳户执照"，成为他数十年后撰写的这篇文章讨论的开始。该文还对广东省中山县翠亨村孙中山故居陈列馆、中国科学院广东省民族研究所、广东省中山图书馆、广东革命历史博物馆、中山大学历史系谭彼岸先生收藏的 10 多份清代土地契约逐一做了详细的解读。梁先生的这份遗稿，本来是要作为附录，收在其不朽的《中国历代户口、田地、田赋统计》一书中的，他力图通过与历代户口、田地、田赋有关的实物票据文书的考释，"为后人指出从这些官方数字出发，逐步深入揭示社会经济事实的一条路径"②。

　　事实上，在中国近代人文社会科学的奠基时期，在与傅衣凌、梁方仲先生同时代的一批眼界开阔、学识宏博的学者身上，基本上看不到画地为牢的学科偏见。对他们来说，跨学科的综合研究是一个自然的思想过程。以梁方仲先生长期任教的岭南大学和中山大学为例，傅斯年等先生 20 世纪 20 年代在这里创办语言历史研究所，就倡导历史学、语言学与

---

① 梁方仲：《清代纳户粮米执照与土地契约释文》，见刘志伟编《梁方仲文集》，376 ~ 399 页。
② 刘志伟：《〈梁方仲文集〉导言》，16 页。

民俗学和人类学相结合的研究风格，并在研究所中设立人类学组，培养研究生，开展民族学与民俗学的调查研究；顾颉刚、容肇祖、钟敬文等先生开展具有奠基意义的民俗学研究，对民间宗教、民间文献和仪式行为给予高度关注，他们所开展的乡村社会调查，表现了历史学和人类学相结合的研究特色；杨成志、江应梁等先生，以及当时任教于岭南大学的陈序经先生等，还在彝族、傣族、瑶族、水上居民和其它南方不同族群及区域的研究方面，做了许多具有奠基意义的努力。在这些研究中，文献分析与田野调查的结合，表现得和谐而富于创意，并未见后来一些研究者人为制造的那种紧张。

在这里回顾这些令人难以忘怀的往事，是为了表达一个期望，即希望这套丛书的编辑和出版，能够成为一个有着深远渊源和深厚积累的学术追求的一部分。丛书所反映的研究取向，应该说是学有所本的。丛书的编辑者和作者们，从前面提到和没有提到的许多前辈学者的具体的研究作品中，获益良深。他们也因此相信，在现阶段要表达一种有方向感的学术追求，最好的方法不是编撰条理系统的教科书，而是要提交具体的、有深度的研究作品，供同行们批评。

他们相信，在现阶段，各种试图从新的角度解释中国传统社会历史的努力，都不应该过分追求具有宏大叙事风格的表面上的系统化，而是要尽量通过区域的、个案的、具体事件的研究表达出对历史整体的理解。他们也清醒地认识到，要达成这样的目的，从一开始就要追求打破画地为牢的学科分类，采取多学科整合的研究取向。应努力把传统中国社会研究中，社会历史学和文化人类学等不同的学术风格结合起来，通过实证的、具体的研究，努力把田野调查和文献分析、历时性研究与结构性分析、国家制度研究与基层社会研究真正有机地结合起来，在情感、心智和理性上都尽量回到历史现场去。在具体的研究中，既要把个案的、区域的研究置于对整体历史的关怀之中，努力注意从中国历史的实际和中国人的意识出发理解传统中国社会历史现象，从不同地区移民、拓殖、身份与族群关系等方面重新审视传统中国社会的国家认同，又从无时不在、无处不在的国家制度和国家观念出发理解具体地域中"地方性知识"与"区域文化"被创造与传播的机制。

相信这套丛书最容易引人注目的特点之一，是大量的地方文献、民间文书和口述资料的收集、整理和利用。这样的工作，不仅仅具有在现代化和城市化的历史背景之下，"抢救"物质型和非物质文化遗产的价值，不只是具有学术积累的意义，更重要的是，丛书的编辑者们相信，在大量收集和整理民间文书、地方文献和口述资料的基础上，建立并发展起有自己特色的民间与地方文献的解读方法和分析工具，是将中国社会史研究建立于更坚实的学术基础之上的关键环节之一。正如收入这套丛书的许多著作所反映出来的，经过几代学者的不懈努力，已经发展出一套较为系统的解读乡村社会中各种资料的有效方法，包括族谱、契约、碑刻、宗教科仪书、账本、书信和传说等，这种或许可被称为"民间历史文献学"的独具特色的学问和方法，是传统的历史学家、人类学家或汉学家都没有完全掌握和理解的，在某种意义上，也是这套丛书的编辑者们一直保持其学术自信心和创造力的最重要的基础之一。这些年来，他们也力图通过必要的训练，让更多的专业工作者熟悉这些学问和方法。

这套丛书追求通过区域的、个案的、具体事件的研究表达出对历史整体理解的学术风格，结果，就让编辑者觉得，有必要就"区域研究"的问题多谈几句。特别是要就这样的取向，表达某种反省和自我批判的态度。

近年有关中国传统社会区域研究的论著越来越多，许多年轻的研究者在步入学术之门时，所提交的学位论文，常常是有关区域研究的作品。曾经困扰过上一辈学者的区域研究是否具有"典型性"与"代表性"，区域的"微观"研究是否与"宏观"的通史叙述具有同等价值之类带有历史哲学色彩的问题，基本上不再是影响区域社会研究的思想顾虑。十余年间，随着研究者的世代交替，学术价值观也出现了明显的转变。

窃以为，深化传统中国社会经济区域研究的关键之一，在于新一代的研究者要有把握区域社会发展内在脉络的自觉的学术追求。毋庸讳言，时下所见大量的区域研究作品中，具有严格学术史意义上的思想创造的还是凤毛麟角，许多研究成果在学术上的贡献，仍主要限于地方性资料的发现与整理，并在此基础上对某些过去较少为人注意的"地方性知识"的描述。更多的著作，实际上只是几十年来常见的《中国通史》教科书的地方性版本，有一些心怀大志、勤奋刻苦的学者，穷一二十年功夫，最后发现他所做的只不过是一场既有思考和写作框架下的文字填空游戏。传统社会区域研究中，学术创造和思想发明明显薄弱，其重要的原因之一，就是学术从业者追寻历史内在脉络的学术自觉的严重缺失。这套丛书在选录著作的时候，力求尽量避免这样的阙失，但编辑者不得不坦言的是，要达至理想的状态，仍需要很长的过程。

眼下的区域研究论著，除了有一些作品仍旧套用常见的通史教科书写作模式外，还有许多作者热衷于对所谓区域社会历史的"特性"做一些简洁而便于记忆的归纳。这种做法似是而非，偶尔可见作者的聪明，但却谈不上思想创造之贡献，常常是把水越搅越混。对所谓"地方特性"的归纳，一般难免陷于学术上的"假问题"之中。用便于记忆但差不多可到处适用的若干文字符号来表述一个地区的所谓特点，再根据这种不需下苦功夫就能构想出来的分类方式，将丰富的区域历史文献剪裁成支离破碎的片断粘贴上去，这样的做法再泛滥下去，将会使中国社会经济史研究的整体水平，继续与国际学术界保持着相当遥远的距离。要理解特定区域的社会经济发展，有贡献的做法不是去归纳"特点"，而应该将更多的精力放在揭示社会、经济和人的活动的"机制"上面。我们多明白一些在历史上一定的时间和空间条件之下，人们从事经济和社会活动的最基本的行事方式，特别是要办成事时应该遵循的最基本的规矩，我们对这个社会的内在的运行机制，就会多一分"理解之同情"。当然，要达至这样的境界，"回到历史现场"的追求，就不是可有可无的了。

在传统中国的区域社会研究中，"国家"的存在是研究者无法回避的核心问题之一。在提倡"区域研究"的时候，不少研究者们不假思索地运用"国家－地方""全国－区域""精英－民众"等一系列二元对立的概念作为分析历史的工具，并实际上赋予了"区域""地方""民众"某种具有宗教意味的"正统性"意义。对于中国这样一个保存有数千年历史文献，关于历代王朝的典章制度记载相当完备，国家的权力和使用文字的传统深入民间社会，具有极大差异的"地方社会"长期拥有共同的"文化"的国度来说，地方社会的各种活动和组织方式，差不多都可以在儒学的文献中找到其文化上的"根源"，或者在朝廷的典章制度中发现其"合理性"的解释。区域社会的历史脉络，蕴涵于对国家制度和国家"话语"的深刻理解之中。如果忽视国家的存在而侈谈地域社会研究，是难免"隔靴搔痒"或"削足适履"的偏颇的。既然要求研究者在心智上和感情上尽量置身于地域社会实际的历史场景中，具体地体验历史时期地域社会的生活，力图处在同一场景中理解过去，那么，历史文献的考辨、解读和对王朝典章制度的真切了解就是必不可少的。就是对所谓"民间文献"的解读，如果不是置于对王朝典章制度有深刻了解的知识背景之下，也是难免有"差之毫厘，失之千里"的缺失的。

也就是说，在具体的研究中，不可把"国家-地方""全国-区域""精英-民众"之类的分析工具，简单地外化为历史事实和社会关系本身，不可以"贴标签"的方式对人物、事件、现象和制度等做非彼即此的分类。传统中国区域社会研究的目的之一，就是要努力了解由漫长的历史文化过程而形成的社会生活的地域性特点，以及不同地区的百姓关于"中国"的正统性观念，如何在漫长的历史过程中，通过士大夫阶层的关键性中介，在"国家"与"地方"的长期互动中得以形成和发生变化的。在这个意义上，区域历史的内在脉络可视为国家意识形态在地域社会的各具特色的表达，同样的，国家的历史也可以在区域性的社会经济发展中"全息地"展现出来。只有认识了这一点，才可能在认识论意义上明了区域研究的价值所在。

在追寻区域社会历史的内在脉络时，要特别强调"地点感"和"时间序列"的重要性。在做区域社会历史的叙述时，只要对所引用资料所描述的地点保持敏锐的感觉，在明晰的"地点感"的基础上，严格按照事件发生的先后序列重建历史的过程，距离历史本身的脉络也就不远了。在谈到地域社会的空间结构与时间序列的关系时，应该注意到，研究者在某一"共时态"中见到的地域社会的相互关系及其特点，反映的不仅仅是特定地域支配关系的"空间结构"，更重要的是要将其视为一个复杂的、互动的、长期的历史过程的"结晶"和"缩影"。"地域空间"实际上"全息"地反映了多重迭合的动态的社会经济变化的"时间历程"。对"地域空间"历时性的过程和场景的重建与"再现"，常常更有助于对区域社会历史脉络的精妙之处的感悟与理解。

这套丛书的编者，在以上的问题上，有相当接近的共识。这些共识的形成，是20余年共同的研究实践和学术追求的结果。20世纪80年代以来，海外的人类学家、历史学家与大陆学者共同推动一系列的中国乡村社会史研究计划，希望这些计划所取得的进展，有可能超越传统汉学研究的窠臼，让新一代研究者的问题意识和研究结论具有更好的与国际学术主流对话的可能，并在更加深刻的层面上改变学术界和公众对于历史和史学的看法。也希望这套丛书的出版，在达致这样的目标的道路上，能向前再走一步。

这套丛书的另一风格，就是强调文献解读与实地调查的结合。只有参加过田野工作的研究者才能真正理解，独自一人，或与一群来自世界各地、具有不同学科背景的同行，走向历史现场，踏勘史迹，采访耆老，搜集文献与传说，进行具有深度的密集讨论，连接过去与现在，对于引发兼具历史感与"现场感"的学术思考，具有什么样的意义。置身于历史人物活动和历史事件发生的具体的自然和人文场景之中，切身感受地方的风俗民情，了解传统社会生活中种种复杂的关系，在这样的场景和记忆中阅读文献，自然而然地就加深和改变了对历史记载的理解。在实地调查中，研究者必须保持一种自觉，即他们在"口述资料"中发现的历史不会比官修的史书更接近"事实真相"，百姓的"历史记忆"表达的常常是他们对现实生活的历史背景的解释，而不是历史事实本身，但在那样的场景之中，常常可以更深刻地理解过去如何被现在创造出来，理解同样也是作为"历史记忆"资料的史书，其真正的意义所在及其各种可能的"转换"。在实地调查中，研究者也可以更深切地理解过去的建构如何用于解释现在，结合实地调查，从不同地区移民、拓殖、身份与族群关系等方面重新审视具体地域中"地方性知识"与"区域文化"被创造与传播的机制，就会发现，许多所谓"地方性知识"都是在用对过去的建构来解释现在的地域政治与社会文化关系。总的说来，通过实地调查与文献解读的结合，更容易发现，在"国家"与"民间"的长期互动中形成的国家的或精英的"话语"背后，百姓日常活动所反映出来的空间观念和地域认同意识，是在实际历史过程中不断变化的，从不局限于行政区划的、网络状的"区域"视角出发，有可能重新解释中国的社会历史。

编辑这套丛书，是为了表达一种具有方向感的学术追求。编者们强调自己的工作学有所本，同时也相信自己的追求属于一个有上千年历史的史学传统的自然延伸。这套丛书的作者们都热爱自己的研究，热爱自己所研究的人们，热爱这些人们祖祖辈辈生息的山河和土地。在大多数情况下，作者们所从事的是一项与个人的情感可以交融在一起的研究，学术传统与个人情感的交融，赋予这样的工作以独特的魅力。但大家对于做学问的目的，还是有着更深沉的思考。他们希望在更广泛、更深刻的意义上，在学术发展的道路上留下一些痕迹。希望这样的研究，最终对整个中国历史的重新建构或重新理解，会有一些帮助。同时，他们也期望这样的工作可能与整个人文社会科学发展的主流有一些更多的对话，可以参与到一个更大的学术共同体共同关注的问题中去。他们强调学术研究要志存高远，要有理论方面的雄心，要注意从中国历史的实际和中国人的意识出发理解传统中国社会历史现象，在理论分析中注意建立适合中国人文社会科学实际情形的方法体系和学术范畴。他们希望在理论假定、研究方法、资料分析和过程重构等多个层次进行有深度的理论探索，特别从理论上探讨建立传统中国区域社会历史新的解释框架的可能性，并由此回应人文社会科学研究中面对的各种重要问题，力图对人文社会科学学科的整体发展有所贡献。

几年以前，这套丛书的"始作俑者"之一科大卫教授，在从事华南地域社会研究近30年之际，写了《告别华南研究》一文，其结尾的两段是这样写的：

我们不能犯以往古代中国社会史的错误，把中国历史写成是江南的扩大面。只有走出华南研究的范畴，我们才可以把中国历史写成是全中国的历史。

我就是这样决定，现在是我终结我研究华南的时候。后来的学者可以比我更有条件批评我的华南研究。我倒希望他们不要停在那里，他们必须比我们这一代走更远的路。我们最后的结果，也不能是一个限制在中国历史范畴里面的中国史。我们最终的目的是把中国史放到世界史里，让大家对人类的历史有更深的了解。[①]

参与这套丛书的学者，都有相近的心境和期望。是为序。

（2006年7月12日于广州康乐园马岗松涛之中）

---

① 科大卫：《告别华南研究》，华南研究会编：《学步与超越——华南研究会论文集》，30页，香港，文化创造出版社，2004。

# ◎ 乡村的文化传统与礼仪重建

费孝通先生 60 年前在《礼治秩序》一文中指出："乡土社会秩序的维持，有很多方面和现代社会秩序的维持是不相同的。……我们可以说这是个'无法'的社会，假如我们把法律限于以国家权力所维持的规则，但是'无法'并不影响这社会的秩序，因为乡土社会是'礼治'的社会。……礼是社会公认合式的行为规范。合于礼的就是说这些行为是做得对的，对是合式的意思。如果单从行为规范一点说，本和法律无异，法律也是一种行为规范。礼和法不相同的地方是维持规范的力量。法律是靠国家的权力来推行的。'国家'是指政治的权力，在现代的国家没有形成前，部落也是政治权力。而礼却不需要这有形的权力机构来维持。维持礼这种

规范的是传统"。<sup>①</sup> 费孝通先生的论述，对我们理解传统乡村社会的运作机制，具有重要的意义。

费孝通先生是从与法制相对应的角度，来讨论传统乡村社会中礼仪的功能与重要性的，在《礼治秩序》和《无讼》《无为政治》《长老统治》<sup>②</sup> 等论文中，他把法律、道德与礼节视为制约人的规范的三个不同层次或三种不同的表现形式，而特别强调礼治在维持传统乡村社会秩序方面的重要性。在《乡土重建》一书的代序中，他更是强调，礼的存在是中国社会结构的特质之一<sup>③</sup>。

近年来，我们在华南乡村地区从事具有历史人类学色彩的社会史研究，深深体会到费先生的理论有很大的启发意义。我们常常发现，自己所研究的比较重要的历史问题，归根结底都与礼制（或礼法）有关。本文结合研究所得，从三个方面讨论乡村的文化传统与礼仪重建的问题。

## 一、礼仪与乡村社会的自主性

在中国上千年的传统社会中，朝廷直接任命的官吏最低

① 费孝通：《礼治秩序》，见氏著《乡土中国》，52～53页，上海，观察社，1949。
② 均见上引《乡土中国》一书。
③ 费孝通：《中国社会变迁中的文化结症》，见氏著《乡土重建》，1～15页，上海，观察社，1948。

只到达县级，在幅员辽阔、自然和社会状况千差万别、信息传递手段相当落后的乡村地区，社会生活的正常进行，基本上依靠的是带有某种"乡村自治"性质的运作机制。乡村的各种公共事务，包括卫生、慈善、教育、水利、诉讼或调解、道路修筑、乡村规划、处理村际关系等，都是依靠村落内部的乡绅阶层、家族和信仰组织，以及风俗习惯等来维持的。当然，不能把传统乡村社会描述为田园牧歌式的世界，历代以来也有许多关于乡村内部政治压迫和经济剥削的批评和抗议行动，但不能否认的是，中国传统农业社会能维持长达数千年之久，中华文明能成为世界上唯一没有中断的文明，正是建立在这样一种乡村文化传统之上的。

傅衣凌教授是中国社会经济史学科的奠基者之一，他强调中国传统社会结构的多元性，强调不能用西方封建社会的模式及其近代转型，来理解中国传统社会。在研究生教学中，他不止一次提到要深刻理解中国历史上"天下可传檄而定"这一现象的意义。朝代更替之时，经过一段时间的社会动乱，新王朝的皇帝宣称受命于天，新的王朝建立之后，控制天下最好的办法不是武力的征服，而是发一个文告，要天下百姓归顺，而百姓也就真的归顺了，天下就成为新的朝廷统治下的国家。历代帝王以这样的事实，作为新天子受命于天，新王朝具有其合法性和凝聚力的例证，而传统的历史学家也往往以此说明中国文化中"大一统"思想影响之深远。但傅衣凌先生强调的是另外一面，即"可传檄而定"的天下，必然有其内在的组织法则，作为"天下"细胞、看似一盘散沙的乡村社会，必有其超越王朝更替的更深刻的内部联系和自主性质。傅衣凌认为，"传统中国农村社会的所有实体性和非实体的组织都可被视为乡族组织，每一社会成员都在乡族网络的控制之中，并且只有在这一网络中才能确定自己的社会身份和社会地位"[①]。傅先生认为支配乡族组织的重要力量，是所谓"乡绅"阶层[②]。结合费孝通先生在《无讼》《无为政治》《长老统治》的洞见，我们不难发现，乡绅得以在乡族组织中发挥作用，正是得益于乡村社会"礼治"的传统。

正如人类学和历史学的许多研究所表明的，仪式行为在人类社会的发展中具有多方面的重要意义。仪式可以被视为个人或群体的世界观的表达方式，传统乡村社会中的许多周期活动和人生礼仪，反映的常常是人与超自然之间的某种约定的关系，周期性的仪式行为背后，蕴涵着世界轮回或宇宙再生的信仰；在人生周期的重要关头举行的仪式，如满月、

---

[①] 傅衣凌：《中国传统社会：多元的结构》，载《中国社会经济史研究》，1988（3）。

[②] 傅衣凌所说的"乡绅"，与研究者们习惯使用的"士绅"一词，在意义上有明显的差异。他在《中国传统社会：多元的结构》一文中指出："我们这里所说的'乡绅'，已大大超过了这两个字的语义学涵义，既包括在乡的缙绅，也包括在外当官但仍对故乡基层社会产生影响的官僚，既包括有功名的人，也包括在地方有权有势的无功名者。"

入学、毕业、婚姻、丧葬的仪式，有助于帮助个人和其周围的人们面对人生新的阶段所出现的种种问题，帮助他们度过人生的不同阶段；而对个人和社会更重要的，不但是上述这些重要时刻的活动，而且也包括了日常的衣、食、住、行等生活细节中的仪式性举止，这些日常生活中的仪式行为，常常在更深刻的层面上反映了社会之中人与人、人与社区、社区与社区之间的相互关系。总而言之，人们在社会体系或社会制度中的身份和地位，往往是借着各种仪式来表达的。有着乡村生活经验的人们都知道，传统乡村里长幼尊卑的关系、乡村公共事务的处理、村际关系的协调等，都是根据礼治的习惯和传统来处理的。

宋代以后，随着文字在乡村的普及，有关家族和乡村日常生活礼仪的读本也越来越常见。《朱子家礼》成为乡绅们规范自身与所在乡族行为的标准，也成为他们解释各种礼仪活动正统性和合法性的依据。在华南地区，明代中叶黄佐编撰的《泰泉乡礼》也有广泛的影响。具体到每一个乡村，还有更地方性的有关礼仪的小册子。作者在广东东部潮州地方一个叫前美的村落找到一部刻印的《乡礼便览》，其中不仅对亲属之间的称谓、婚丧喜庆所用各种帖式的格式、祠堂和庙宇祭祀时的礼仪和祭文等有详细的规定，而且对乡村里每一个祠堂和庙宇的春节时应该贴什么样的对联，都做了具体的描述。这个村子里许多人家都有这样一本手册。在实地调查中我们发现，这样的情况不是个别的现象，亦被称为《四礼便览》《家礼便书》《家礼便册》或《家礼便览》的这类手册，在华南（包括台湾和香港地区）的许多乡村家庭中，仍在日常生活中被继续应用。

无论如何，传统乡村社会的日常运作，正是建立在这样的具有某种"自主性"的基础之上的。

人们一直以为传统中国是"安土重迁"的农业社会，但实际上，传统中国乡村仍然充满着流动性。有意思的是，仪式及其相应的记忆在流动的社会中仍然维持了下来，并有效地型塑了乡村社会稳定和连续的形象。2006年夏天，中山大学历史人类学研究中心与北京师范大学乡土中国研究中心在山西南部的晋城地区举办了一次历史人类学高级研修班，在府城村玉皇庙及周围地区看到的情况，引起了我们强烈的兴趣，根据现存于玉皇庙中的几十通宋代以来的碑铭的内容，可以知道北宋以前玉皇庙的所在可能是一个佛寺，北宋时玉皇庙被建立起来。与此同时，一个以玉皇庙为中心、与国家制度相关的有系统的村社制度也出现了，这个村社组织被称为所谓"七社十八村"[①]。在"十八村"考察的时候，我们看到一个非常有意思的现象：目前生活在"十八村"里

---

① 杜正贞、赵世瑜在《区域社会史视野下的明清泽潞商人》（载《史学月刊》，2006（9），65～78页）一文中，对晋城地区七社十八村的结构有所讨论，可供参考。

的百姓，其祖先大都是清代以后才到本地定居的，现存于"十八村"中的庙宇，基本上也都是清朝以后才建设的。翻阅一下地方志，不难发现，这个地方在明末清初（特别是在明末农民大起义的时候）有过剧烈的社会动荡，现在的本地居民大都是那次动荡之后才到当地定居的，但他们都在讲一个从宋代就已经开始的"七社十八村"的传统。再往上追溯，我们发现北宋、金、元、明各个历史时期，在这地方居住的人群不断发生重大变动。但是，每一代新搬迁到此地的人们，由于玉皇庙的影响和其他我们还不是十分了解的缘由，一直继承着"七社十八村"这样一个带有祭祀组织色彩的文化传统。从宋代开始的这样一个礼仪的传统，就在经历了地方社会一次一次剧烈的动荡，经历了频繁的人口流动之后，留传至今并仍在实际的社会生活中发挥作用。我们要在这样的场景之下，理解传统中国乡村社会的所谓稳定性。

与前述的乡村社会流动相对应，有另一个值得注意的现象，就是在现存的数以万计的族谱中，在乡村父老口头流传的说法里，整个中国社会被型塑为一个可能是"虚拟的"移民社会。族谱有关族源和"开基"的故事，讲述的大都是乡民们的先祖从外地迁移到本地定居的故事。我们知道整个华北地区广泛流传的有关山西洪洞县大槐树的传奇，西南许多地方的百姓都有其祖先来自江西吉安的说法，而就广东的所谓"三大民系"而言，珠江三角洲的居民中广泛流传着与南雄珠玑巷有关的移居故事，讲潮州话的人群往往宣称自己是宋代以后福建莆田等地莅潮任官者的后代，而客家人大多相信他们的先祖从福建宁化石壁迁徙到各地的故事。从罗香林先生的研究开始，以中原为最早祖居地的客家"五次大迁移"说，也得到广泛的流布[1]。尽管现代的遗传学研究已经揭示，根据传说在不同时期来自不同地方的人群，与被视为土著或少数民族的人群，实际上往往具有相近的遗传学特征，但只要有机会到乡村与老人们谈谈，马上就会明白，中国普通老百姓关于其先祖来自另一个他们实际上并不熟悉的地方的观念，是如何的根深蒂固。关于这些与移民有关的故事在地域社会中的象征意义和文化价值，已经有许多富于同情心和理解力的解释，科大卫相信珠江三角洲居民有关其祖先来自南雄珠玑巷的传说，与其在乡村社会中的"入住权"有关[2]；而刘志伟则推测在这个故事的背后，可能蕴涵明代中期较早在该地区发展宗族组织的军户，试图以此脱离军籍的动机[3]。我想强调的是，宗族作为一种带有明显的祭祀礼仪色彩的社会组织，以定居作为理想型的"常态"，在仪式上和

---

① 参见罗香林：《客家研究导论》，兴宁，希山书藏，1933。

② David Faure, *The structure of Chinese rural society : lineage and village in the eastern New Territories, Hong Kong*, Hong Kong; New York : Oxford University Press, 1986.

③ 参见刘志伟：《"移民"——户籍制度下的神话》，载《华南研究资料中心通讯》第 25 期。

乡村的文化传统与礼仪重建

族谱的记载中往往对第一位来本地定居的"始迁祖"，表达特殊的崇敬之情。有意思的是，其定居的"合法性"，却是通过族谱记载的长达十几代（甚至几十代）祖先频繁而复杂的移民故事来表达的。

## 二、乡村礼仪与国家意识形态

在谈及礼仪与乡村社会自主性的同时，特别应该强调的是，在中国传统乡村社会中，仪式实质上也表达着个人与国家、乡村与国家的关系。当仪式被称之为"礼仪"的时候，国家因素的存在就变成不言而喻的。

许多中国社会的研究者一直关心一个问题，就是幅员辽阔、地域文化千差万别的中国，是如何凝聚成为一个国家的。施坚雅从乡村市场的结构入手，力图揭示在地理上看起来像散沙一样分布的村落，由于其村民生活在一个多重交叉叠合、有其周期脉动节律和有机的内在结构的市场体系之中，从而整合为一个国家的机制①。许多学者在解读施坚雅的研究时，只是在经济史的意义上理解他对乡村市场结构的描述，而忽视了他研究的目的，是要揭示传统中国千差万别的村落

①　参见 William Skinner, "Marketing and Social Structure in Rural China", Part 1,2,3, *Journal of Asian Studies*, Vol.24, No.1-3(1964-1965).

能够整合成一个国家的机制。

在这个问题上，我想强调的是另一个方面，就是礼仪的作用。我们这一群多年在华南地区从事社会史研究的朋友，一直对这样一个问题感兴趣，就是生活在很不一样的生态环境之下，有不同的文化传统和生活方式的这些人，是在什么样的历史条件下，经历了什么样的历史过程，而成为"中国人"并一直保持着这样的认同。我们注意到，一个地方的老百姓宣称自己是"中国人"的过程，同时也就是具有国家意识形态色彩的礼仪在乡村社会普及的过程。不是说，在国家的意识形态到达之前，这些地方的乡村社会没有仪式，没有自己的行为规则，而是说，当老百姓懂得用符合王朝礼制的语言，来解释本地原有的仪式和规则时，代表国家意识形态的"礼仪"就在地方社会中确立了自己的统治地位。

我想以明清之际广东潮州地区乡村社会的变迁为例，来说明这一问题。

正如许多研究者已经揭示的，16 至 17 世纪是华南地方历史发展中一个具有关键性意义的转折时期。与包括"倭寇""海盗""山贼"在内的一系列地方动乱事件相联系，这一时期潮州的地方政区重新划分，聚落形态发生变化并出现明显的"军事化"趋势，以宗族组织和民间神祭祀为核心的乡村社会组织重新整合，户籍和赋税制度也有重大变化，当地人对地方文化传统和历史渊源的解释有了新的内容，乡村社会正经历着一场影响深远的社会变动①。在二百余年的社会变化过程中，地方动乱与社会整合的关键之一，是身份与认同的问题。在当时极端复杂的情形之下，地方官府和士绅们难以解决但又常常必须面对的一大问题，就是如何明确地界定"民"与"盗"。而地方上的几乎每一个人，也自觉不自觉地遇到同样的问题。尽管在《大明律》等法典中，对各种为"盗"的行为有清晰的界定，但在当时潮州实际的社会生活中，面对着所谓"民将尽化为盗""有盗而无民"的复杂情势，不管是官府要确立自己统治的基础，还是士大夫想维护本地的利益，都需要对儒学的义理和法律之原则抱着某种实用的变通精神。

在与地方动乱互为表里的社会重建过程中，包括官方祀典、民间信仰等内容的认知结构和仪式行为也发生了重大变化。具有地方社会领导者身份的士大夫集团，其所作所为既构成这一社会变迁过程的内在因素，又塑造了当时人及后来者关于地方历史和地方文化的"集体记忆"。在努力地"化民成俗"，重建社会行为规范的同时，士绅们也尽量维持地方固有的秩序和利益，证明本地原有的文化合乎"礼教"和

---

① 参见拙作《从"倭乱"到"迁海"——明末清初潮州地方动乱与乡村社会变迁》，《明清论丛》第二辑，北京，紫禁城出版社，2001。

朝廷礼仪。① 以万历年间当地著名士大夫陈天资编撰的《东里志》为例，该书"风俗志·礼仪"部分，把地方上的各种风俗都放到一个符合朝廷"礼制"和儒学经典的架构中进行解释，略举数例如下：

冠礼：曲礼曰，男子二十，冠而字敩。特牲曰适子冠于阼，以著代也。醮于客位，嘉有成也。三加弥尊，喻其志也。冠而字，敬其名也。东里行冠礼者少，然其始冠，亦卜日召宾，择其具庆子弟为冠者栉发，又推尊德望者为之字，冠者皆拜谢之。惟摈赞无传，设服无三加，无醮祝词。其既冠而字，与见祠堂、见尊者、礼宾友。及见乡先生，与父之执，俱如仪。然不敢以见有司。其有先施贺礼者，遍拜谢之。虽云从俗，也不失古道也。②

婚礼：古者婚礼六：纳采、问名、纳吉、纳征、请期、亲迎。今减其二矣。东里议婚，初遣媒妁用槟榔至女家，请生年月日时，女回庚帖，即古者问名之意也。即用槟榔礼物

---

① 参见拙作《嘉靖"倭患"与潮州地方文献编修之关系——以〈东里志〉的研究为中心》，《潮学研究》第 5 辑，汕头，汕头大学出版社，1996；《明末东南沿海社会重建与乡绅之角色——以林大春与潮州双忠公信仰的关系为中心》，载《中山大学学报》，2002（4）。
② 饶平县地方志编纂委员会办公室、汕头市地方志编纂委员会办公室印行：《东里志》卷 3《风俗志·冠礼》，88 页，1990。

回吉，俗谓回包，即古纳吉之意也。然后送礼物聘仪下定，即古纳征之意也。将娶，送礼定日，俗谓扫厅，即古请期之意也，漳俗谓之乞日云。及娶，亲迎奠雁，与妇见舅姑、见祠堂，及婿见妇之父母，如仪。①

社祭：洪武八年，令各处乡村人民，每里一百户内立坛，周以土垣，而不盖屋，祀五土五谷之神，专以祈祷雨旸时若，五谷丰登。每岁轮一会首，时常洁净坛场，遇春秋二社，预期率办祭物，至日约聚祭祀。其祭用一羊一豕，酒果香烛纸随宜。祭毕就行会饮，会中先令一人读扶弱抑强之誓。……读誓毕，长幼以次就座，尽欢而退。务在恭敬神明，和睦乡里，以厚风俗。……国朝社祭之设，盖因社稷之祭而推之，乃敬神洽俗之一事也。东里昔年遵行，谓之春福秋福，但社坛又迷处所，乃即各土地庙举行之。如上里三社、大埕七社、上下湾二社，欢聚群饮，少长雍雍间。惟酗酒喧哗，令人可厌。然饩羊之意，尤有存焉。②

**明朝立国之初，已对冠礼、婚礼、丧礼、社祭、乡厉等礼仪**

---

① 饶平县地方志编纂委员会办公室、汕头市地方志编纂委员会办公室印行：《东里志》卷3《风俗志·婚礼》，88页，1990。
② 饶平县地方志编纂委员会办公室、汕头市地方志编纂委员会办公室印行：《东里志》卷3《风俗志·社祭》，97～99页，1990。

行为有明确规定，<sup>①</sup>正如《东里志》所言：“国初，洪武有礼制之颁，又有仪礼定式之颁，永乐又颁朱文公家礼于天下。是以家传人诵，国不异俗，礼教大行。”<sup>②</sup>从前面的引文不难看出，编修者的目的就是尽力在王朝之“礼”与民间之“俗”之间找到共通之点，赋予“俗”以“礼”的解释。所以，冠礼中未合礼制之处就成了“虽云从俗，也不失古道也”。民间嫁娶的习俗也一一与“古礼”对应起来。东里本无社坛，各村土地庙举行的“欢聚群饮”明显与王朝规定的“社祭”礼仪大相径庭，连士绅们都觉得“酗酒喧哗，令人可厌”，但编修还是要加上“然饩羊之意，尤有存焉”的评语。对于种种不合礼制的风俗的存在，《东里志》的作者将其归咎为贫富分化的结果，而不视为“教化”方面的问题：

东里衣冠丧祭，悉遵礼制，又依朱文公家礼。然贫者犹或有徇俗也。记曰：礼徇俗，使便宜。又曰：君子行礼，不求变俗，姑安焉可也。<sup>③</sup>

---

① 参见《大明会典》卷六十六，《冠礼四·士庶冠礼》；卷七十一，《婚礼五·庶人纳妇》；卷九十四，《群祀四·有司祀典下》；卷一百，《丧礼五·庶人》。
② 饶平县地方志编纂委员会办公室、汕头市地方志编纂委员会办公室印行：《东里志》卷3《风俗志·礼仪》，87页，1990。
③ 饶平县地方志编纂委员会办公室、汕头市地方志编纂委员会办公室印行：《东里志》卷3《风俗志·礼仪》，187页，1990。

也就是在经历了这样一场变革之后，到17世纪末"复界"以后，潮州乡村的社会控制与社会组织形态，较之从前有很大的不同，从明代中叶开始的地方社会的"转型"过程，终于告一段落。

在讨论礼仪与国家意识形态的关系时，还要注意的是，不能过分强调在这个问题上的中西之别。我们常常听到的一种说法是，中国是"礼仪之邦"，"礼"是中国文化的核心。这样的说法表达了"礼仪"在中国人社会中的重要意义。不过，不能忽视的是，礼仪在其他的社会也可能具有同样重要的意义。不然，"礼仪之争"就不会成为明代中叶至清朝后期几百年间，中西政治和文化交往的一个核心问题。[①]

## 三、礼仪与乡村文化重建

如上所述，在乡村社会生活中，文化具有其他社会要素无法取代的作用，其中也包括了凝聚、整合、同化、规范社会群体行为和心理的功能。现代意义的新农村建设，要求乡村地区在加快经济发展、改善自然和社会环境的同时，建立起一种适合于新农村建设的文化观念。这种文化观念一旦形

---

① 参见李天纲：《中国礼仪之争》，上海，上海古籍出版社，1998。

成并深入人心，就能够在思维方式和行为习惯的层面上发挥其广泛、稳定而持久的影响。要达到这一目的，中国乡村许多在历史上有效地发挥过稳定社会作用的文化传统和相应的运作机制，就值得我们重视、好好保护、并善于利用。其中最重要的工作之一，就是传统乡村礼仪的研究和利用。

在当代中国乡村社会，一个不能回避的问题就是，我们正面临"礼仪重建"的困难任务。传统国家及其文化赖以证明其"正统性"的整套礼仪制度，在"欧风美雨"的吹袭之下和翻天覆地的社会、文化革命以后，已经不复存在。百姓日常生活中的各种礼仪习俗，由于知识分子阶层对自然科学法则的迷信和国家政治力量推行的一系列"移风易俗"的举措，也发生了巨大的转变。而适应新的社会文化形态和"全球化"趋势的新的礼仪制度，则有待重新建立。当代乡村出现的种种问题，在某种意义上，都可以视为"礼仪阙失"的后果。

近代以来，深受西方思想和学术影响的先进人物和知识分子，大多抱有"改造乡村"的理想，他们的努力，推动了乡村的近代化，也在改善着乡民的物质生活。但与此同时，在如何处理乡村文化传统的问题上，却一直面临着比较尴尬的境地。改造乡村的努力，一旦遇到文化传统的问题，常常就变成"无根"的"文化输入"或"文化营销"，一旦处理不好，就可能处于民众的对立面。从事基层工作的干部常常会遇到的情况是，为达致某种平衡，有时不得不因地制宜地对乡村社会某些"合情"但不"合理"的传统习惯做适当的妥协，但如果过于执着意识形态的正确性，这样的妥协就可能不具有合法性的理据。

在强调重建礼仪的时候，应该对"礼仪"本身存有一种"敬畏"之心。礼仪和我们称之为"传统"的其他许多事物一样，都可被视为文化创造的产物。这种"传统"的传承，既依赖于"制度化"的培养读书人的教育机制，但更重要的是植根于普通百姓一代一代在日常生活经历中的"言传身教"。在有几千年使用文字的传统，并有士大夫的思想意识全面渗入乡村的中国社会中，乡民的仪式行为无疑深受读书人的影响。但许多礼仪习俗得以传承不替，其更本质的根源来自普通百姓的日常生活，来自相对"非制度化"的家庭与社区内部的"耳闻目染"。只有了解了这一点，我们才能理解在经历近代以来一系列的政治和社会变革之后，乡村文化传统的许多形式和内容仍然得以延续，且具有明显活力的原因；才不会对"礼仪重建"的艰巨性估计不足，也不会过高估计制度化的、灌输式的、形式上的"礼仪教育"的作用。

一谈到乡村文化建设，我们马上就会想到一系列的"文化下乡"活动，如送戏下乡、送演出下乡、送书下乡、送电影下乡、送科技下乡等。毫无疑问，这些活动确实有助于活跃农民的文化生活，也容易受到各种媒体的关注，但有乡村生活和工作经验的人都知道，这些偶尔为之的带有某种"做秀"性质的活动，远远不能满足广大农民精神生活的需要，对乡村社会生活的实际影响，也是相当浅层的。

在华南乡村社会从事田野调查20余年的学术经历，了解到许多生动而富于启发意义的事实，也对乡村基层社会的实际运作情形有了许多真切的体验。在乡下的时间越长，越感到中国传统乡村的文化传统，与建立在科学理性和民主制度基础上的近代社会理想，是可以和谐相处，相得益彰的。文化传统可以转化为政治资源，在建设新农村、保持农村和谐稳定发展的努力中，尊重乡民的风俗习惯，保护并善于利用乡村固有的文化传统，自然可以收到事半功倍之效。而且，新农村的文化建设，也只有植根于本土深厚的民间文化土壤，才可能真正达至稳固国家长治久安根基的目标。珍惜和保护乡村文化传统，从某种意义上讲，也是维护民族的文化遗产。千差万别的乡村社会所保留的丰富多彩的本土文化传统，在适当的时候，可能为新时期民族文化的振兴提供源源不竭的思想源泉。

（原载黄平主编：《乡土中国与文化自觉》，北京，生活·读书·新知三联书店，2007）

# ◎ "区域"作为一种社会史分析工具 [①]

由于地理、人文、政治和经济联系等多方面的动因，在中国社会的近代发展中，华南地区无疑有其特别的意义。也正因为如此，在近百年来关于中国近代区域社会林林总总的研究之中，有关华南地域的研究，应该说是学术积累较为深厚、工作基础较为扎实、研究成果较为系统的领域之一。中山大学地处岭南，几代人文学者也自然而然地参与到这一颇具方向感且正逐渐形成内在脉络的学术努力之中，《近代华南研究丛书》的编辑和出版，亦可视为这项具有长远意义的工作的一部分。

---

[①] 此为《近代华南社会研究丛书》总序。原载《近代华南社会研究丛书》，桂林，广西师范大学出版社，2012。

这是一套区域社会历史研究的丛书。在讨论丛书编辑宗旨的时候，中山大学历史人类学研究中心的同事们，希望能通过一系列具体领域、具体事件、村落的、社区的、个案的研究，来表达在长期研究实践中形成的关于区域社会史一些基本理念。我们以为，"区域"在社会史研究的层面上，可以作为一种分析工具被使用。在运用"区域"这个概念的时候，也许不一定要画地为牢地在一个有固定边界、很确定、很僵硬的一个区域里边，用某种过去比较熟悉的、甚至只是读中国通史教科书获得的思想框架，去考虑问题。我们以为，如果在社会史的意义上，把"区域"作为研究的单位或一种分析性概念，在研究者心中隐隐约约地存留以下若干观念，对于研究工作的深化，或许是有裨益的。

首先，"区域"的界定应与人的活动和认知相联系。把"区域"理解为一种分析的工具，其实就是要把"区域"与"人"联系在一起。社会史是思想着、活动着的"人"的历史，当"区域"与"人"联系在一起的时候，"区域"这个词就不仅仅是地理的概念，尤其不是可以用中学地理教科书的定义去理解的概念，而可被视为一种与人的思想与活动相关的思考和分析场域。这样的表达比较符合我们这群人做区域社会史研究的初衷。在区域史研究中，研究者真正感兴趣的就是人的活动，即拥有某种地域认同的人群活生生的行为，而不仅仅是在某个地方发生过的事情。而人群是一直在流动着的，所以，在这个意义上，区域社会史研究的地理边界也不能是僵化的，应该是流动着、没有明晰界线的。这套丛书以华南社会为研究对象，近代华南的许多地方成了所谓"侨乡"，我们在这些地方做田野调查的时候，本地人不时会讲到，本地人口是多少，在国外还有多少乡亲，而且在外的人数似乎常常不比本地的人口少。这就提醒我们，一方面要超越国界的限制，把研究的眼光更多地投射到华侨和华人移居的国度与地区；另一方面也要理性地想想所谓海外的"乡亲"是如何被定义的，因为华南地区的百姓移民到海外后，婚姻关系复杂，可能本地人提到的海外"乡亲"其实只有四分之一本地人的血统，或十六分之一本地人的血统，甚至更少的血缘比例。对于区域社会史的研究者来说，当我们把目光投向流动的人群时，也许更重要的不是血统，而是地域认同。在这个意义上，当我们讲区域研究要与人的活动相联系时，本质上讲的是要与研究对象的认同相联系。

其次，"区域"本身是一个历史的过程。在一般的意义上，研究区域社会史，似乎就是在研究一个地域空间的社会结构，只是还要明白，这样的空间结构是很长时间历史积淀的结果。历史学家相信所有的"传统""文化""习俗"都是人的创造物，人创造出来的东西，因为有其"意义"，就得以存留了下来。现在所能看到的各种文化景观、许多所谓"文化特质"、林林总总的民间习俗及其传说，其背后一定存在着时间很长的、纷繁复杂的被创造出来的历史过程。历史学家的专业特长和性格特质，就是要努力"还原"这个历史过程，即努力把共时态的空间结构（包括思想的结构），还原成为历时性的历史过程。如果能够把这种历史过程揭示出来，一个区域就会自然而然地呈现出自己的脉络，对于所谓区域"特质"或"特性"的描述，也就能够建立在比较有系统、有历史根据的基础上，而不是过多地凭着研究者一时的聪明去建构。在这个意义上，"还原"区域社会空间的历史过程，也是一种带有"解构"意味的学术工作。

再次，"区域"本身应自有其发展脉络和内在运作机制。做区域社会史研究，常常像在构筑一个故事，而一个区域可以成为"故事"的单位，关键之处，在于研究者应能够发现区域社会历史某个侧面的发展脉络和内在运作机制，而且，这样的发现依照专业的规范，必须是能够自圆其说的。社会历史过程实际运作的机制，不是研究者借着几分聪明，就可以居高临下地想象出来的，而是要设身处地地去思索，如果我们生活在历史时期，作为历史事件的当事人，要办成某一件事，该怎么样去做？在具体的历史事件上，几乎没有什么具体的事情是理所当然必定要发生的，每一件事都是人做出来的，每一项制度都是人的创造物。某一个人或某一群人，在具体的历史时空中，想要具体地做成某一件事情，就一定要善于利用其所居处社会中很具体的某些机制。明白了这些运作机制，也就揭示了区域社会历史的内在脉络。因为研究者的学术传承和专业训练可能影响其构筑历史"故事"的过程，所以，在某种意义上，所谓区域的内在脉络，实际上也是一种学理上的脉络，也就是说，作为社会史分析工具的"区域"，实际上带有明显的主观建构的性质。也正因为这样，在区域社会史研究中，强调自己的研究"学有所本"是非常重要的。作为一个学者，生活在一个更大的学术共同体里面，我们讲"故事"主要不是讲给当地的父老乡亲听的，更重要的是让学术界的同行能够听懂，我们的研究要能够要回应自己学科的核心问题。这一点也是我们编辑这套丛书时，格外关注的。

又次，"区域"可被视为"国家"话语的具体表达形式。毋庸讳言，对于习惯以"国家"作为研究单位的历史学家来说，宣称自己所做的是区域性研究，其工作就难免被赋予与同行所理解的"国家"相区隔的某些意涵。但我们自己还是要清醒地认识到，对于中国这样一个保存有数千年历史文献，关于历代王朝的典章制度记载相当完备，国家的权力和使用文字的传统深入民间社会，具有极大差异的"区域社会"长期拥有共同的"文化"的国度来说，区域社会的各种活动和组织方式，差不多都可以在儒学的文献中找到其文化上的"根源"，或者在朝廷的典章制度中发现其"合理性"的解释。区域社会的历史脉络，蕴含在对国家制度和国家"话语"的深刻理解之中。因此，传统区域社会研究，要求我们在心智上和感情上要真正置身于区域社会实际的历史场景中，具体地体验历史时期区域社会的生活，力图处在同一场景中理解过去。要真正做到这一点，历史文献的考辨、解读和对王朝典章制度的真切了解是必不可少的。也就是说，在具体的研究中，不可把"国家－地方""全国－区域""精英－民众"之类的分析工具，简单地外化为历史事实和社会关系本身，不可以"贴标签"的方式对人物、事件、现象和制度等做非彼即此的分类。传统中国区域社会研究的目的之一，就是要努力了解由于漫长的历史文化过程而形成的社会生活的地域性特点，以及不同地区的百姓关于"中国"的正统性观念，如何在漫长的历史过程中，通过士大夫阶层的关键性中介，在"国家"与"地方"的长期互动中得以形成和发生变化的。在这个意义上，区域历史的内在脉络可视为国家意识形态和"话语体系"在区域社会各具特色的表达，同样的，国家的历史也可以在区域性的社会经济发展中"全息地"展现出来。明白了这一点，才算在认识论意义上明了区域社会历史研究的意义所在。

最后，"区域"的界邻地区往往自成一个区域。依照政治地理、经济地理、人文地理和自然地理等不同学科分支的标准，我们可以在地图上以明晰的界线区分不同的"区域"。但如果将"区域"作为一种社会史的分析工具，考虑到人的活动和内在发展脉络的建构，就会发现，这些被硬邦邦的边界线切割开来的区域界邻地区，往往自成一个有内在历史脉络的"区域"。以属于"华南"的粤、闽、湘、赣四省界邻地区为例，就自然地理的概念，这片地域分属湘江、赣江、闽江、九龙江、韩江、东江和北江等不同的流域；依照政治地理的概念，数百年间这个地域一直分属四个不同的省区，就是按清代食盐专卖的规定，这里也被分割到粤盐、闽盐和淮盐等不同的"盐区"；而根据施坚雅关于传统中国经济区域的划分，这里正好是岭南区、东南沿海区、长江主干区和长江中游区四大经济区的交汇处。就是在这个可依照不同的地理学原则，被切割成多个区域的地域范围内，生活着一个有着相同语言、相近习俗和历史记忆，内部交往相当密切的人群——客家人，如果我们把研究的目光集中到这个人群的物质生活和精神世界方面，就不难发现，粤、闽、湘、赣四省界邻地区可自然而然地成为一个难能可贵的社会史研究"区域"。实际上，近年许多区域社会史研究的优秀作品，其考察对象大都是这类看来属于不同区域交界的地方。从事区域社会史研究的学者们，要超越"核心－边陲""陆地－海洋""化内－化外""域内－域外"之类带有二元对立性质的概念，才能更具有理论张力，更富于洞察力和同情心，去理解区域社会历史的内在逻辑。

在编辑这套丛书的时候，我们力求重视普通百姓的历史及其日常生活，重视田野研究和对历史现场的体验，重视地方文献、民间文书和口述资料的收集与利用，重视为从事区域社会研究的历史学者提供建构理论模型的借鉴，重视区域社会研究要努力超越地方史的学术传统，以努力接近对区域社会史研究应有境界的理解。我们既强调学术研究要志存高远，要有理论方面的雄心，要注意从中国历史的实际和中国人的意识出发理解传统中国区域社会的现象，在理论分析中注意建立适合中国人文社会科学实际情形的方法体系和学术范畴，又相信在现阶段各种试图从新的角度解释中国传统区域社会历史的努力，都不应该过分追求具有宏大叙事风格的表面上的系统化，而是要尽量通过具体领域、具体事件、村落的、社区的、个案的研究，来表达对历史整体的理解。所以，本丛书对入选著作的选题、材料利用和叙事方式等并未有严格的统一体例，只要是有助于华南区域社会史新的学术探索的作品，都在考虑收录的范围。"取法乎上，仅得其中"这个颠扑不破的真理，我们也还是懂的。

是为序。

（2011 年 10 月 4 日于广州康乐园马岗松涛中）

# ◎ 民间文书收集整理的基本原则 ①

60多年前，傅衣凌教授在其研究民间契约文书的著作《福建佃农经济史丛考》的"集前题记"中，这样描述民间文书对于中国社会经济史研究的意义：

谁都知道社会经济史的研究，应注重于民间记录的搜集。所以近代史家对于素为人所不道的商店账簿、民间契约等等都珍重的保存、利用，供为研究的素材。在外国且有许多的专门学者，埋首于此项资料的搜集和整理，完成其名贵的著作。而在我国则方正开始萌芽，本书对于此点也特加注意，

---

其所引用的资料，大部分从福建的地方志，寺庙志以及作者于民国二十八年夏间在永安黄历乡所发现的数百纸民间文约类辑而成，皆为外间所不经见的东西。这一个史料搜集法，为推进中国社会经济史的研究，似乎尚值提倡。

傅先生一再强调"把活材料与死文字两者结合起来"的研究方法，主张要把文献分析与实地调查相结合，"接触社会，认识社会"，"以民俗乡例证史，以实物碑刻证史，以民间文献证史"，努力回到历史现场去，从而成为中国社会经济史学科重要的奠基者之一。

中国社会经济史学科另一位重要的奠基者梁方仲教授，也高度重视民间文献在社会经济史研究中的价值。梁先生在《易知由单的研究》一文中有这样一段话：

过去中国田赋史的研究，多以正史和政书为限。这些材料，皆成于统治阶级或其代言人之手，当然难以得到实际。比较可用的方法，我以为应当多从地方志、笔记及民间文学如小说平话之类，去发掘材料，然后再运用正确的立场、观点去处理这些材料，必须于字里行间发现史料的真正意义；还给他们真正面目。然而这种工作，无异沙里淘金，往往费力多而收获少。除了书本上的材料以外，还有一类很重要的史料，过去不甚为人所注意的，就是与田赋有关的实物证据，如赋役全书，粮册，黄册，鱼鳞图册，奏销册，土地执照，田契，串票，以及各种完粮的收据，与凭单都是。[①]

梁先生受过严格的经济学和社会学训练，而以研究明代赋役制度著名。他对历史上经济问题的关注，植根于对现代中国农村社会问题的深切关怀之中。在具体的研究实践中，他特别重视社会调查，曾多次深入农村调查土地关系和农民田赋负担问题。他致力于各种公私档案的收集和解读，力图在整理、辨析、解读官方数字的基础上，结合对纳户粮米执照与土地契约等票据文书的考释，为后人提供逐步深入揭示社会经济事实的一条路径。

学术史的发展证明，梁先生、傅先生等前辈学者指出的方法，乃是中国社会经济史研究的"正途"。

正是由于这样的理念，中山大学历史人类学研究中心自2001年成立以来，一直将传统中国地方文献和民间文书的收集、整理和研究作为最重要的工作之一，在教育部、中山大学和海内外多个学术基金组织的支持下，在华北、华东、华南和西南的多处地方和东南亚的华人华侨聚居之地进行实地调查，与当地的文史工作者合作，开展大规模且有深度的

---

① 傅衣凌：《福建佃农经济史丛考》，1～2页，邵武，福建协和大学中国文化研究会，1944。

地方文献和民间文书的收集和研究。《清水江文书》就是这一学术努力的成果之一，这项工作是中山大学历史人类学研究中心与贵州省锦屏县的有关政府部门合作完成的。

在民间文书和地方文献收集和整理工作中，中山大学历史人类学研究中心特别注意坚持以下四项原则：一是尽量通过与地方政府和本地研究机构的合作征集或复制文献，而绝不在乡村收购民间文书；二是尽量将文献和档案原件保留在原地，特别是尽量永久收藏于当地的图书馆或档案馆等公藏机构，以利于以后研究者的工作，研究中心只收藏文献的复印件或数码图像；三是尽量保持文献和档案原来的系统和内在联系，不打乱文献原有的系统，绝对不根据现代研究者的需要对文献重新分类；四是除与合作机构或文献收藏者有特别约定者外，研究中心收藏的文献都对学术界开放，并努力尽快公开出版。我们相信，这样的做法是对学术和社会负责任的表现。在收集、整理清水江文书的过程中，我们一丝不苟地实践了以上四项原则，也正因为这样，这项工作得到锦屏县政府和各乡镇干部群众的理解和大力支持。

"学术乃天下之公器"，学术研究需要的不仅是信息沟通、思想碰撞与学术批评，不仅是研究者对社会发展和文化传承的深刻关怀，对代表人类未来、良知、公正、平等种种理想境界的追求，学术研究资料的公开出版和被学术共同体共享的便利，同样也是达致这一目的的必由之路。正因为如此，中山大学历史人类学研究中心在从事地方文献和民间文书的收集与整理时，都把文献的出版列为重要的工作内容，并注意与合作的地方政府部门和学术机构在这一点上达成共识。以清水江文书为例，2001年9月此项工作刚刚开展之际，我们与锦屏县有关部门确定的《锦屏民间契约文书征集研究工作计划》，就明确提出了"用5～8年时间，将锦屏民间所有的契约等历史文献悉数收集，并规范整理、出版系列选辑"的工作目标。很高兴的是，事隔五年，在广西师范大学出版社的支持下，《清水江文书》开始系列出版，当年确定的工作目标正在逐步实现。民间文书大多是稿本，其收集和整理带有抢救文化遗产的意义，通过公开出版，使之成为学术界同行可以共享的学术资源，不但有助于吸引国内外的学者们更加关注这样的研究课题，更加关注这些文书形成地域的社会与文化发展，而且可以克服资料垄断所带来的种种不便，让有关地域社会的专门研究有更多的得到同行检验的机会。

在清水江文书收集、整理和出版的过程中，张应强和王宗勋两位学者做出了关键性的贡献。张应强教授现任职于中山大学人类学系，故乡却在清水江边。王宗勋任职于锦屏县的档案和方志部门，一直在清水江畔从事地方历史文化的研究。应强是苗族人，宗勋是侗族人，两位与清水江有着割舍不断的血缘、情缘的苗族和侗族学者，志同道合，一起从事数百年来主要由苗族和侗族先人创造的清水江文书的整理与研究，这样的工作，不但具有学术积累和思想发明的价值，而且也可以被赋予某种民族文化传承的象征意义。应强在本书的序言中，已经详细描述了清水江文书收集与整理的过程，民间文书征集和整理工作中的种种艰辛，非亲历其境者实在难以想象。正是因为参与其事者对学术事业和文化传承的执着追求，才使清水江文书的收集整理工作有了今天这样的基础。这两位学者的学术精神，已经使许许多多前来清水江地区考察的海内外学者深受感动，而他们在这一工作中形成的深厚友谊和相互理解，更是让我们这些从旁观察的朋友们感到羡慕。除了这套资料丛书外，应强已经有两部利用这些资料的研究专著问世，宗勋也有包括《锦屏县志》在内的多种文史研究作品深受同行好评。最近两年，张应强指导的多位博士研究生和硕士研究生，也选定清水江流域作为其学位论文的研究地域，而王宗勋也就自然而然地成为这些同学田野工作的引路人和指导者。我很想借着这套资料丛书出版的机会，祝愿这两位正值学术创造能力最为旺盛年龄的学者，扎根乡土，镍而不舍，取得更大的成就。看到比他们年轻的同学们继续在清水江两岸的侗乡苗寨进行田野工作，学术事业后继有人，更是感到由衷的欣慰。

《清水江文书》的出版，只是一项在学术史具有深远意义的长期工作的开始。除了越来越艰巨的地方文献和民间文书的收集和整理工作仍有待深入外，对这些珍贵历史文献的解读和研究，更是任重而道远。我们希望在更广泛、更深刻的意义上，在学术发展的道路上，留下一些痕迹。希望这样的研究，最终对整个中国历史的重新建构或重新理解，会有一些帮助。同时，我们也期望这样的工作可能与整个人文社会科学发展的主流有一些更多的对话，可以参与到一个更大的学术共同体共同关注的问题中去。

是为序。

（2006 年 9 月 16 日于广州康乐园马岗松涛之中）

# ◎ 黔东南：田野调查的沃土 [①]

 

对中国传统地域社会的研究者来说，黔东南真的是一块不可多得的宝地。凯里学院扎根这块民族学、社会史、人类学的沃壤近六十年，一代代学者以保护、传承传统民间文化和民族文化为己任，搜集、整理并系统研究地方文献、民间文书、口述传说与民间习俗，不过分追求具有宏大叙事风格的表面上的系统化，而是尽量通过区域的、个案的、具体事件的研究，表达出对地域社会与历史传统的理解。《黔东南历史文化研究丛书》的编辑与出版，真的令学界同行感到敬佩和欣慰。

---

① 此为《黔东南历史文化研究丛书》序。原载《原生态民族文化学刊》第九卷，2017（4）。

我是 2002 年 3 月第一次有机会访问黔东南的，当时就深深地为这里的山河土地、风俗民情所陶醉。以后十多年间，与国内外有共同学术兴趣的朋友们一起，到黔东南进行田野考察有十余次之多，其中也包括了 2015 年 10 月凯里学院安排的偏桥卫遗迹及施秉地区民族民间文化的考察之旅。徜徉在锦屏、黎平、施秉、凯里的山水之中，走在印着数百年蹄痕履迹的古老驿道的石板之上，抚摸着卫所城墙的断壁残垣，看着明代初年就从内地移居"苗疆"的军户后代跳起刚劲彪悍的龙舞；在侗乡、苗寨村口的千年银杏树下，喝着苗家的水酒，听着悠扬的酒歌；这种深具"回到历史现场"意味的场景，历历在目，长久难以忘怀。这样的感受，也是未曾有过类似经历的学者难以想象和体验的。正因为这样，也就对凯里学院同行们的工作，或多或少增添了一份羡慕与敬重之情，《黔东南历史文化研究丛书》所收录的多种学术著作，因为其作者们长期浸淫在这样真切的"原生态"的文化氛围中，自然而然地有了一种他人所难以企及的现场感和历史感。

由于共同的学术追求，多年来中山大学与凯里学院从事人类学、历史学、民族学研究的学者们探讨交流，收获丰硕，而"清水江文书"的整理与研究，更使两校同行有了更好地相互砥砺、相得益彰的合作机会与研讨平台。在共同的研究实践中，我们对这块被誉为"世界上最大的民族博物馆"的土地上丰厚的历史文化积淀有了更丰富的感知，也对黔东南传统地域社会研究与民族民间文化研究的学术价值有了更多的期待。

我们知道，黔东南苗族侗族自治州现今聚居着 33 个民族，民族民间文化形态繁多，内容丰富，人文与自然生态系统的保存都比较完整，尤其是苗族、侗族丰富多彩的文化特色独具魅力，是世界乡土文化保护基金会认定的全球 18 个生态文化保护圈之一。黔东南丰富多彩的历史文化遗产，既在日常生活、礼仪行为和口述传说中存留了世世代代在本地生活劳作的苗族、侗族等少数民族固有文化传统的细节，研究者又可透过地方文献、民间文书的记载和上述各种细节看到王朝典章制度和国家意识形态在地域社会的表达。在黔东南，初来的研究者不时会有"礼失而求诸野"的感慨，但更重要的是，黔东南地域社会与民族民间文化的研究，有助于研究者更好地理解我们这个具有极大差异的"地方社会"的国度，何以能够长期拥有共同的"文化"，以及不同地区的百姓关于"中国"的正统性观念，如何在漫长的历史过程中，在"国家"与"地方"的长期互动中得以形成和发生变化的。

毋庸讳言，让中山大学的研究者与凯里学院的同行们走到一起、共同开展研究工作的重要契机，是近 10 余年"清水江文书"广泛受到重视，得以大规模搜集、整理和研究的过程。黔东南少数民族民众珍惜、收藏文字资料的传统，使现存总数达数十万件的"清水江文书"，成为中国近现代史上最重要的史料发现之一。近一个世纪之前，王国维先生曾指出："古来新学问之起，大都由于新发现之赐"[①]；陈寅恪先生在《陈垣敦煌劫余录序》亦谓："一时代之学术，必有其新材料与新问题。取用此材料，以研求问题，则为此时代学术之新潮流"。[②] 在进行国家社科基金重大招标项目"清水江文书的整理与研究"的两校学者们，正是以这样的期待来面对我们共同的事业的。令人高兴的是，学者们已经发展出一套较为系统的解读乡村社会中各种资料的有效方法，包括族谱、契约、碑刻、宗教科仪书、账本、书信和传说等，这套或许可被称为"民间历史文献学"的独具特色的学问和方法，是传统的历史学家、人类学家或汉学家都没有完全掌握和理解的。我们希望民族民间文化和地域社会史的研究者们，能够在大量收集和整理民间文书、地方文献和口述资料的基础上，最终建立起有自己独特体系的民间与地方文献的解读方法和分析工具，将中国历史研究建立于更坚实的学术基础之上。

---

① 王国维：《最近二三十年中国新发现之学问》，《王国维文集》第4卷，176页，北京，中国文史出版社，1997。
② 陈寅恪：《陈垣敦煌劫余录序》，《金明馆丛稿二编》，236页，上海，上海古籍出版社，1980。

凯里学院作为黔东南苗族侗族自治州的学府，在地域社会历史和民间民族文化研究中拥有得天独厚的优势，也理所当然应在黔东南地方文化建设贡献智慧与力量。凯里学院的同行们已经在相关领域的资料搜集、课题研究、课程建设、政策咨询等方面做了大量卓有成效的工作，而《黔东南历史文化研究丛书》的编辑与出版，更是一个新的开始。

是为序。

（2016 年 7 月 9 日于广州康乐园马岗松涛中）

# ◎ 感受乡村研究的文化魅力①

2002 年阳春三月，在宗勋的引领下，我有了长久难以忘怀的第一次文斗之行。其时三板溪水库尚未动工兴建，从锦屏县城到文斗山下的河边村仍可全程通航，清晨与国内外一群同龄的朋友乘船溯流而上，沿途停靠卦治等村寨，下船后又在阳光明媚、风景如画的河谷爬了约四十分钟山路，终于在午前时分抵达这座位于半山腰的苗寨。

文斗秀美的景色在宗勋笔下已有生动的描述，但给人更深印象的是其文化积淀和淳厚的民风。在村口的千年银杏树下，喝着苗家的水酒，听着悠扬的酒歌；到一家一户串门，

---

① 此为《文斗：看得见历史的村寨》序。原载王宗勋：《文斗：看得见历史的村寨》，贵阳，贵州人民出版社，2009。

在吊脚楼里翻阅一包包乾隆以来一直保存的契约文书和其他文字资料；入夜后围坐在炉火周围，在忽明忽暗的火光映照之下，听妇女们以略略有点凄苦的声调唱《回香歌》；在山顶晒谷场绕着熊熊篝火，与整个村寨的人们拉着手唱歌跳舞；夜深人静之时，在苗家木楼客房的床铺上，听着楼旁山溪潺潺的流水声；这样的场景，虽说已经过去了七八年，但回想起来，仍然历历在目。

我常常对想了解历史人类学田野工作的朋友说，西南民族地区是田野调查的福地，但要有好的酒量，在那里"进寨子前半醉，进寨子后全醉"，主要就是来自文斗的经验。不过，之所以"醉"，不仅因为喝了苗家的水酒，主要是被那里的山河土地、风俗民情所陶醉。

感谢宗勋的辛劳，《文斗》一书不但勾起了我个人的记忆，而且以带着本地人真切体验的笔调，重现了这个独具魅力的苗家山寨数百年的历史场景和锦绣风情。

我是在中山大学人类学系张应强教授的介绍之下，因为2002年3月的这次文斗之行，才与宗勋相识的。宗勋是侗族人，长期任职于锦屏县的档案和方志部门，一直在清水江畔从事地方历史文化的研究，扎根乡土，锲而不舍，有包括《锦屏县志》在内的多种文史研究作品，深受同行好评。今年他与张应强合作编纂大型民间历史文献丛书《清水江文书》，已出版两辑共 20 余巨册，这是一项具有学术积累和思想发明的价值，且也可被赋予民族文化传承象征意义的工作，在学术界有重要的影响。

承蒙宗勋厚爱，让我有机会在《文斗》一书正式出版前先睹为快。文斗是一个不大的寨子，但因为具有数百年的历史文化积淀，而且记载村落历史变迁的文献大多保留了下来，所以《文斗》一书得以从生态、移民、族群关系、经济发展、政治统治、人物功业等方面较丰满地展示这个美丽的西南民族村寨的历史面相，让读者在细腻而贴切的文字描述之间，从一个小村寨的发展感受到某种"总体历史"的意味。书中所录的许多碑铭、契约等民间文书，更让我们这些有"史料癖"者，体会到学术积累的意义。

当然，我们在感受地域文化研究的学术魅力，享受思想创造愉悦的同时，也要尽量避免对研究对象的过度"移情"。我们的思维不应受到概念范畴、族群偏见、意识形态等因素的束缚，而应该像这本书所展现的图景一样，从实际的历史事实和历史过程出发，尽可能贴近和理解当时人的立场，重现他们的物质生活与精神世界。

（2009 年 10 月 13 日于广州康乐园马岗松涛中）

# ◎ 潮汕人文特征的社会竞争力[1]

潮汕文化的深厚积淀和多元发展，使之难以用简短的语句完整系统地将其表达清楚。

为了避免掉进用什么"先进性""开放性""海洋性"之类的名词做简单归纳的套路里面去，我想稍微取巧一点，换一个角度，以讲故事的方式，从潮汕近几百年来历史的演变，从一些与百姓日常生活更有密切关系的事实，讲讲潮汕与海洋的关系，讲讲潮人海外拓展的一些经验。也许这样一来，我们从中也可以体验到潮汕人文特质的一些方面。

---

[1] 本文根据 2010 年 12 月在第六届国际潮青联谊年会高峰论坛（汕头）的演讲记录稿整理。原载《潮商》，2011（1）。

首先，潮汕人与海洋的密切联系几乎是天然的，而其从事海上活动的形象，则因国家制度的变迁而不断被型塑。

潮汕地处中国大陆的东南沿海，正好处于从东北亚到中南半岛漫长海岸线的中间，在长达千年依赖季风作为航海动力的传统近海帆船贸易时代，这个优越的地理位置，为一年两度从此海面经过的远洋航行的船只提供了更多的贸易机会，从而也培植了本地的海上贸易传统。自汉唐以来，这里的百姓就一直从事海上活动，从中获利颇丰，而宋元时期政府容许、鼓励海上贸易的政策，更使潮州百姓的日常生计与海上活动有了密不可分的联系。

明朝立国之初，一反宋元做法，除有限度的朝贡贸易外，规定"寸板不许下海，寸货不许入番"，以严刑峻法禁止私人的海上贸易活动。但实际上，潮州民间非法的海上贸易活动始终未曾停止。正统年间已有滨海之民"私下海通货爪哇"的记载，成化二十年又有报告说，"有通番巨舟三十七艘泊广东潮州府界"。到海外以后，利用朝贡的机会，"冒滥名色，假为通事"，再回来"专贸中国之货，以擅外番之利"者，也是举不胜举。明初被放弃的南澳岛，更是在二百余年间，成为当时环南中国海周边地域最著名的海上贸易据点之一，各国海盗或海商汇聚。也就是说，百姓日常生活的形态，并未因封建王朝的"海禁"政策而有大的改变，只是在官方的记载之中，这些人的活动被赋予了违法走私的性质。

16 世纪以后，由于欧洲殖民势力扩展到东亚海洋地区，新的贸易形势使海上活动更加有利可图，东南沿海地区商品货币关系空前发展，商人和地方世家力量增强，而明王朝又适时加强了对非法海上活动的打击，终于导致一百多年的"海盗"与"倭乱"局面的出现。近三十年关于这一时期东南沿海地方动乱的研究，最重要的发现之一是，明代官方史料所记载的"倭寇"侵扰事件，大多数乃中国沿海的"海盗"与"世家"所为，所谓"倭寇"实际上是从事海上走私贸易的中国海商集团。其时在潮州沿海一带活动的重要武装集团，主要人物有许栋、张琏、许朝光、吴平、曾一本、谢策、洪迪珍、林国显、徐碧溪、林道乾、林凤、杨老、魏朝义等，他们时常拥有数万之众，除了从事海上贸易外，还具有明显的政治和军事性质。这些海上武装集团的活动范围遍及闽粤两省沿海，也到达日本、吕宋、交趾、苏门答腊、柬埔寨、暹罗等地。林道乾、林凤还先后在加里曼丹、吕宋等地建立过殖民据点。梁启超先生所作《中国殖民八大伟人传》中，就提到张琏、林道乾等人的事迹。

这些海上活动集团的结局虽然不尽相同，但有意思的是，在百姓的传说中，这些人常常被视为"英雄人物"，且对其下落也有令人充满遐想的传说。以张琏、林道乾和吴平等人为例，这些海上活动集团的首领失败后遁走海外，不知所终，而民间传说认为他们继续在南洋一带从事商业活动，说明在当时一般人的观念之中，这些首领原来的活动圈子就遍及环南中国海的周边地域，他们在中国东南沿海的事业失败后，到这些地方继续活动是理所当然的。

清初，潮州地方社会长期处于"不明不清"的动乱状态之中。康熙元年清王朝力行"迁海"政策，在东南沿海划定了三十里至五十里宽的"无人区"，海上贸易当然也在完全禁止之列。有意思的是，就是在官府威胁"如有故犯，俱以通贼处斩"的迁海时期，在海外（如日本长崎）的历史文献中，仍然不时看到潮州商船到国外进行贸易的记载。

康熙二十三年清王朝收复台湾以后，当年九月下谕开海禁，使海外贸易成为合法的活动。对于潮州沿海的普通百姓来说，开海令对他们的日常生活产生了意义深远的影响。潮人世世代代赖以为生的出海贸易的生活方式，现在又成了具有合法性的行为，潮州沿海地域很快就成为环南中国海贸易最发达的地区之一。

清政府奖励本国商人从海外贩运粮食，开放捐纳监生，结果，对于潮州百姓来说，从事海外贸易不但可以解决生计问题，发财致富，而且还可能因此改变身份，提升其社会地位。根据朝廷的规定，运米回国者，生监最高可被授予县丞职衔，民人最高可得七品顶戴，从事海上贸易成了有效的向上流动的渠道，许多海商循此途径得到职衔、顶戴和功名。例如，乾隆三十二年从外国共运米 2100 多石回国而被议叙的 9 名广东商人中，澄海县人就有 7 名。比起明代下海贸易就被认为是"亡赖"，甚至可能被称为"海盗"的情形，真是天壤之别。所以说，潮汕人生计与海洋的密切联系几乎是天然的，但其从事海上活动的形象，则因王朝制度的变迁而不断被型塑。

从某种意义上说，"潮商"作为一个具有合法地位和内在联系的商业集团，可能要到 17 世纪末海上贸易合法化之后，才得以真正形成。


其次，跨国活动一直是潮汕百姓日常生活一部分，从而使潮汕商人具备了从事国际贸易的天性，在不同国家不同的政治、法律、贸易、宗教和文化制度之间，一直游刃有余。

近年在环南中国海周边地区，有许多与潮人海外活动相关的历史文献被陆续发现，原荷兰殖民地巴达维亚（今印度尼西亚的雅加达）的华人公馆档案就是其中之一。已被荷兰莱顿大学收藏的这批珍贵资料，包括了 18 世纪以后带有自治性质的巴达维亚华人公馆各种活动相当完整的记录，从中可以看到近代以前潮人移居海外及所从事活动许多相当具体的个案。

例如，有关 18 世纪潮人移居海外的途径，华人公馆档案记录了一种有意思的习惯性做法。乾隆五十一年七月，巴达维亚荷兰殖民当局对来自中国的船只做了新的限制性规定，对中国不同地方的船只实行不同的政策。按规定，每条厦门船每次可以带水手旅客共 500 人到巴达维亚，然后必须有 250 人随船回国，出去与回来之间，有 250 个人的差额，这些人就有可能留在巴达维亚定居和经商。而对潮州的樟林船，则规定每条船每次只能去 100 人，随船回国的也必须是 100 人。殖民者立法的本意，就是要限制潮州人移居巴达维亚。在这样的制度之下，当时潮汕人要如何才能到巴达维亚做生意或者定居？从华人公馆的诉讼档案可以看出，实际上，乾隆后期许多厦门船从厦门出发后，第一站先到潮州樟林，在樟林上客，然后才到巴达维亚去。所以，殖民者的限制，并没有能够中止潮州人移居巴达维亚的努力。这样的情况延续了几十年，直到 19 世纪初这个限制被取消为止。

在巴达维亚华人公馆的诉讼档案中，还保留了许多潮州商人或移民处理潮商与巴达维亚之间的借贷与债务关系的个案。在这些案件中，潮州商人表现了在不同国家的商业法律制度之下，维护跨国的金融信用关系的高度技巧与能力。

另一个有意思的例子是，潮州海商利用中国与琉球王国之间的海难救助机制，到琉球贸易的做法。从康熙二十三年开始，中、琉之间确认了海难相互救助机制，双方对因海难而漂流至对方的船民和商人，都会予以救助并协助他们返回本国。有意思的是，这一海难漂流船只相互救助的机制，被中国和琉球的商人利用，作为私人海上贸易"合法化"的渠道。

1785 年（乾隆五十年），琉球国王就曾颁布禁令，指出琉球船只"以漂流形式到中国，其真正目的是为了做买卖"。反过来也一样，许多从中国漂流到琉球的船只，也抱着贸易的目的。滨下武志教授就指出存在名为"漂流"，实际上进行贸易的情况。在他看来，"漂流"实际上是"朝贡贸易体系"的一个环节，他由此提出"漂流圈"的重要概念。在《历代宝案》《琉球王国评定所文书》《华夷变态》《通航一览》《通航一览续辑》《同文馆志》《同文会考》等国外历史文献和近年出版的《清代中琉关系档案》中，都保留了许多清代潮州海商漂流到琉球的记录。

对于潮州这样有上千年海外贸易传统，跨国活动早已成为百姓日常生活一部分的地区来说，仅从一个国家的制度出发来理解地方文化的特质，可能是不够的。与海上活动有密切关系的潮州人，一直要面对的，是环南中国海周边地区不同国家和不同人群差异极大的政治、法律、贸易、宗教和文化制度。令人欣慰的是，上千年来，我们的先辈就是在这样复杂的制度环境中，充满智慧地协调和利用各种制度，在不同国家和不同社会之间，游刃有余地发展着自己的事业和文化传统。

再次，潮汕传统人文特征中蕴含着许多"现代性"的因素，这些因素在潮汕社会的近代化过程中发挥了举足轻重的作用。

在潮汕社会的近代化过程和现代潮汕侨乡的日常生活中，以"侨批"为主要形式的华侨汇款起着重要的作用。据汕头邮政管理局统计，仅 1930 年一年寄往南洋群岛和马来联邦的批信（应是回批）就有 129 万封，因世界经济萧条而使侨批数量减少的 1932 年，也有 83.2 万封批信。一般情况下，侨民家庭每月（有的是每两月）就会收到一封平均汇款额在 20 ～ 30 元之间的侨批。在近百年时间里，这些与个人和家庭生活有着密切关系的家信，频繁往来于海外移民的故乡与海外移居地，潜移默化之间，对社会生活产生了非戏剧性的、但可能更加深刻的影响。

从近代邮政业和银行业的理念看来，批局的营运方式有诸多不合"规矩"之处，所以，民国年间中央政府对侨批业一直采取压制的态度。在一般的观念中，带有明显乡族色彩的民营侨批业也基本上可被认为属于"传统"商业组织的范畴，但有意思的是，这一组织在一个日渐近代化的地方社会中扮演了相当积极的角色。在更大的国际贸易和国际金融市场的网络体系之中，侨批业这一带有明显的东南亚商业经营习惯和经营理念的组织，可以与近代的邮政机构和金融组织良性互动，并从中找到巨大的发展空间。近代潮汕侨批业者进行的不但是经济的活动，这些活动还有更加深刻的社会与文化内涵，侨批问题不仅是金融的活动，其背后同时也是人员、物资和信息的交流。这也就是我想在这里强调的，潮汕传统商业习惯中蕴含有适应近代国际金融和商业运作的某种"现代性"。

关于潮汕传统人文特质中蕴含着"现代性"的另一个例证，是近代汕头市善堂的兴起及其对近代市政发展的影响。

可以说，近代汕头善堂的兴起，与大峰祖师的信仰有关。大峰信仰的起源或许可以追溯到宋代，但直至19世纪末，大峰祖师的信众仍仅仅限于潮阳一地，和平乡的报德堂是唯一祭祀大峰祖师的场所。大峰祖师作为一个具有近代慈善组织性质的善堂的象征性神明形象的塑造，特别是其信仰的普及，是晚清以来商人和华侨共同努力的结果。

实际上，和平乡报德堂之外第一个奉祀大峰祖师的场所出现在泰国。第二次鸦片战争之后，与潮阳县相邻的汕头成为对外通商口岸，潮阳人也因此大量移居海外。1896年潮阳人马润君从和平乡恭请大峰祖师金身到暹罗设坛供奉，此举与后来影响巨大的泰国华侨报德善堂的兴起有莫大关系。原来只是在海边偏僻乡村为乡民祭祀的神明，经此变化，首先在海外华侨社群中得以推广。

差不多与之同时，与汕头只有一海之隔的潮阳人，也越来越多地来到这个新兴的工商业城市定居，这些潮阳籍商人，许多是先移居南洋，再回来汕头发展的，几乎每一个人可被称为"华侨"或与之有直接的联系。

当时新兴近代城市要面对的一个严重问题，是建立包括医疗卫生在内的社会保障制度。在传统时代已经广泛存在的善堂，成为解决新兴近代城市公共事务问题最有效的选择之一。第一个以大峰祖师为主要祭祀神祇的善堂，是光绪二十七年（1901 年）设立的存心善堂。而存心善堂善款的主要来源，除本地商贾、名流的捐助之外，旅居东南亚各国和香港地区的潮汕乡亲，尤其是香港善庆善堂和泰国报德善堂，也都常有捐助。

存心善堂建立之后，其它善堂也在汕头市建立起来。其中，存心善堂和 1905 年设立的延寿善堂、1919 年设立的诚敬善堂、1932 年设立的慈爱善堂和 1934 年设立的诚心善堂，并称为汕头"五大善堂"。这些善堂多在韩江中下游城乡地区设有分支机构，其赈灾和公益活动的范围，更达到韩江流域各地和东南亚华侨聚居的地方。

没有直接的证据，说明大峰祖师信仰的推广，是先从潮阳县和平乡传播到南洋，再因在南洋信仰的普及而致使其在内地侨乡也被广泛接受。但没有疑问的是，大峰祖师是由于"华侨"的作用而首先在海外传播的。而在汕头市和韩江中下游城乡地区将大峰祖师作为近代慈善事业象征的，也是"华侨"。在近代潮汕地区"侨乡"形成的过程中，华侨正逐步取代士绅阶层，成为转型中的地域社会新的主导力量。

大峰祖师信仰随着善堂的普遍建立，在潮汕地区迅速流播的过程，正值 19 世纪与 20 世纪之交，中国人的民族国家意识逐步形成，潮汕社会经济出现某种近代化趋势，汕头等近代工商业城市在地域社会的政治、经济格局中的地位日臻显著的时期。善堂的普及，是在政府控制力量明显减弱、乡绅等原有的地方精英面对新的挑战、地方组织的形式和权力格局重新建构的社会转型时期，公众和社会对慈善事业和其它公共事业迫切需求的结果。善堂的善举主要包括重大灾害之后的紧急救济、平常对贫穷者施衣施食、设立义冢并对贫穷和无人收埋的死者施棺收殓、向无力治疗的患者施医赠药、兴办义学、在城镇地方设立义务消防组织等等。对于汕头这样正在形成中的近代城市来说，急需有专门的机构从事这类与公众健康和社会安定直接相关的工作，其必要性是不言而喻的。

在这样的情形之下，善堂这种在传统中国有着悠久制度渊源的社会慈善组织形式，成为了当时潮汕民众所选择的，能够适应近代汕头市政建设需求、具有"现代性"特征的城市公益组织。

如果要把潮商与徽商、晋商等传统中国著名的商人集团做某种比较，或许有三点是可以提到的：

第一，潮商的发展一直保持着更大的自主性。我们知道徽州商人集团的起源与明朝政府的食盐专卖制度（即所谓"开中制"）有关，而山西票号的空前发展则直接依赖于清末与朝廷财政运作的密切合作。而潮州商人善于在不同时期利用朝廷不同的制度以获取利益，但始终与地方官府保持着距离。

第二，潮商的贸易和人文网络有更明显的跨国特质。潮汕地区在传统近海帆船贸易体系中有利的地理位置，以及潮人日常生计与海洋密切相关的悠久传统，使得潮汕商人始终将贸易活动的视野更多地投向海外。而他们也确确实实能够在不同国家、不同民族的文化、法律和商业制度之间游刃有余，获取丰厚的利益。

第三，潮商的经营和商业运作方式中，可能蕴涵着更多的与近代国际商业发展相适应的"现代性"因素。这一点，从第二次世界大战结束以后，香港地区、泰国、新加坡、马来西亚等地众多潮籍银行家、企业家和社会活动家事业发展的案例，就是最好的证明。

当然，讲到明代潮州的历史，不但要提到许朝光、吴平、张琏等海上活动集团的首领，还要知道同时期潮州地区涌现了薛侃、林大春、林大钦、翁万达、唐伯元等一大批在学术史和文化史上有地位的知名士大夫；清代潮商不仅在海外活动频繁，在中国北方和内地的商业活动也有不俗的表现；在潮汕这片土地上生活的，不但有长期以大海为生计来源的民众，也有祖祖辈辈居住在山区的人群等。这些都是我们在讨论潮汕人文特征时要全面思考的，不然就会挂一漏万。

# ◎ 流域、族群与新兴近代城市 [1]

19世纪60年代初期，由于《天津条约》的签订，位于韩江入海口的汕头成为通商口岸，是为中国近代城市发展史的重要篇章。随着机器轮船业的发展，汕头在几十年间迅速成为"中国通商第四口岸" [2]。至20世纪初，温廷敬在《潮嘉地理大势论》中这样描述汕头的地位：

以近海之故，民多冒险出洋。南洋诸岛之利权，潮嘉人几握其半，皆海线之关系也。然其缺点者，则以二百余里之

---

① 此为《汕头埠图说》序。原载陈汉初、陈杨平：《汕头埠图说》，北京，中国文史出版社，2009。

② 《岭东日报》，光绪三十年二月初一日，第4版，潮嘉新闻·集股行轮。

海线，而可泊大舰者，仅有汕头一埠。①

汕头原来只是一个小渔村，在近代化的过程中，成为整个韩江流域唯一可以停泊机器轮船的口岸而得以迅速发展，以后一直保持中国东南沿海重要工商业城市的地位。汕头城市史的研究，不仅在地方史或地域史的研究中有其独特魅力，而且对中国近代城市史问题意识和研究范式的发展，也有可能有其重要的意义。

研究一个近代城市的建立和发展，不仅仅要关注贸易、金融、工业等经济方面的动因，更重要的是，还可将其视为公共事务与政治权力体系、社会组织与社会结构、人群流动与日常生活方式演变的过程。陈汉初、陈杨平先生的新著《汕头埠图说》，全面、细致地展现了汕头开埠近百年间城市生活的种种面相，对于近代城市史的研究者来说，不但增加了许多以往未曾注意到的新资料，而且因为其内容丰富翔实，以及对本地人精神世界和日常生活感觉的细腻传达，从而产生了许多新的思想冲击。

从书中可以看出，汕头开埠之后，由于交通空前便利和商业利益的推动，整个韩江流域的商人都竞相在这个新兴的城市中发展自己的力量，其中许多人是先到了南洋、香港、

---

① 《岭东日报》，光绪二十九年十一月十一日，第 1 版。

上海等地做工或经商，在侨居地赚了钱，再回来汕头发展的。值得注意的是，对城市发展做出重要贡献的人群中，包括了许许多多来自韩江上游地区的客家人。例如，清光绪三十年动工、三十二年落成的潮汕铁路，从倡议兴建到投资建设，主其事者是嘉应州最著名的华侨商人之一张煜南；而民国五年建设汕头至樟林轻便铁路的是大埔百堠乡人杨俊如；福建永定县著名侨领胡文虎则在汕头建有著名的虎标永安堂制药坊及营业部、《星华日报》报馆和虎豹印务公司，捐建了汕头医院、市立一中图书馆、回澜中学礼堂、市立女子中学校舍和感化厅等近代市政设施。汕头早期的文化和教育事业，也是来自整个韩江流域的读书人一砖一瓦构筑起来的，清光绪二十六年嘉应州镇平县人丘逢甲在这里倡办岭东同文学堂，光绪二十八年嘉应州人杨源（季岳）与温廷敬、何士果、陈云秋等在汕头创办粤东第一家地方性报纸《岭东日报》，而民国二年创刊的汕头《公言日报》则是客籍人丘星五等努力的结果。这些都是汕头文教史上的重大事件。民国时期福建永定人黄雨岩也在汕头"雨庐"悬壶济世，成为一代名医。

认真阅读全书，不难发现，汕头这个新兴工商业城市的居民，一直包涵着来自整个韩江流域的讲不同方言的移民。就是城市中的合族祠堂，也多有讲不同方言的同姓宗亲合力构筑的例子。以本书卷六列举的情况为例，位于崎碌的黄氏宗祠是由来自佛冈县的黄镜澄、宝安县的黄煜南、梅县的黄瑞堂及潮人黄朴之等共同建筑的，该祠兼设有家庭自治会，处置族中事宜，并在宗祠内设立学校；梅县人张怀真、潮人张凌云等又在岐山乡构筑张氏宗祠；梅县人李玉畖、潮人李西平等，则设李氏宗祠于中山公园附近，还附设有李氏新村。我们知道，合族祠是近代中国城市最重要的基层社会组织形式之一，在新兴的汕头市内存在着这么多由讲不同方言的人共同构筑的合族祠，反映的是当时城市生活中讲不同方言的人群和生共处的实际情形。

新兴的汕头市在整个韩江流域经济与社会生活中的地位，更重要地表现于其作为中心城市的辐射作用。《汕头埠图说》引用1935年出版的日本高中《地理科》课本所附《汕头商业圈区交通图》，说明当时汕头的商业圈包括潮州十属、梅州五属、福建汀州八属、江西赣州四属和宁都三属，共计三十余县，范围到达与韩江流域相连的赣南地方。而清末大清邮政总局成立时，汕头邮政局下设69个地方邮政局，涵盖了广东省境内的整个韩江流域地区和东江上游。作为粤东主要的金融中心，汕头也在近代华侨汇款的中转方面发挥重要作用，从南洋各地寄往粤东和闽西各县的侨批，绝大多数是经过汕头的批局转投到内地山区和乡村地方的。

1911年1月，台湾《日日新报》连载有笔名"润庵生"者所写的《南清游览纪录》，其中特别将新兴的汕头与厦门做了比较：

自汕头之地兴，而厦门之商业大受影响。汕头者如新进年锐之士，富其进取；厦门者如齿尊位高之徒，依然负一世之舆望。顾目下商业，汕头尚不能企及厦门，而觇其进步之状况，汕头可比内地之名古屋。以故欧美锥刀之流，将舍厦就汕。洋屋蝉联，商店林立，而我邮船会社之航路，亦必寄港焉。[①]

由于厦门在大陆与台湾贸易交往中的重要地位，其时已在日本占据之下的台湾人特别注意汕头与厦门之间可能出现的此消彼长的关系，该时期《日日新报》中有《厦门及汕头》《汕头近况》《汕头有望》《在汕日商》《汕头之糖业》《汕头懋迁向上》等一系列报道，介绍汕头城市的发展。其中讲到汕头繁盛的原因，认为主要在于"广商业之区域，即潮州府所辖内全部，入广东商业区域之一部，合福建省之西部，及江西省之南部，画一大圈，掌供给之物资"[②]，强调的就是汕头作为中心城市超越行政区划的经济辐射能力。

从《汕头埠图说》可以看出，当时新兴近代城市要面对的一个重要问题，是现代的市政体系如何建立。开埠以前，

① 润庵生：《南清游览纪录（三）》，《日日新报》（台湾）1911年1月17日，第1版。
② 《厦门及汕头（下）》，《日日新报》（台湾）1907年9月28日，第4版。

汕头是一海滨渔村，属于澄海县鲩浦巡检司。开埠之后设有一洋务局，专门管理对外交涉，以及检查出入旅客，所管辖的范围有限，充其量仅是一个翻译公文机关。鲩浦司之下设立团练二十余人，专门缉拿海盗私枭。戊戌政变之后，改团练为巡警，并将汕头划分为东西南北四社分驻，由鲩浦司委任一名统爷领导。宣统元年，开始设立警察局，改四社为四区，各派警察站岗，同时还兴办一所警察学校，培养警政人才。警察局的设立，可视为近代汕头市政建设的一个转折点。有意思的是，台湾《日日新报》还保留了一段关于清末汕头警察形象的生动描述：

> 汕头巡警，装束若台湾之壮丁。而衣裳则黑，不带刀而执棍，有记章在肩及胸，以黄丝绣第几区巡警等字。兀立路旁，状颇良顺。又处处有木廊，若台湾铁道部驿夫所立之所，状如木匣，仅可容身，亦巡警伫立之地。有人睹其意气沮丧，与台地之警官霄壤，因欲试其胆量。虎步而前，侧身欲撞之，然彼殊机敏，急退入廊里，目耽耽作怒貌。真所谓金风未动蝉先觉，孰谓彼愚钝哉？闻诸当地人民，则云其国虽野蛮专制，民权未尽丧，故巡警不敢横行威福。①

---

① 润庵生：《南清游览纪录（三）》，《日日新报》（台湾）1911年1月17日，第1版。

以上记述，从一个侧面反映出中国近代城市在草创阶段筚路蓝缕的艰辛。《汕头埠图说》另一个难能可贵之处，就是图文并茂、生动细致地描述了近代汕头各项市政设施、公用事业和社会保障组织的发展历程。作为地域社会史研究者，我自己从陈汉初、陈杨平先生关于汕头邮政、电信、电气、铁路、自来水、医院、消防、银行、城市规划各方面市政事业发展的讨论中，得到许多启发，也由此发现了许多可以进行更深入学术研究的线索。

还有一点必须提到的是，近代城市市政事业发展的过程，也就是城市居民日常生活方式发生巨大变化的历史。国际人文社会科学研究现代发展的重要趋势之一，就是日益关注普通人的生活与情感，关注一般百姓的历史。翻阅《汕头埠图说》，展现在眼前的就是一幅流动着的百年间汕头百姓日常生活的风情画卷，作者关于汕头城市发展中风土人情、饮食男女的描述栩栩如生，笔触之下和旧照片之中，对城市居民的信仰和情感世界也怀有深深的理解与同情。对于外来和后起的研究者来说，多一些研读《汕头埠图说》这样的作品，对于他们研究的深入，是大有裨益的。

正如书中所揭示的，汕头城市的各种风俗习惯，深受韩江流域历史文化传统的影响，同样的，作为该地域社会中近代化程度最高的工商业中心，汕头的城市文化也潜移默化地改变着周围乡村和内地山区的风土人情。例如，清末有笔名"双髻山人"者，在《岭东日报》头版发表《论大埔妇女之特色与其缺点》，论述了大埔妇女的四大特色和两个缺点，所论者与今日谈客家妇女特质的议论大致相同[①]。嘉应州州绅还呈请知州，通饬劝谕本州妇女改变"高髻"的发式，在《岭东日报》上发表有"改装十二便"的文字，宣扬嘉应妇女改妆的好处，其理由之一为："州妆一到汕头，必至聚众骇观，甚至有将该髻如香港博物院做古玩者"[②]。在这些读书人的心目中，新兴的汕头已经成为观察本乡风俗的一个具有某种合法性的参照物。

行文至此，我想说明拜读《汕头埠图说》之后的一个深刻体会：汕头不但是潮汕人民的汕头，也是整个韩江流域人民的汕头。汕头城市的发展，是整个韩江流域不同方言群体的人民移居、投资、建设的结果；而历史上汕头城市的繁盛，也正是因为它成功发挥了超越行政区划界限的地域性中心城市的功能。我们要超越自己，用更开阔的眼界审视城市的历史，展望它的未来。这是《汕头埠图说》的作者没有明说，但仍蕴涵于书中的哲理之一。

---

① 《岭东日报》，光绪三十年二月二十九日，第 1 版，论说。
② 《岭东日报》，光绪三十年二月初一日，第 3 版，潮嘉新闻·改装十二便；又见该报同年三月初九日，第 4 版，潮嘉新闻·改妆不成；同年四月廿五日，第 4 版，潮嘉新闻·劝谕改妆。

从事地域社会历史研究的学者，大都热爱自己的研究，热爱自己所研究的人们，热爱这些人们祖祖辈辈生息的山河和土地。在大多数情况下，我们所从事的是一项与个人的情感可以交融在一起研究，学术传统与个人情感的交融，赋予这样的工作以独特的魅力。我们在感受学术魅力，享受思想创造愉悦的同时，也要尽量避免由于对研究对象的过度"移情"而产生的画地为牢的倾向。我们的思维不应受到行政区划（不管是过去的还是现在的）、概念范畴、族群偏见、意识形态等等因素的束缚，而应该像这本书所展现的图景一样，从实际的历史事实和历史过程出发，尽可能贴近和理解当时人的立场，重现他们的物质生活与精神世界。

是为序。

（2008年3月20日于广州康乐园马岗松涛中）

# ◎ 两岸客家社会与文化环境的若干差异

 

作为一个不会讲客家话的客家人，我自己从海峡两岸从事客家研究的前辈和后起学者的研究成果中获益良多，但仍是客家研究的门外之人。近年有机会多次到台访问，并到客家聚居地区做实地访谈，对比在大陆粤东和闽西地区进行研究工作的体验，对现阶段两岸客家所处的不同社会和文化环境有所感悟。有三点是感受明显的。

首先，两岸客家人要面对的"非我族类"的族群环境，有很大差别。清代移居台湾的汉人，基本上只分属讲"福佬话"和"客家话"两个方言群体，几百年来，讲客家话的群体要面对的，主要是单一的讲福佬话的所谓"闽南人"，且长期居于少数地位。而粤闽湘赣界邻地方客家人聚居的地域相当广泛，他们要面对的包括广东、福建、湖南、江西等省讲超过十种不同方言（或非汉族语言）的非常复杂的群体，就日常生活的经验而言，客家人常常处于多数的地位，且客家聚居地域广阔，许多乡下人终其一生，都没有许多与其他方言群打交道的经验。

其次，两岸客家聚居地区的生活方式已经有很大不同。台湾的城市化程度较高，乡村与城市的生活方式差别较小，日常生活对现代市场的依赖度很大，即使生活在乡村之中，客家的乡亲们也有较高的教育程度，能较多地接受来自族群之外的信息，与外部族群的关系，跟他们的切身利益休戚相关。而大陆客家聚居地区大都属于经济和社会较不发展的边远山区，城市化程度较低，大多数客家乡亲还过着比较传统的乡村生活，相比之下，对来自族群之外的信息关切程度较弱，而与外部族群的关系，在大多数情况下并不直接影响到日常生活中的切身利益。

再次，近十余年台湾政治环境变化很快，客家族群的选票成为政治人物竞相争夺的对象，所以，客家人意识被重新唤起和反复强调，其背后有着明显的政治性需求。而大陆正在全力发展经济，地方经济的发展程度，直接影响到对地方干部"政绩"大小的评价，所以，各项与客家有关的文化和学术活动的背后，常常有着发展本地经济的迫切期待。

这些情形，可能也对两岸客家人的心态产生影响。族群的认同产生于与其他族群互相接触的过程之中，一个族群常常是通过与"他人"的接触（特别是冲突），并经过知识精英或政治人物的刻意塑造，才逐步地、动态地表达自己的认同意识的。从清代开始，台湾客家人就很清楚地了解自己与闽南人"音类不同"的情况，在多次的"分类械斗"中也有相当明确的目标，以后又有城市化的环境，以及学者和政治人物的反复"诱导"，其长期居于"少数人"弱势地位的情形被一再描述和强化，从而引致台湾客家的历史记忆中有更多的"悲情"意识。而大陆的讲客家话的人群中，至今仍有许多人不知道自己属于一个叫"客家"的族群，而且在其长期的历史发展中，不同地方的客家人要面对不同的方言群的挑战，而非单一的竞争对手，所以，内部的"一致对外"的力量更显薄弱，相比之下，大陆的客家人有更多的"随遇而安"的观念，他们改变现实环境的愿望，更多地集中在经济生活方面，也主要不是通过与其他方言群的冲突来达成。

[原载《客家》（台北），2004 年第 1 期]

# ◎ 移民社会中商人的"在地化"
  与"士绅化"

——评林玉茹《清代竹堑地区的在地商人及其商业网络》[①]

林玉茹著《清代竹堑地区的在地商人及其商业网络》为台湾联经出版事业公司"台湾研究丛刊"之一。作者现任"中央研究院"台湾史研究所筹备处助理研究员，1997年在台湾大学历史学研究所获博士学位，该书即根据其同名博士论文修改而成。

由于学术、政治和社会等多方面的动因，近十余年台湾史的研究越来越引人瞩目。在这一领域多层次的复杂发展面相中，有两个重要的方向尤其值得关注，一是大量新的历史文献的整理和利用，二是研究者力图通过多学科对话与合作的途径，从台湾研究中发展起某些独具特色的概念和分析工

---

① 原载《历史人类学学刊》第一卷第二期，2004（4）。

具。在《清代竹堑地区的在地商人及其商业网络》一书中，也同样可以见到，作者在这两个方面都进行了努力。

该书最重要的资料依据是清代的《淡新档案》和日治初期的《土地申告书》。《淡新档案》为嘉庆十七年至光绪二十一年的淡水厅和新竹县衙门档案，是现存为数不多的清代州县衙门档案之一，共存有 1163 卷。《土地申告书》为 1898 年至 1905 年，日人之临时台湾土地调查局一方面根据地主申告，一方面委派专业技士进行实地调查，从而完成的报告书，现存新竹县和苗栗厅，总册数近 1000。作者主要根据这两批较具系统性的资料，描述了清代竹堑地区商人的构成、贸易活动、商人组织、商人与土地开垦的关系，以及商人在地方社会生活中扮演的角色等情形。作者以大量列表的办法，较为全面地反映这些档案的具体内容，除全书最后有四个大型的"附表"，分别描述竹堑地区商人营业活动、竹堑城郊商、竹堑地区商人参与庙宇和神明会活动的情形、竹堑地区已知商人家族系谱等方面的情况外，正文中还包括了 47 个表格。这些表格的内容，大多不是用统计学方法处理过的数据，而是按照作者的分类原则重新编排后缩写的档案内容。没有机会仔细阅读档案的社会史研究者，也许会对这种以较为简约的方式全面列举档案内容的写作方式表示欢迎。一个有足够学养的研究者，仅仅在仔细地看过这 51 份内容丰富的表格，还有书中的 13 张图之后，对清代竹堑地区地域社会的情况，也应该会有所感悟，从而产生自己的历史解释的。

竹堑地区位于台湾西海岸中北部，其拓垦始于清康熙五十年以后。有关竹堑地区土地垦殖、家族组织和城市发展的历史，20世纪70年代以来已有多位历史学、人类学和地理学的学者做过有深度的研究。《清代竹堑地区的在地商人及其商业网络》努力揭示的是"以竹堑城为首要城市，竹堑港为主要吞吐口的地域性市场圈"中，在地商人的活动及其网络。除了第一章"导言"和第七章"结论"外，该书第二至第六章分别为"竹堑地区市场圈的形成与发展"、"竹堑地区的商业活动"、"竹堑地区在地商业资本的形成"、"竹堑地区在地商人的组织"和"竹堑地区在地商人的活动与网络"。作者指出，清代活动于竹堑地区的商人包括番汉交易商（番割和通事）、进出口贸易商（船户、水客以及郊商）、街庄的坐贾（铺户）和行走负贩的商人（贩子、小贩和客商），其商业资本的来源则包括有大陆资本、台湾本土资本（含竹堑在地资本与本岛近邻资本）和洋商资本三类，其中竹堑在地资本逐渐取得优势地位。竹堑的商人组织分同街铺户公记和主要由进出口贸易商人组成的"郊"两种，作者用力最多的，是对清代中叶出现的堑郊"金长和"的研究。"金长和"的出现，可能与祭祀天上圣母的长和宫的修建和管理有关，其郊商大多参加长和宫"老抽分"、"中抽分"和"新抽分"

三个神明会，并通过这三个神明会处理与公共财产有关的事宜。根据作者的分析，金长和在同治末年堑郊抽分权改归厘金局办理之前，以有组织的力量参与了竹堑地区的政治、经济、宗教以及社会公益慈善活动，在此之后，则变得更为专业化，更像一个商业组织，其功能主要在仲裁商业纠纷和维护郊商利益方面。作者从地域社会内部组织及其功能的视角，探讨堑郊的运作，与以往的台湾史研究中，大多从进出口贸易同业组织的角度描述"郊"的习惯，有明显的不同。

不难发现，整部著作刻意构筑的是"在地商人"这一概念，按照作者的说法，"以往很少针对清代台湾本土商人做深入的研究"，"本书基本上以竹堑地区在地开张店铺商人作为分析焦点，这些商人大部分是本书所谓'在地商人'"。第四章论述在地商业资本的形成，包括"资本的形成与演变"和"在地资本的构成方式"两节，是这一问题讨论的重点所在。根据作者的描述，清代竹堑地区商业资本的演变过程，包括了乾隆以前大陆资本独大并逐渐在地化、嘉庆至同光年间在地资本崛起和清末至日据初期在地资本占优势地位三个不同的时期。不难想见，这与清代台湾从移民社会向定居社会转变的过程是一致的，正如作者所述，"'在台落业'是导致大陆资本转变成竹堑在地资本的主要原因"。来自其他地方的商人一旦在本地定居，参与土地垦殖，生儿育女，传宗接代，并建立起家族和族产，其用于商业活动的资金，自然就可被视为"在地资本"。作者描述的在地资本的构成方式包括独资、合股和族系资本三种，其中以族产形式出现的所谓"族系资本"特别受到作者重视。

毫无疑问，几乎所有移民社会都会经历一个定居化的过程，在规模较小的地域市场范围内，已定居者在贸易和交易活动中占有越来越多的份额，是一个近乎自然的过程。从这个角度看，作者强调商业资本"在地化"的倾向，是无可厚非的。只是这并非竹堑和台湾地区独有的特点，类似过程在大陆的其他移民社会（如清代的四川、江西、东北等地）同样也在发生着。早年有关清代台湾社会"内地化"或"土著化"的问题，曾引起过热烈的讨论，平心而论，"内地化"和"土著化"其实是一个过程的两个方面，台湾移民社会地缘认同意识逐渐地方化的经历，也就是与大陆原乡定居社会类似的社会组织、乡村结构和地域观念等在台湾成长的过程。近年台湾史的研究中，"在地化"一词的使用越来越普遍，如果这只是为了描述台湾社会具有某些与大陆不同的特点，则似乎未有太多新奇之处，因为已经有许多学者论述过中国社会发展的地域性差异，也有学者讨论过中国人身份与认同问题的多重的"意识形态模型"。如果要把"在地化"作为一个具有社会科学的分析性意义的概念，则仍需要做更细密的理论建构的功夫。

《清代竹堑地区的在地商人及其商业网络》的最后一章，

讨论竹堑地区在地商人的活动与网络，包括参与土地垦殖、土地买卖、土地经营、经营放贷业等经济活动，以及参与地方行政事务、维护治安、兴修公共工程、配合官府的商业举措、捐献与捐输等政治性行为。作者力图说明，"台湾并非一开始即出现士绅阶层，而在士绅阶层形成以前，商人是否扮演更重要的角色和负担更大的社会责任？"本章占全书总篇幅的超过三分之一，作者以相当具体的例证描述了商人们在上述各个领域的活动，丰富了读者对竹堑商人"在地化"的理解。本章也有较大篇幅讨论"商人的士绅化"问题，从中可以发现，乾隆末年以降，竹堑地区士绅阶层的人数一直在增加，道光以后这一趋势尤为明显，士绅中有很大的比例出身于商人家族，商人中特别以捐纳取得功名者居多。由于商人士绅化趋势的发展，对当时竹堑地区参与地方行政事务和公共事务的所谓"在地商人"的身份，也就有慎重地进行分析的必要。作者已经注意到"热心参与文教活动的堑城郊商，大部分是已逐渐士绅化的绅商家族，他们与官方的关系也最良好"，正因为如此，基本上不能将本书着重讨论的嘉庆以后的竹堑地区，视为"士绅阶层形成以前"的地方。全书一开始，作者就讨论了中国社会"士农工商"的阶层划分的观念，并在书中多次以竹堑商人的例子，来说明清代台湾的情况不同于根据这个观念所形成一般印象。应该补充的是，《清代竹堑地区的在地商人及其商业网络》正好说明，在中国社会经济史研究中，不能机械地套用礼法上的一般性规定，更不能将"士农工商"这样的分类原则，直接对应到日常生活中具体的人物身上，在实际的日常生活状态下，每个人都具有多种不同的身份，在不同的历史场景下扮演着不同的角色。

# ◎ 王朝制度与海上活动 [1]

多年从事中国地域社会史研究的经验，让我们越来越明晰地认识到，大一统中国历史发展的内在一致性，是以其相互密切联系的区域发展巨大的时空差异为前提的。也就是说，地域社会历史发展的内在不平衡性和各地域间永无休止的矛盾及其调适，正是中国之所以成为一个伟大的统一国家且长期存在的逻辑起点。谢湜《山海故人》一书所展现的明清浙江的海疆历史与海岛社会的复杂面向，从一个独特的角度，为以上这个带有某种历史辩证法的学术判断，提供了富于启发性的生动例证。

如书名所揭示的，《山海故人——明清浙江的海疆历史

---

[1] 此为《山海故人》序。原载谢湜：《山海故人——明清浙江的海疆历史与海岛社会》，北京，北京师范大学出版社，2020。

与海岛社会》描述的是东南海疆若干岛屿社会历史的变迁，虽然舟山群岛、南田岛、玉环岛与大陆的距离均只有数里之遥，传统时代各岛屿相互之间的水路交往也算便捷，但以其与王朝关系为坐标的历史进程，却呈现出差异巨大的路向与面相。唐代舟山已经设县，以后其建置兴废无常，明初开始长期处于半荒弃状态，诸方走私者云集，明亡后成为南明重要据点，历经战乱与迁界，至康熙二十五年展复设县，重归王朝版图。而相距200余公里的玉环岛宋代就建有盐场，明初和清初两度严厉迁徙岛上居民，长期为所谓"漳贼"和"导漳之贼"等亦商亦寇的海上武装力量活动之地，其弃守决策和治理方略与乐清湾周遭地域社会及其行政建置的变化密切相连，直至雍正六年才展复并设置玉环厅。地处舟山与玉环之间的南田岛距大陆不足二里，却以"孤悬海外"的理由，从明初迁弃后被封禁了500多年，直至光绪元年才获准开禁，开始设立行政建置。令人感兴趣的是，不管是迁弃还是展复，是荒废还是开发，这些岛屿的治理之策都一直在朝廷和地方官员关注的视野之中，而如何处理与朝廷与官府的关系，对岛上生活人群来说，更是日常生活中利益攸关的大事。对于历史学来说，国家的存在是很自然的事情，有意思的是，在中国社会历史的研究中，即使是在浙江东南沿海这样比较偏远、外向、流动、人群繁杂、多少有些"异端"的海岛社会中，国家的话语权与合法性仍然如此自然而顽强地表现其无时不在和无处不在。

毋需讳言，导致这种情形自有文献利用方面的缘由。不管是官方文献还是民间文书，都自然蕴含有国家意识形态的内容，方志、政书、文集和碑铭中存留的文字，其正统性也不可避免地以朝廷的法度与礼教为依归。千姿百态、相互矛盾的中国社会的"地方性知识"，一旦进入文字系统，常常就自然而然地转化为朝廷典章制度和国家意识形态的"地方性表达"，这也正是这个国家的地域不平衡性能够成为整体的内在统一性逻辑前提的奥妙所在。不过，如果回到历史事实本身，在《山海故人》具体的讨论中，我们仍可看到传统时期海岛民众与海上活动人群的日常经济与社会生活的生动情形，从中发现与陆上百姓不同的社会经济样态。

正如本书所描述的，漫长的历史时期中，在东南沿海的岛屿上，并非所有居民都已经编入里甲，成为编户齐民，而是有大量的"海岛逃民"存在。这些不是编户齐民者，尽管在岛上也从事土地垦殖，但更是以海为生。在朝廷禁止百姓从事海上贸易的年代，因被"迁弃"或"封禁"而不受官府管辖的海岛，更容易成为没有里甲户籍的百姓聚集交易的场所，舟山、玉环有过这样的时代，而南田的例子更是典型。即使是地方官府进行了户籍编审，其百姓已成为朝廷的编户齐民的海岛和沿海地方，官府的控制力量也是相当薄弱的，百姓"违禁"仍然是其日常生活的一部分。"盗""民"不分实乃数百年间东南沿海社会的实态，而且，"盗"与"民"之间的对立与紧张，仍是了解朝廷典章制度的文人和对地方统治秩序负有责任的官员们制造出来的，对于一般的百姓来说，除了战乱发生，特别是官军前来围剿的时候，在大多数情形之下，他们并未觉得日常生活中"盗"与"民"之间真的是势不两立的。即使是被地方官府和陆上文人视为不法之徒者，他们在心理上仍然视官府为其定居私垦活动合法性的重要来源，若有官员"查勘"，他们也愿意"入籍"。

我们也不难发现，传统海上活动人群缺乏类似土地所有那样的自然财产法权，流动性大，以户籍登记为基础的地域认同意识也比较淡薄。除了海边潮间带的滩涂外，在传统的产权意识和技术手段之下，茫茫大海难以确立类似土地所有权这样的财产法权，对传统渔场占有的观念也是流动而模糊的，更缺乏像土地契约这样有可能经过官府确认的产权文书。这也是20世纪50年代初期划分阶级成分时，在东南沿海渔村只有"渔霸""渔业资本家"，而没有与农村中"地主"的概念相对应"海主"这一阶级成分的缘由。现代的研究者从古典经济学的原理出发理解海洋史时，对这一点要特别加以关注。由于没有经过官方登记的田土所有权，在传统海上活动人群中，以"籍贯"为特征的地域认同观念也与陆上人有明显不同，这一点从明清之际东南沿海许多著名"海盗"

的籍贯模糊的情形可见一斑。海上活动人群本来就是无籍之人，"出入风波岛屿之间，素不受有司约束"①，流动性很大，所以浙江的南田才会出现"查沿海一带，凡垦山种茹、捕鱼挑贩之辈，闽人十居七八，土著不及二三"②的情形，十六世纪乐清湾一带"凡漳贼与导漳之贼，率闽浙贾人耳。贾赢则以好归，即穷困则为寇"③，更是一个例证。我们不能仅仅从陆上人的行政地域观念出发去理解海上活动人群的籍贯与身份认同，要充分考虑他们流动性极强的关于自然财产法权的"集体无意识"。

值得注意的还有，传统海上活动人群从海洋获取的产品不足以维持"自给自足"生活形态的延续，海上活动人群的存活依赖于交换和市场，是天然的"商业族群"。人们常常以"一家一户、自给自足"之类的语言描述传统经济条件下小农的生活，因为在陆上农业社会的条件下，小农家庭有可能通过在土地上的劳作，生产出除了铁器、食盐之外的绝大多数足以维持生命、生活和生产的生活资料，容易给历代文

① （清）李龄：《赠郡守陈侯荣擢序》，见（清）冯奉初辑、吴二持点校：《潮州耆旧集》卷一《李宫詹文集》，8页，广州，暨南大学出版社，2016。
② 《觉罗琅玕奏闻查明久禁荒地南田地方不便开垦缘由并绘图贴说恭呈御览》（乾隆五十二年十月十三日），台北故宫博物院清代宫中档及军机处档折件，文献编号：403052005。
③ 嘉靖《太平县志》卷五《职官志下·兵防·军政考格》，见《天一阁藏明代方志选刊》第17册，13a页，上海，上海古籍书店，1963。

人提供"鸡犬相闻，老死不相往来"的自给自足、丰衣足食的想象空间。但是，对于传统海上活动人群来说，包括以获取鱼类和其他海产品为主要生计来源的渔民，他们从大自然中获得的劳动产品不足以维持其生命的延续，也就是说，人不吃粮食就不能生存。这样一来，以渔获和其他海产品与陆上居民换取粮食，是"水上人"赖以生存的基本条件，从而，不但使海上活动人群的日常生活天然地具备了交换经济的色彩，而且也自然而然的，在中国东部沿海形成了一条长达数千公里的、以农产与渔产交换为重要内容的贸易地带，出现了本书所揭示的，浙江沿海与海岛"居民喜游贩鱼盐，颇易抵冒"①，"远而业于商者，或商于广，或商于闽，或商苏杭，或商留都"②的情况。也许东南沿海地区居民的商业天性，也可以从这类与生命存续直接相关的日常现象中一窥端倪。

这样的生存与生活样式，自然而然地，也对东南沿海居民的生产经营方式产生了意义深远的影响。传统海上活动人群以船只为主体的生产资料，不同于土地等天然物，对其拥有必须以资本的投入为前提。与陆地的生活不同，人在大海中活动离不开船只，结果，唐代以来千余年间浙东南地区的

---

① 至正《四明续志》卷一《土风》，见《中国方志丛书》华中地区 579 号，5836 页下，台北，成文出版社，1983。
② 嘉靖《太平县志》卷三《食货志·民业》，见《天一阁藏明代方志选刊》第 17 册，2b ~ 3a 页，上海，上海古籍书店，1963。

造船业一直备受关注，造船技术日臻成熟。而除了极个别的例外，造船、购船和修船均需要有资本的投入，这与陆上居民可依靠个人或家庭的力量，使用简陋的工具，以"刀耕火种"之类的简单耕作方法就可获得劳动产品的经济生活方式相去甚远。这一制约因素使几乎每位拥有船只者都潜在地存在这成为"资本家"的可能性，即所谓"商人造船置货，资本自饶，即或船系雇募，货非一商，大约以本求利"①。而且，因造船成本高昂，"造大船费数万金"②，为了筹措资金，民间很容易自发地形成各种合伙、合股、借贷、抵押等传统的融资机制，这类机制中常常孕育着某些近代商业制度和金融制度的萌芽。

由于船只所有者和无船者双方的生计需求，雇佣关系常常成为传统海上活动人群与海上经济组织中重要的社会关系。在日常经济生活中，拥有船只的家庭常常会遇到劳动力不足的情形，而其他许多以海为生的家庭则可能因为财力的限制而无法造船或买船，这样一来，雇佣关系就比较容易成为传统海上经济组织中的重要社会关系。传统时期海上活动具有较大的风险，许多富有的"船主"不愿自己或儿子们出

①　中国第一历史档案馆编：《康熙朝汉文朱批奏折汇编》第 3 册，541 页，北京，档案出版社，1984。
②　道光《厦门志》卷十五《风俗记·俗尚》，见台湾银行经济研究室编辑：《台湾文献丛刊》第 95 种，645 页，台北，大通书局，1984。

海冒险，也更倾向于招募其他家庭的青壮年出海贸易，这种经济关系常常以"义子"、"契子"之类"泛家族"的形式出现。正如本书所指出的，拥有雄厚资金和深厚背景的海商豪族，常常利用养子或雇佣富有航海经验的货商担任船主。船货兼营的经营方式还向租赁方式发展，清初开海以后，船只租赁更成为普遍的经营方式，一主有船四五十艘的情况也屡屡出现。由于航海活动需要的分工更加细密，所谓"造船置货者，曰财东；领船运货出洋者，曰出海；司舵者，曰舵工；司桅者，曰斗手、亦曰亚班；司缭者，曰大缭；相呼曰兄弟"[1]。这样细致的内部分工，远非家族成员所能包揽，因此岛民从事雇佣舵水的情况也就相当普遍，舵水人等的招纳采用的基本上是纯金钱雇佣关系的方式。这样一来，在一条较大船只上工作的，常常不完全是同一个家庭的成员，这与传统农业的生产方式，存在着具有本质意义的差异。

笔者在许多场合下讲过，中国东南沿海地方的百姓至迟从汉唐以来就一直进行海上贸易，从中获利颇丰，海上活动已经成为地方文化传统和百姓日常生活不可或缺的部分，由于国家制度与地方社会的变迁，这些从事海上活动的人群的社会身份和公共形象也随着发生变化。要理解历史时期东南

---

[1] 道光《厦门志》卷十五《风俗记·俗尚》，见台湾银行经济研究室编辑：《台湾文献丛刊》第95种，645页，台北，大通书局，1984。

沿海百姓与海岛居民的物质生活与精神世界，不仅要关注商品、交通、市场、利润等等更多地属于经济层面的内容，更重要的是，要对朝廷典章制度和地域社会变迁的整体面貌有更多的理解，更加富于同情心地去解读历史资料和地方文献，理解当时人的生活与情感。《山海故人》讲述的故事，为读者打开了理解历史时期东南海疆历史与海岛社会富于启迪意义的新视野。

是为序。

（2020 年 6 月 21 日于广州康乐园马岗松涛中）

# ◎ 当"家国"遇到生命的个体 <sup>①</sup>

对我来说，台湾和"南洋"应该都算是熟悉的地方。二十余年间到了台澎金马四十多次，累计"驻台"时间超过两年，除在大学讲授课程外，更多的是到乡下做田野调查，考察庙宇、民居、遗迹和乡村社会。访问马来西亚和新加坡也有十多次，考察新山、麻坡、马六甲、巴生、怡保、太平、大山脚、槟城等地的华人社区（还有许许多多的小聚落，包括殖民时代为防患华人与马共联系而建立的"新村"），拜访会馆、公司、庙宇、学校、批局，徜徉于矿场、码头和杂货铺的旧址，听着长辈以熟悉的潮州、客家、粤语或闽南口

① 此为《台湾经验与"南洋"叙述》序。原载朱崇科：《台湾经验与"南洋"叙述》，即将由上海三联书店出版。

音讲述故事,对于一个常年从事华南乡村社会史的学者来说,总会有某种亲切、温润和对其社会历史脉络似能掌控的感觉,尽管身处远离移民原乡的"异域"。可是,读朱崇科的《台湾经验与"南洋"叙述》书稿,这样的感觉却被颠覆了,深深感受到来自另一领域的学术冲击。

过去也零零星星看过一点马华文学的作品,在台湾中央大学、成功大学和暨南国际大学任教时,先后与书中提到的几位马华作家也有过喝茶聊天的缘分,但认真完整地阅读一部研究马华文学的学术著作,却还是第一次。我们都知道华文教育及华文文学对"南洋"华人社会的特别意义,也知道20世纪50年代以后马华文学发展中台湾的影响与地位,而这种情况的形成,无疑与国际政治格局的变迁、当代中国政治形势的发展、中国与东南亚国家政治关系的演化,有着密不可分的关系。马华作家从"留台""旅台"到"在台"及其心路变化,无不深受国家和政治力量的影响。不论是当年"神州诗社"被取缔及温瑞安、方娥真放逐香港的经历,还是近年"台独"思潮发展之下在台马华作家思想与创作日渐沉潜局面的形成,政治因素和意识形态对文学发展的巨大作用,是毋庸置疑的。让我深受触动的是,崇科笔下这些受到"台湾经验"影响的马华作家所展现出来的理解国家、政治和族群的表达形式,与我们这些做乡村社会史研究的人,竟然会有如此的不同。

我们这些号称做"历史人类学"的同行，在新加坡和马来西亚进行田野考察，不管到的是粤海清庙、潮州会馆、粤东古庙还是华人家庭，首先关注的多是碑铭、匾额、牌位、族谱、批信、账簿、商业文书和诉讼文件等文字资料，从中不难发现中国原乡的典章制度、宗法观念、伦理精神、商业习惯和文化传统的深刻影响。所以，在从事华侨华人历史和传统乡村社会研究的历史学家看来，"南洋"华人的"中国性"，很自然地被理解为历代中原王朝意识形态在遥远的"异域"的延伸和衍变。从中国典章制度与"南洋"本土习惯或殖民地法律互动交融的视角，去理解这些与中国东南沿海百姓有着深厚血缘和地缘关系的人群的日常生活及其内部权力关系，也就成为很自然的事情。从历史学的学科本位出发，"国家"的存在始终是一个与具体研究的学术价值相联系的潜在而深刻的尺度，在社会史的研究者内部，一个个案的、区域的研究，常常要能够做到在制度史的意义上改变同行的认识，才算有了学术史上的价值。我们也认为自己致力于理解普通人的物质生活与精神世界，但由于意识形态意义上"国家"的存在和具体学术实践中对制度史解释的追求，我们更多地是关注研究对象"正常的"和"平常的"一面，或努力从制度史的角度"正常地""平常地"去理解研究对象"不寻常"的言谈举止。陈寅恪先生主张的"神游冥想，与立说之古人，处于同一境界，而对于其持论所以不得不如是之苦心孤诣，表一种之同情"，讲的也是这样的境界。

毫无疑问，所谓"中国性"与"本土性"的关系，在很长的时间里，也是马华文学创作及其评论中，最令人纠结的问题之一。1949年新中国成立，国民党政权退守台湾，1955年中国政府确定不承认双重国籍的政策，1957年马来西亚独立，1965年新加坡建国，这一列重要的政治事件，使马华文学的发展刻上了深刻的政治印记。语言、文字、风俗与信仰这类与"家国"和族群认同密切相关的文化存在，也就在有意无意之间，成为马华文学家表达其政治观念或所理解的政治意象的符号或标识，成为评论家们试图理解其创作理念中"中国性"与"本土性"关系的带有"索隐"意涵的线索。而众多马华作家留学台湾及其留在台湾任教的情形，又使他们及其评论者对"中国性"的理解，产生了"众声喧哗"且与时俱进的复杂。有意思的是，文学家们笔下的"家国"印象，与历史学者在田野调查中获得的感觉，会有这么大的差异。通过崇科的评述不难发现，在这些有着"台湾经验"的马华作家的"南洋叙述"中，通过一个个个体生命所表达的"国家"存在和政治力量，带上了活生生、富于感性、充满激情且能包容异端和非伦理的特质，文学家们所描述的热带雨林氛围下的"南洋"华人的日常生活与精神世界，与社会史学者眼中的东南亚华人社会场景，真的是大相径庭。例如，马共的存在及其相关历史记忆，在马华文学作品中可以说是具有某种魔力、挥之不去的话题，从王润华开始，大多数有影响的马华作家在其叙述中，总是难以回避马共与华人社会的关系。在他们的文字中，马共回到了具体的生活场景，存在于个体的、活生生的人物形象之中，关于这一高度政治化且自然蕴涵有某种"家国情怀"的题材，不但有理想、斗争、组织化、悲剧感之类的内容，而且充满了欲望、狂放、隐秘和非伦理的想象。这与近年陆续出版的关于马共的回忆录和历史研究作品，形成鲜明而有趣的比照。

也许我们可以说，马华作家大都有"南洋"的生活经验，他们的创作植根于自己的经历和体验，在这样的意义上，他们的描述可能比基本上是"外来人"的社会史研究者，更贴近实际的生活场景。而能对这一判断构成挑战的，可能是马华社群中众多的文史工作者，这些"本地人"对马华社会的历史书写，构成了面貌不同的另一种叙说。

整体说来，好的文学创作取向，应该有其国际化的背景。本书所研究的马华作家的"台湾经验"，大多来自其留学经历和学者生活，大学校园的良好学术环境，使世界文学现代发展上与热带丛林生活有关的成功作品及其叙述风格的巨大力量，有可能产生足够的影响。本来热带雨林的氛围与经验，从小就是他们成长过程中大道自然的组成部分。因此，马华文学不难在现当代世界文学发展史上找到自己的定位。作为历史学者，我在思考的，反倒是另一个问题：在以欧洲文字和马来文书写的文学作品中，现当代"南洋"华人社会的面貌，又是什么样的？这也许是"国际化"过程中，真正要面对的问题。相形之下，关于东南亚华侨华人社会历史的研究，与国际历史学主流关心的问题相去甚远，基本上仍在"自言自语"状态，但却与陈达、施坚雅（William Skinner）、傅吾康（Wolfgang Franke）、王庚武、滨下武志等学者的研究一脉相承，不同文字出版的学术著作可以相互批判、交互印证，相得益彰。这又是一个有趣的比较。

崇科 2005 年博士毕业于新加坡国立大学，师从王润华、杨松年教授修读新马华文文学；2013 年上半年曾赴台湾东华大学担任一学期的客座教授，讲授《马华文学》；2015 年上半年他又前往新加坡南洋理工大学访问，继续查检资料、思索新见。迄今为止，他有关此领域的论著包括《"南洋"纠葛与本土中国性》《考古文学"南洋"》《华语比较文学：问题意识及批评实践》和《马华文学 12 家》等，是为马华文学研究享有国际声誉的卓越学者。求学"南洋"与讲学台湾的学术经历，使他成为探究"台湾经验与'南洋'叙述"课题的不二人选。有意思的是，正如本书的"绪论"所述，他居然鬼使神差地抛弃了原定以类教科书格式，分门别类讲述"留台新马作家谱系""立足台湾的南洋书写""扎根本土的文学创制""台湾视野下的南洋论述"和"本土叙述的双重视阈"的写作模式，改为类似文学史叙述的按时间序列铺陈的形式，从而也就启发了我从社会史的经验出发，发一点杂感的勇气。

是为序。

（2019 年 3 月 25 日于广州康乐园马岗松涛中）

# ◎ 类型化的魅力与超越

## ——读《明清福建家族组织与社会变迁》

郑振满的博士论文、经过几年的修改、扩充，新近由湖南教育出版社列入其"博士论丛"出版，名为《明清福建家族组织与社会变迁》（以下简称《家族》）。此书甫出，国内外学术界普遍重视，好评如潮，论者誉其为"规范的社会史专著"，[①]"史料翔实、专精，并以分析细微，思辨深邃，逻辑严密见长"[②]。我曾与振满在傅衣凌、杨国桢教授门下同窗三年，深知《家族》的成书经过及作者之心路历程，近

---

① 赵世瑜：《社会史研究呼唤理论》，载《历史研究》，1993（2），参见该杂志同期发表的王家范《从难切中 在"变"字上做文章》和王日根《家族组织宏观模式的新建构——评〈明清福建家族组织与社会变迁〉》。
② 刘志伟：《评郑振满〈明清福建家族组织与社会变迁〉》，载《东方文化》，1993（2）。

日再次续读全书，仍深为其殚思竭虑、察微知远的治学精神所感动，故愿写下一点读后的感想。

与迄今海内外对中国家族制度的种种研究相比，《家族》一书的最重要特点，在于其类型化的学术追求。从某种意义上讲，近代科学的发展实际上就是将其研究对象类型化并使之不断改进的过程。在方法论上，类型化具有双重的意义，它既是理论形成前资料整理的必经阶段，又以"理想模型"或"规范"的形式表达为某一理论思维过程的最终成果。而在许多科学哲学家看来，某一学科或某一领域研究"规范"的形成，又是科学化的重要标志[①]。正是在这个意义上，《家族》一书弥补了以往中国家族史研究的许多不足，具有独到的方法论意义。

《家族》的类型化努力，至少在两个方面是富有创造性的：其一，作者始终着眼于外部形态复杂纷繁的家族组织内在的组织规则，提出一整套对中国传统家族组织进行分类的独创性标准；其二，作者力图跨越家庭与家族之间的鸿沟，从逻辑上发现不同类型的家庭和家族组织演变、回归的发展脉络，建构了一个简洁而有说服力的家族进化的动态模型。

---

① Thomas Kuhn, *The Structure of Scientific Revolutions*, Chicago: The University of Chicago Press, 1962.

作者认为，中国传统的家族组织可分为三种：（1）继承式宗族，"以血缘关系为基础，……其主要功能在于确保传宗接代的顺利进行，族人的权利及义务取决于各自的继嗣关系。"（2）依附式宗族，"以地缘关系为基础，……其主要功能在于维护传统的社会秩序，族人的权利及义务取决于各自的社会的地位"。（3）合同式宗族，"以利益关系为基础，……其主要功能在于对某些公共事业实行合股经营，族人的权利及义务取决于各自的既定股份。"从这样的角度、用如此简明且互不兼容的定义来界定不同类型的家族组织，在以前的研究中还未曾有过。《家族》第三章在40多个族谱和分家文书的资料基础上，用约40000字的篇幅，条分缕析地说明其分类的标准赖以建立的根据。读者不难发现，他的着眼点完全放在家族内部的组织规则上，而最重要的识别标志是族产占有形态和族务管理方式。一般说来，族产管理和权益分配采取"按房轮值"方式者，作者将其归入"继承式"宗族；由士绅等少数族人获得族产和族务之支配权者，被归入"依附式"宗族；而族产由合股形式组成，其经营管理和权益分配取决于各自的股份，并有严格排他性者，则是所谓"合同式"宗族。由于在实际的家族活动中，族产和族务管理方式和比校容易把握，因而作者提出的分类标准亦就不但简明，而且有很强的可操作性。

在以往的研究中，家庭结构与家族组织往往被视为两个不同的学术范畴来进行考察，而《家族》一书则颇具创意地把二者纳入同一分析架构。在作者看来，家族的产生是家庭结构周期性变化的合乎逻辑的产物："尽管人们总是千方百计地维持大家庭的生活方式，每一代的大家庭最终还是不可避免地趋于解体。这种周期性的家庭裂变，促使人们求助于更为持久和稳定协作方式，其结果是以继承式宗族取代了累世宗同居的大家庭。"在《家族》中，始祖（不完整家庭）、小家庭、大家庭继承式宗族，依附式宗族、合同式宗族表现为一条从低级到高级的进化长链、而这一长链的每一较高级阶又同时具备向其低级形态回归的可能性，因而出现了一个简洁明晰的动态模型：

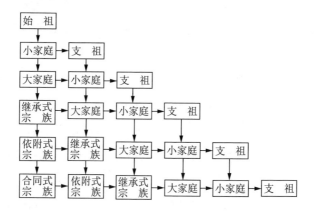

这一工作的优点是明显的。简洁的类型化分析使研究结论具有较高的形式化程度，更强的可证实性和可证伪性，一

个理想化的"思想模型"甚至颇具"科学美"的艺术魅力。但在这里，我们实际上卷入了学术史上一个著名的论战之中。至迟从培根、笛卡儿、伏尔泰的时代开始，历史哲学家就一直为对历史应该"解释"（interpretation）还是"理解"（comprehension）而争论不休。[①] "解释论"者认为，人类社会历史是可以用类似自然科学的理性方法去把握的，历史学的科学化是学术发展的必然归趋，与之相反，"理解论"者更强调一种"人文关怀"，强调今人对古人的"移情理解"。大致说来，这两种观点反映的都是对社会和科学本质的理想化判断，而具体的学术工作，总是在两者之间找到某种平衡。《家族》一书的学术倾向，似乎更加接近于"解释论"的传统，已有论者批评该书的类型化工作"有时只具有概念分析的意义，在实际生活中绝少那样的纯粹形式"[②]，"这种类型化的方法也包含了简单化危险"[③]。但幸运的是，读者可以发现，作者在第四章的讨论中自觉或不自觉地实现了对类型化局限的超越。

第四章"宗族组织的发展进程"可视为全书的灵魂。作者在这里改变了本书前半部结构大于历史，逻辑先于过程的风格，将其理想化的思想模式融合于不同地区家族组织的

---

① 参见陆象淦：《现代历史科学》，重庆，重庆出版社，1991。
② 王日根：《家族组织宏观模式的新建构——评〈明清福建家族组织与社会变迁〉》。
③ 刘志伟：《评郑振满〈明清福建家族组织与社会变迁〉》。

历史进程中。作者力图揭示闽西北、闽东南和台湾三个不同地区宗族组织及其赖以存在的社会生态之地域差别，而实际给读者留下更深的印象的，是在具体的、活生生的家族活动中前述之概念体系是如何运用和展开的。其中对瓯宁县屯山祖氏、璜溪葛氏、闽西武威廖氏，晋江县衙口施氏，漳浦县湖西黄氏，仙游县钱江朱氏等的讨论都极富启发性，常常令读者掩卷长思。可以看出，所谓"继承式宗族""依附式宗族"和"合同式宗族"的划分，实际上只是对家族内部组织法则的一种描述，在宗族的实态中，一族内部可以同时兼有这三种"宗族"的交叉存在并不断演变，血缘、地缘和利益三大原则可在同一实际宗族内部不同的运作层面上并存不悖，甚至相得益彰。在前三章中似乎明确而静止的类型化范式，一旦外化到实际的历史过程中，就呈现出复杂而生动的风采。细读全章，对这一点会有更深刻的印象。

令人感兴趣的是作者对"宗族"这个概念的理解。与其说他认为"宗族"是一个实体的社会组织，不如说是某一类社会关系。在《家族》一书的指述中，族中有族，同祖异族，异祖同族，一人分属多族，多族实为一体，而这一切又不断地分合变化。在作者心中，"宗族"成了一个活的生命体，富于"弹性"且边界开放，"族"际关系形成复杂的网络，甚至是一个混沌一体的"场"。许多族人之间的互助组织，如"义仓社""善社""花灯社"等，也被认为是一种"合同式宗族"。作者把"宗族"定义为："分居异财而又认同于某一祖先的亲属团体或拟制的亲属团体"，由于强调的是心理的"认同"而非实际的血缘，亲属关系允许是"拟制"的，而且在实际的分析过程中"分居"与"异财"又都相对而言，所以这一界定的标准实际上是非物质性和非实体的，具有很强的包容力和可变性。正因为"宗族"这个核心理念的多元性和"弹性"，才使作者免于因其类型化规范而画地为牢，从而在某种程度上实现了自我超越。

这种超越与其说是一种自觉的追求，毋宁视为一种深厚的文化感和历史感自发作用的结果。振满的故乡莆仙平原，所保留的传统民间社会的遗俗，极为丰富复杂，堪称大陆罕见的人类学和社会史田野调查的"宝地"。近十几年来，在相当困难的条件下，他又在福建各地进行长期的实地调查工作，搜集了大量的民间文献（读者从《家族》一书引用的三百种族谱和其它文书中可略见一斑）。用力之勤，在同辈学者中也是少见的。这些经验无疑会使一个研究者产生深切的、只可意会的历史文化体验、而这种体验又难免对其问题意识、研究路向和写作风格产生影响，与作者相知的人，都对他敏锐而奇颖的学术直觉和文化体验留有鲜明印象。遗憾的是由于作者过于追求类型的明确和体系的完美，这些宝贵的体验常常被掩盖于枯燥的表达和冗长的段落之中，乃至于似乎并不存在。正如许多论者早已说过的，类型化的结果在增强理性说服力的同时，也往往削弱学术研究诉诸人的感性、引起共鸣、甚至作为艺术品被鉴赏的魅力。《家族》一书也难免此弱点。有志于考察中国家族史和民间基层社会的研究者们，可以把阅读这部必读之作并理解作者的思路，作为对自己智力、悟性和毅力（甚至体力）的一次综合考验。掩卷之余，自会觉得获益良深。

尽管过往的研究者对中国传统社会晚期家族组织发展演变的社会环境及二者间的互动关系已有颇多讨论，《家族》在这个问题上的见解和视角仍富于启发性。在作者看来，明清时期福建社会有三个发展态势，即宗法伦理的庶民化、基层社会的自治化和财产关系的共有化，集中反映了家族组织与社会变迁的关系。

"宗法伦理的庶民化"实际上包含了一个过程的两个方面，一方面，礼制和法律上关于祭祖和"祠堂制"的种种规定，以及一直到宋儒仍在坚持的"大宗能率小宗，小宗能率群弟"的经典宗桃原则都受到挑战，出现了祭祖活动普及民间、宗桃续承关系多元化和拟制化的情况，表现了民间社会对经典宗法族理的改造；另一方面，对于民间社会而言，宗族出现和发展无疑是一种文化的创造，表现了"小传统"的社会对"大传统"文化的接受和认同，尽管实际的宗族运作与士大夫们用文字表达的理念有种种差异，但宗族及组织规则的正统性，仍然要由这种理念来证明。附带要提到的是，作者曾从功能主义的角度论证家族的产生是家庭结构周期性变化合乎逻辑的产物，但宗法论理庶民化的过程提醒我们，在家庭和宗族之间仍然存在着一条巨大的文化鸿沟。无论如何，宗族的价值观念和运作法则不等于民间关于家庭的规则和理念的移植或扩充，而是某种上层的文化传统"下移"的结果。近年来海外学者对中国宗族的研究，已逐渐摆脱结构－功能主义的影响，不但把宗族看作一种实体性的社会组织，而且也将其视为一种"言语"象征、心理结构和历史文化过程①。这是一种值得重视的趋向。

作者主要从里甲制度的变化及其与家族组织的关系来论证"基层社会的自治化"，其主要表现为："家族组织与基层政权相结合，里甲户籍的世袭化和里甲赋役的定额化"。明清时期福建社会控制权逐渐下移，乡绅、宗族、庙宇和其它基层社会组织在赋税征派、公共福利、调解民事纠纷、稳定社会秩序等方面的作用越来越大，乃是一个不争的事实。正如作者所言，这个过程"不仅可以从户籍与赋役制度的演变过程中得到说明，也可以在社会经济生活的其他领域加以验证。"目前作者正致力于民间宗教活动的研究，相信这一工作可更加丰富人们对农村基层权力结构和社会控制实况的认识。

---

① 可参见 David Faure，"The Lineage as a Cultural Invention, the Case of Pearl River Delta"，*Modern China,* Vol.15，No.1（1989），pp.4-36.

十年前作者在傅衣凌先生指导下开始家族史研究，就是从宗族的财产关系和经济活动入手的，《家族》关于"财产关系的共有化"的讨论，实际上是他已发表的论著的综述。在他看来，这一趋势主要表现为族产的迅速发展和权益分配的股份化，而族产的发展又是与私人财产的不稳定密切相关的。

科学的现代发展以越来越多的证据表明，一种假说或理论在学术史上的意义，并不单纯由其正确性如何所决定，而是在更大程度上取决于其解释方法的创造性、理论架构的启发性和在逻辑上的"可证伪性"[①]。从方法论上讲，类型化的魅力也正在于此。马克斯·韦伯说过，当一个人选择以学术为职业时，他的"天职"就是被超越，任何学说都注定要过时。我们说一部优秀的学术著作可以流传下去，不是因为它一直正确，而是由于另外两个原因：首先，它可以作为训练、培养学生的范本；其次，它可能具有某种艺术鉴赏的价值。[②] 正是在这个意义上，我们可以肯定，《明清福建组织与社会变迁》必是一部传世之作。

（原载《中国社会经济史研究》，1993 年第 4 期）

---

① 参见 Karl Raimund Popper, *The Logic of Scientific Discovery*, New York: Routelege, 1959。

② Max Weber, "Science as a Vocation", in H.Gerth and C.Wright Mills eds. *From Max Weber*, London：Oxford University Press, 1947.

学人感怀

# ◎ 植根于民间社会丰沃的文化土壤 ①

 

 

阳春三月，在这个风和日丽的日子里，我们会聚在钟敬
文先生的故乡，纪念这位为中国民俗学、民间文艺学发展做
出奠基性贡献的著名学者和诗人 110 周年诞辰，一种感恩、
感念与感慨交织的情感，油然而生。

我们这些从事民间文化研究的后来者，都很感谢海陆丰
地区为中国现代学术的发展，培育出钟先生这样杰出的"人
民的学者"。我们知道，20 世纪 20 年代初，钟敬文先生刚
从新式学堂陆安师范毕业，作为一名小学老师，就带着"新
文化运动"时期文学青年特有的某种理想、寂寞与苦闷掺杂

---

① 此为 2013 年 3 月 16 日在广东省海丰县举行的"钟敬文诞辰 110 周年纪念
大会"上的致辞。

的情怀，一面学写新诗和散文，一面采录民间的故事和歌谣，投寄到上海和北京的刊物去发表。他当年所写的《读〈粤东笔记〉》《南洋的歌谣》《海丰人表现于歌谣中之婚姻观》《民间趣事》《中国疍民文学一脔——咸水歌》《疍歌》和《客音情歌集》等作品，已经成为中国民俗学史上不可或缺的篇章。可以说，海陆丰民间丰厚的文化积累，培育了钟敬文这位卓越的人文学者，也在中国民俗学的奠基时期，为这个学科枝叶的繁茂，提供了养料和水分。

终其一生，故乡的风俗民情，一直是钟敬文先生在民俗学和民间文艺学学术道路上筚路蓝缕、坚毅前行的一份慰藉和灵感源泉。他毕生的许多论著，都不断流露出对家乡民俗和民间传统的回忆与怀念之情。如1927年在广州写成的《忆社戏》一文中，就有这样的描述："在我们那南海之滨的故乡，自然社会上的风俗、习惯，不少还是属于中古时代的，其实，在我们这古老的国度里，除了少数的地域，受了欧化的洗礼，略有些变动外，大部分不仍是如此吗？"在这里，他由家乡的风俗想到了当时整个国家的情形。再过了60年，1987年钟先生在《中国文化报》发表《老鼠娶亲》一文，依然表达了对故乡深深的眷恋之情："记得我青少年时，在故乡过新年，就非常喜欢欣赏这种年画。直到数十年后的今天，回想起来，不但脑中形象鲜明，而且还情趣盎然呢"。他的话语，让后起的研究者明白，民间文化研究必须植根于民间社会丰沃的传统文化土壤之中。

一直到1992年，已经90岁高龄的钟敬文先生为自己的诗论集作序，还以很长的篇幅忆述少年时代故乡的风情，老人充满深情地写道："时间过去七十多年了。那时的青少年，现在已经成了鹤发鸡皮的老人。而经历了人世的沧桑，那老屋也不知已经属于谁家——或者已经改变成什么形状了？但是，在我这远离故土的老人的脑海里，那个老屋的窗子和常常摇曳在风中的绿色的吊凤兰，每一想起，却仍在鲜明地活动着。这影子可能要伴着我直到有生的尽头"。[①] 正因为直至晚年仍在怀念着家乡故居窗外那盆随风摇曳的兰草，钟先生将自己的著作定名为《兰窗诗论集》。

我们知道，钟先生于1926年离开家乡到广州，今日中山大学所在的康乐园，就是当年他教书的岭南大学，这是他学术道路一个新的起点。而他两度任教中山大学的经历，更是在中国现代学术史上留下不可磨灭的印迹，从而也让他的名字永远写在了中山大学的校史里。时至今日，中国学术史的研究者仍会不时讲到北京大学和中山大学在中国民俗学奠基时期的地位与贡献，而钟敬文先生在民间歌谣、民间故事、民间风俗和少数民族等研究领域的一系列重要作品，构成这一学术发展关键时期的重要篇章。后来的研究者认为，钟敬

---

① 　钟敬文：《＜南窗诗论集＞自序》，55页，载《诗刊》，1992（12）。

文教授较早地把民俗学现象看成一个由物质文化、社会组织和意识形态组成的整体，也是较早提倡以人类学、民俗学、民族学的观点来研究民间文学的学者。从他两度在中山大学任教期间发表的论著中，可以看到这些学术理念日趋成熟的轨迹。正因为如此，我想借这个难得的机会，代表中山大学向钟敬文教授表达深切的怀念之情。可以告慰先生的是，中山大学一直珍惜、继承并发扬前辈学者奠定的优良学术传统，几代学者兢兢业业、勤勤恳恳，在民俗学、民间文艺学、人类学和民族学等领域教书育人，开拓进取，继续保持着良好的国际学术声誉。

我们也知道，钟敬文先生对中国民间文艺学的发展居功至伟，对中国民间文艺家协会更是怀有特殊的情感。他1984年被推选为中国民间文艺家协会的主席，亲自领导组织民间文学三套集成的编纂工作，为这个被誉为"文化长城"伟大工程的完成，做出了他人所难以替代的贡献。直至在病榻上，他还一直悉心关心中国民协的发展。今天，广东省民间文艺家协会有机会参与钟敬文先生诞辰110周年的纪念活动，同仁们也要我代表大家表达真挚的感恩与感谢之意。

1986年底，钟敬文先生在中国民俗学会第二次学术讨论会上，做题为《关于民俗学结构体系的设想》的学术演讲，其中提到："人生活在民俗里，就好像鱼生活在水里，两者是须臾不可分离的东西。不管一种社会文化发展程度的高低，都有一套为其社会需要服务的民俗。越是社会不发达，民俗的权威就越大，乃至一切文化都采取民俗的形式。"[①] 也就是说，民俗是与民众日常生活须臾不可分离的环境和内容，民俗中存留着民族与社会的文化基因。文化传统一代一代、自然而然地型塑了我们社会许多不言而喻的行为法则，而这些传统在乡土的民间习俗中存留的更多，也具有更加重要的价值。置身于全球化、现代化的话语环境之中，面对着日益"千城一面"的都市化浪潮，我们这些从事民间文化工作的人，也就对一个世纪以来诸多前辈学者的坚守和呐喊，更多了一份理解和同情。也许在许多接受了制度性的现代教育的人看来，不少民间惯习和风俗事物不够时尚，甚至不合时宜，但我们还是得知道，正因为有了这些融化于每个普通人血液之中的文化习俗，我们才得以成为中国人和岭南人。而这些丰富而多样的传统文化基因，正是在民间社会的日常生活中，在民间社会的氛围和环境中，才得以更好地存续和发展的。也由于社会的迅速转型，我们这一代对民族文化基因的守护和延续，负有了更重的历史使命。2001 年 9 月，钟敬文先生作《拟百岁自省》一诗以铭志，其最后两句为"学艺世功都未了，发挥知有后来贤"，表达的也正是对后来者的期望

---

① 钟敬文：《关于民俗学结构体系的设想》，33 页，《钟敬文民俗学论集》，安徽，安徽教育出版社，2010。

殷殷。

　　我自己在钟敬文教授两度任教的中山大学学习工作了30多年，长期从事民间历史文化研究，也从先生的著述中获益良深。十余年前，2002年1月18日，在北国凛冽寒冬沉痛悲凉的气氛之中，各国、各地学者聚集在北京八宝山公墓，向这位"人民的学者"鞠躬告别，在现场我就想到，钟先生未竟的事业，需要我们这些后来者同心同德、齐心协力去延续和发展；民间文化的丰厚土壤，仍有待我们培养更多的学生去拓殖和耕耘。前天在东京早稻田大学访问，午间校园漫步，不由得想到近八十年前，钟先生在这里的图书馆埋头苦读，跟随西村真次教授学习神话学的场景。学术和文化的传承，就是这样一代一代延续下来的。今天来到先生的故乡，山明水秀，春意盎然，看到各界对钟先生的学术事业敬重有加，看到这么多同行学者汇聚一堂，特别是看到许多有学术热情和文化使命的年轻研究者、志愿者来参与共同的事业，倍感欣慰和感动，就不由得多讲了几句。请诸位原谅这个讲话带着太多的个人色彩和情感内容。

# ◎ 守护文化　传承学术 [①]

　　刚才看了介绍梁家勉先生的视频短片，我有一些体会，跟大家报告个人的心得和感想。

　　作为中山大学的一名教师，看到从 1920 年开始，梁家勉先生有很长一段时间先后在中山大学求学和工作，我作为一个中大人感到非常光荣，中山大学也以有梁家勉先生这么杰出的前辈学者感到非常光荣。中大正在筹建校史馆和校友馆，我们一定会把梁老师的学术贡献和功业放到校友馆和校史馆的展示里面去。这是我想讲的一件事情。

　　其次，我要讲的是，就是前天和昨天，我们在中山大学

---

[①]　在纪念梁家勉教授诞辰 100 周年学术研讨会上的发言。原载倪根金主编：《梁家勉先生诞辰 100 周年纪念文集》，北京，中国农业出版社，2010。

也在举行另外的一个纪念性的学术研讨会，也是纪念一位广州人，也刚好是他诞辰一百周年，他也刚好姓梁，那就是中国社会经济史学科的最重要奠基人之一梁方仲教授。我在这里提到这事，是想说，我们在这个时候纪念为中国学术事业做出奠基性贡献的前一辈学者，特别是岭南地区的学者的时候，除了缅怀他们在学术上的巨大贡献之外，很重要的，我们其实也是在感恩、感怀、纪念他们守护祖国文化遗产、守护文化的这份功绩。我们都在讲文化遗产的保护，文化遗产的传承，其实总的来说，文化是可以分两类的：一类是在日常生活里面，通过家庭、通过乡村社会、通过社区，通过长辈与后辈的口耳相传，就自然而然可以流传下去的文化。这一类文化有它很强大的生命力的，也是我们要传承、要保护的，包括我们怎么讲话，我们怎么吃饭啊，我们广东菜怎么做，等等，都是这一类文化；还有一类文化不是这样的，它是一种精英的文化，一种需要读书人——这个国家、这个民族的读书人用心血很小心地呵护，才可以延续下去的这样一种文化。我相信，我们在这纪念这些先辈的学者，在很大的程度上，是在感谢他们守护国家文化的这样一个不朽的业绩。

我在大学里也做一点行政的工作，我们也明白，在现代社会里面，保存精英文化的职责，主要是要大学来承担的。刚才看介绍梁家勉先生的视频短片，有好几点我是非常有感触的。我也知道一点中大的校史，1941年梁家勉先生来到中山大学农学院负责农史资料室建设的时候，当时中山大学正处在颠沛流离之中，因为抗战，刚从云南的澄江迁到湘粤交界的地方办学，学校分散在粤北的乐昌和现在湖南南部一带的山区里面，你想想在那样的环境中，当时的农学院院长想到的是，到一个中学里，找一个功力深厚的中学老师，来组建这样一个资料室，来保护祖国的农业文化遗产。这样的工作是令人感触很深的。我们这个民族文化的延续，就是靠这样的有心人一点一点去做起来的，靠大学这个机制去守护的。

我们也看到这些杰出的人文学者非常重要的作用，院系调整之后，在华南农业大学的图书馆建立农史特藏室，就是梁先生一手做起来的。我是学历史的，有的时候我们也讲讲历史的潮流，讲历史的大事，讲历史的规律，但是具体到这样的保存、传承文化的事情，也差不多就是，如果这件事不是梁先生做了，可能就没有人做了，这样的事情可能就不会发生和存在了。很坦白地说，当时中国不止一个农学院，只有华南农学院做了这件事情。为什么能做成这件事情？只是因为有梁家勉先生。所以文化是靠这些很有心的人，很小心的去呵护才得以延续下来的。这是我觉得在这个场合下作为一个人文学者希望表达的一种感情。

再次，刚才我看这个片子，还有一个感受要报告的，就是我们注意到，虽然说从 20 世纪 20 年代开始，梁先生就一直关注祖国农业遗产的保护问题，但我们也看到，梁家勉先生绝大多数重要的学术成就，都是在 1949 年以后取得的。这让我想到的是，我们怎么去建构有关我们国家学术发展的"历史记忆"问题。我刚刚也谈到，我们还在纪念梁方仲老师，其实，梁方仲先生在他生前出版的唯一一部著作《明代粮长制度》，他去世后才出版的那部巨著《中国历代户口、田地、田赋统计》，也都是 1949 年以后出版的。中山大学还有另一位杰出的人文学者陈寅恪教授，我们如果认真地看一下，陈寅恪教授的大多数重要著作其实也是 1949 年以后写出来的。我们要怎么样去思考这一段历史？我们都知道 1949 年以后有很多政治运动，对学术发展有很大的冲击，但是这些学者用他们的坚持，在那样的环境里，做出了非常大的成绩。除了这些学者个人的努力外，我们是不是也可以想一想，岭南这个地方这种比较平实，比较与世无争，也比较远离政治中心的文化环境，包括 1949 年以后长期在广东主持工作的那些党政领导人的个人文化修养，是不是也对这样的一种学术发展起了某些重要的作用？慢慢地许多事情过去了，"文化大革命"离我们越来越远了，我们重新回想自己国家的学术发展道路时，是不是有一些"历史记忆"需要重新去建构，重新去思考？

我一直在强调的是，人文学科在现代大学里的价值。这些年来许多大学不断地在纪念多少多少周年的校庆，在各个学科做出奠基性贡献的学者也一再被放到各个学校校史的展览里，被各种纪念活动反复提起，但是坦白地说，包括以理工科为主的清华大学在内，各个大学讲到本校历史时，被提的最多的，还是那些人文学科的学者。为什么是这样？那是因为他们不仅仅在学术上取得了非常大的成绩，而且因为他们所从事的专业，使他们在文化存续这个问题上，有着其它学科的学者难以替代的那些不朽的功绩。所以，作为历史学者，我们以欢欣鼓舞的心情看着华南农业大学致力于向综合性大学发展，特别很令人高兴的是，华农在农室研究室的基础上组建了历史学系，还创办了人文学院、艺术学院、公共管理学院，等等。我们这些学文科的人，看到华南农业大学非常着力地发展人文社会科学学科，总是自然而然地感到非常高兴。

长期以来，中山大学跟华南农业大学有非常好的学术合作基础。希望除了在生命科学、农学这些领域之外，在人文社会科学的学术交流、合作研究、人才培养和学科建设方面，我们都能够更好地互相支持。

# ◎ 学术也是一种思想和生活的方式 [①]

与自然科学和社会科学相比，人文学科最明显的特点之一，就是讲究"家法"和"学有所本"。因而，人文学科的价值标准，也就更多地以本学科最优秀学者活生生的榜样为准绳，学术常常表现为一种思想与生活的方式。在回忆文章中和接受采访的场合，黄天骥教授多次提到陈寅恪、王季思、董梅戡、容庚等前辈学者的深远影响，他说："中大的传统，既重视微观，又重视宏观，既注重实证，又重视理论。我在中大学习那么多年，受老师的影响，乃至受整个学风的影响，无论走到什么地方去都肯定是摆脱不了的"，讲的就是这个

① 此为《黄天骥教授从教六十周年庆贺文集》序。原载康保成、欧阳光、黄仕忠编：《黄天骥教授从教六十周年庆贺文集》，广州，中山大学出版社，2016。

道理。同样的，在黄老师从教 60 周年之际，中文系的师友们发起编撰《黄天骥教授从教六十周年庆贺文集》，既是缘于对黄老师道德文章的敬重与推崇，更是具有延续文化传统和传承学术命脉的意义。

每年毕业季学校举行学位授予仪式，在人文学科的场次，执中山大学权杖的资深学者，一定是黄天骥教授。在某种意义上，这位在康乐园里工作、生活了 60 多年的睿智而宽厚的长者，已经成为一种象征和符号。我们都知道，黄天骥教授是著名的古典文学家，在戏曲史、戏曲文献、戏曲文学、戏剧形态和诗词研究等学术领域有卓越贡献，师承王季思、董每戡教授的学术传统，他和他的学生们形成了理论与实证相结合、文献考据与文学研究相结合、文献与文物研究相结合、文献梳理与田野调查相结合的学术风格，《全元戏曲》和《全明戏曲》更是在学术史上具有奠基性意义的大文化工程。这类工作在学术积累上的价值，将随着时间的推移而日益彰显，嘉惠一代一代后继的研究者，历久而弥新。而从学生的眼睛看上去，对这位渊博而可亲的老师印象更深的，恐怕还是课堂上的诲人不倦与声情并茂，还有日常生活中的循循善诱与亦师亦友。我们讲大学老师负有立德树人的责任，不但要教书，还要育人，黄老师就树立了一个典范。《文集》里的许多回忆文章都讲到这一点，让读者充分感受到一种师德的影响和感召，这就是为人与道德的力量。

黄天骥老师那一代学者经历过战争年代的烽火、新中国成立以后的火红岁月和改革开放的巨大变革，对国家民族的前途命运，有着后来者不易理解的关切和情怀。他在接受校报访问时曾真情地说道："我们那代人经历过抗日战争、国共内战和新中国的成立，经历过那段被外国人指着鼻子说是'东亚病夫'的日子，因此对民族的复兴无比渴望"。"我对中大同学最大的希望，就是要爱国。"我们在庆贺这位卓越学者从教 60 周年的时候，一定要牢记他的教诲和嘱托，这也是这所由伟大革命先行者首创的大学的文化传统重要的组成部分。

我们都知道，大学负有文化传承创新的责任，而在现代大学的制度中，这个责任更多的是通过其杰出人文学者的学术和社会活动中体现出来的。大学也常常会以各种形式，表彰或纪念各个学科的著名学者，以他们的学术经历和精神生活作为刚刚步入学术之门的青年学子的榜样，而我们也注意到，其中最多被提到的，还是人文学科的学者，人们在提到这些学者时，常常有着某种特别的情怀。其原因之一，就在于这些学者身上，寄托了社会对民族文化精神传承的希望。黄天骥教授无疑就是这样的卓越人文学者。

是为序。

（2016 年 7 月 18 日于广州康乐园马岗松涛中）

# ◎ 自觉胸襟大，汪汪无乃同 ①

　　《海南通史》是一部百科全书式的史学著作。海南岛在中华民族的历史发展中具有独特的重要地位，其建基于与大陆地区有很大差异的地理、气候、生态环境之上的生产方式、生活方式、族群结构和文化生态的多样性与复杂性，千年延续，既厚重深沉又多姿多彩，堪称人文学科和社会科学多学科综合研究的宝库。海南大学周伟民教授和唐玲玲教授伉俪，历时近三十年，穷尽文献史料，走遍乡村黎寨，完成了煌煌六巨册系统而翔实的《海南通史》，弥补了以往的学术缺憾，也为后起的研究者奠定了继续深入研究的基础。我有幸在出

---

① 此为《海南通史》序。原载周伟民、唐玲玲：《海南通史》，北京，人民出版社，2018。

版前先披阅全书，深深为两位作者的毅力和胸襟所感动。明代海南的著名思想家丘濬有《海仪》一诗，以家乡的气象风物自况胸襟，内有"自觉胸襟大，汪汪无乃同"二句，我觉得以之来描述《海南通史》所展现的追求与气度，形容两位作者的眼界和胸怀，也是恰如其分的。

周伟民和唐玲玲两位老师已年届耄耋，但《海南通史》所展现出来的对新的学术进展的敏感和对多学科综合研究的重视，仍让人深深体验到学术青春永驻的真谛。这部著作既重视历史文献的研读分析，又大量地汲取了田野调查的成果，既关注思想建构和理论批判，又尽量理解当事人和普通人的情感与立场，努力引导读者回到历史现场，所思所言，富于启发意义。我有幸多次聆听两位老师的教诲，也曾有机会在两位老师的引领下，沿着《海南岛之黎族》一书所揭示的 20 世纪 30 年代德国学者史图博的考察路线，到儋州、白沙的黎族村寨访问学习，对于《海南通史》研究与论说的独到之处，尤有切身的体验。这种建立在对学术史和学术前沿有深刻理解基础之上，将历史感与现场感有机融合的表述风格，呈现了数十年深厚的学术积累。

周伟民、唐玲玲二位老师都是中山大学校友，他们于 1953 年考入中山大学中文系，在康乐园度过四年难忘的学习生活，聆听过陈寅恪先生讲授《元白诗证史》课程，也奠定了一生为人为学的根基。我们知道，1923 年 12 月，孙中山先生在康乐园的怀士堂发表过著名演讲《立志要做大事，不可要做大官》，对大学生们期望殷殷："我劝诸君立志，是要做大事，不可要做大官。什么是叫做大事呢？大概地说，无论哪一件事，只要从头至尾，彻底做成功，便是大事"。这种将一件事情从头到尾彻底做成功的"做大事"志向，也就成为中山大学精神内核的重要内容。周、唐两位教授经过近三十年卓越不懈的努力，终于在耄耋之年完成《海南通史》这部皇皇巨著，呈现的也是这种把一件大事从头到尾做成功的感人精神。

是为序。

（2017年5月14日于广州康乐园马岗松涛中）

# ◎ 胸有成文兼证史　词垣志馆足称师 [1]

　　1991 年农历二月中旬，我与中山大学历史系的同事，第一次到樟林进行田野调查。因家父文惠先生介绍，有幸向李绍雄先生请益，并蒙他连续几天亲自陪同，引领我们考察当地一年一度的"游火帝"活动。绍雄老师领着我们走遍"六社八街"的每个庙宇和各处古迹，拜访各社老人组，向耆老和前辈请教，考察火帝"坐厂"与巡游的整个过程。当年我30 岁出头，获得博士学位不久，在学校里还属于青年教师。绍雄老师温文尔雅、睿智理性的音容笑貌，至今仍历历在目，而更令人缅怀的，是他深切关注乡梓文化积累，热心扶掖学

---

① 　此为《若水斋诗词文选》序。原载李绍雄：《若水斋诗词文选》，香港，中国书画出版社，2013。

术后辈的责任感和无私精神。

其实，在此之前我已久仰绍雄老师大名，研读过他研究樟林古港的多种论著，如《樟林沧桑录》《清代粤东通洋总汇——樟林港》和《樟林古港繁荣时期的几次浩劫》等，深受启发。这次考察中，他又赠阅大作《樟东乡情》《澄海县教育志》《东里镇大事记（1743—1911）》（油印本）和《粤东樟林古港二月花灯盛会纪要》一文的稿本，并指点我要关注清代澄海知县尹佩绅《凤山记序》中有关樟林米粮进口、"二林海盗案"善后、风伯庙祭祀活动及其庙产运作的多篇文字。正是在绍雄老师的启发帮助下，从这次考察活动开始，我决定以樟林作为实践历史人类学学术理念的长期田野观察基地，与樟林古港结下了迄今20余年庚续不断的学术之缘，也因此有了更多向绍雄老师请益的机会。

以后长达10年的时间里，我到樟林做田野调查，每次都仍旧承蒙绍雄老师亲自引领，好几次夜间考察游神和民间喜庆活动，在冬天料峭的寒风中，他也一起露天工作到深夜。他还赠送了自己收集的许多珍贵地方史料，包括陈汰余先生的《樟林乡土志略》、第二次发现的《樟林游火帝歌》抄本、新围天后宫20余通碑刻的抄件等，这种无私的举措，在地方文史研究的圈子中更是弥足珍惜，真的令人难以忘怀。后来樟林研究受到海内外学术界同行更多的关注，牛津大学、耶鲁大学、东京大学、麦吉尔大学、台湾"中央研究院"、台湾大学、香港科技大学、香港中文大学、厦门大学等院校的学者多次前来访问考察，还有国内外研究生举办田野研习营，我都要麻烦绍雄老师系统讲授樟林的历史沿革、聚落变迁、地方文化、民间信仰与风俗习惯，而老人家总是以一贯的谦谦君子的态度，轻声细语，娓娓道来，讲者诲人不倦，听者获益良深。每一次他都不顾自己已年届七旬，总是亲自导览。不止一位海内外同行，对我能有李绍雄老师这样一位田野工作的引路人，表示羡慕。二十多年间在海内外各地乡村进行田野工作的经历也让我明白，能遇到像绍雄老师这样修养、人品和学问都令人钦佩的学者，真的是自己莫大的幸运。

绍雄老师毕生从事教育和文化工作，退休之后更把全部的心血倾注在家乡樟林古港的研究上。《若水斋诗词文选》收录的诗词、散文、碑记、词条、论文和著作等丰富的内容，所记载的大多是樟林的历史文化和风土人情。樟林是清代前中期华南最重要的近海帆船贸易口岸之一，也是韩江流域较早向海外移民的据点和著名侨乡，自20世纪30年代以来，樟林吸引了国内、国际几代华侨史、海交史、区域史和人类学研究者的关注，樟林研究实际上已经成为一个具有国际学术意义的研究范例。我认为应该特别指出的是，李绍雄老师的工作，在樟林地方文献和地方文化的系统研究方面，做出了其他学者所无法取代的重要贡献，在许多方面具有奠基的意义。我们这些长期在华南乡村社会进行田野工作的研究者，常常会情不自禁地对像李绍雄老师这样卓越的地方文史学者，怀有一种敬仰和感恩的情怀。像绍雄老师这样的研究和工作，真正具有一种守护文化的价值。

与日常生活中依靠家庭内部和社会的"口耳相传"就可以一直沿袭下来的风俗习惯不同，一个民族的文化精神，是需要许多有心人的悉心守护，才能够生生不息地延续下去的。费孝通先生在《乡土中国》一书中指出："文化本来就是传统，不论那一个社会，绝不会没有传统的。衣食住行种种最基本的事务，我们并不要事事费心思，那是因为我们托祖宗之福——有着可以遵守的成法。但是在乡土社会中，传统的重要性比现代社会更甚。那是因为在乡土社会里传统的效力更大"。[①] 也就是说，文化传统一代一代、自然而然地型塑了我们许多不言而喻的行为法则，而这些传统在乡土社会中存留的更多，也具有更加重要的价值。置身于全球化、现代化的话语环境之中，面对着日益"千城一面"的都市化浪潮，像绍雄老师这样，对乡邦文化存有一份珍惜、爱护之心，植根乡土，孜孜不倦地进行文献考订、资料搜集、口述记录和综合研究等扎实工作，才是学有所本，朴实而能传诸久远的。踏踏实实、勤勤恳恳地做好这些最基础的学术积累工作，才

---

① 费孝通：《乡土中国》，54 页，上海，观察社，1949。

是文化积累的"正途"。

我不懂古体诗词，但细读《若水斋诗词文选》，仍能真切地感受到绍雄老师对家乡那份醇厚真诚的感情。在华南乡村地区进行田野考察，最深刻的感受是，我们所从事的是一项与个人的情感可以交融在一起的工作。只有参加过传统乡村田野调查的人才能真正理解，在像绍雄老师这样的前辈学者引领之下，走向历史现场，踏勘史迹，采访耆老，搜集文献与传说，记录图像和声音，进行具有深度的密集讨论，连接过去与现在，引发兼具历史感与"现场感"的专业思考，其中所蕴涵的那种令人神往的境界。

绍雄老师生病出院之后，我曾到家中探望。还是那段地面铺着鹅卵石的小巷，还是熟悉的两层小楼，还是挂着"若水斋"牌匾的那个客厅，但绍雄老师已不便于行，且不良于言。老人家看起来精神不错，坐在轮椅上，打断家人对他病况的介绍，大声但语音含糊地讲着什么。我们仔细聆听，在家人的帮助下，终于明白他是在询问我的研究进展，以及广州、香港各位学界朋友的近况。看到他在那样的情况下，仍在关心学术和朋友，真是感动。握别之时，他眼角的泪花和殷殷期望的目光，更是永远难以忘怀。

1996 年，李绍雄老师写有七绝《悼念澄海诗社顾问芮诒埙老先生》，缅怀原澄海县政协副主席，深受尊敬的文史界和诗界前辈芮诒埙先生，内有"胸有成文兼证史，词垣志馆足称师"二句。十多年后再读该诗，不由得想到，若以这两行诗句来描述绍雄老师的学问与修养，也是相当贴切的，因而就借用作为这篇怀念文字的题目。

是为序。

（2013 年 9 月 26 日于广州康乐园马岗松涛中）

# ◎ "预流"乃"古今学术之通义"[①]

　　1984年底,叶显恩老师应邀为《傅衣凌治史五十年文编》作跋,近结尾处引用了陈寅恪先生1930年所作《敦煌劫余录·序》的一段名言:"一时代之学术,必有其新材料与新问题,取用此材料,研求问题,则为此时代之新潮流。治学之士,得预于此潮流者,谓之预流,其未得预者,谓之未入流。此古今学术史之通义,非彼闭门造车之徒,所能同喻者。"[②]傅衣凌先生是中国社会经济史学科的重要奠基者,叶显恩老师自称"我虽无缘受业于傅老,承他之耳提面命,尚幸得为私淑而自足",在跋文中,他这样阐发傅衣凌先生半个世纪

---

①　此为《叶显恩集》序。原载《中国经济史研究》,2018(6)。

②　陈寅恪:《陈垣敦煌劫余录序》,《金明馆丛稿二编》,236页,上海,上海古籍出版社,1980。

研究工作的学术价值："陈先生把用新材料研究新问题，作为一个时代新学术的标准，亦即一个人的学术是否入流的标准，不愧为真知灼见之言。我觉得傅先生的可贵之处，也正于他能够随着时代的潮流，不断地发掘新的材料，提出新的问题，做出新的探索。"①当年叶显恩老师被傅先生赞誉为"治学严谨的中年学者"，②卓尔不群，风华正茂。在中国学术界刚刚拨乱反正，百废待兴，许多新的学术方向仍在探索和寻求理解的背景之下，叶显恩老师引述前辈哲言，敏锐提出学术研究"预流"与否的问题，阐述的虽是傅衣凌先生工作的重要意义，而实际上也可视为一种自况，表达了中国学术转型时期一位勇立潮头的优秀学者的理想与胸襟。陈寅恪先生当年在"预流"二字下面特别注明："借用佛教初果之名"，也隐约地昭示着，后继者要达至这样的境界，是要兼具某种宗教感的。

　　叶老师为《傅衣凌治史五十年文编》作跋的时候，我还是中山大学历史系明清经济史研究室的一名硕士生。蒙老师错爱，常常有机会在各种场合向老师请教，也不时到老师家中聆听教诲，真的是获益良深。时隔30多年之后，再通读

① 　叶显恩：《跋》，《傅衣凌治史五十年文编》，357 页，厦门，厦门大学出版社，1989。
② 　傅衣凌、杨国桢：《喜读叶显恩新著〈明清徽州农村社会与佃仆制〉》，载《中国社会经济史研究》，1983（3）。

海南出版社编辑的《叶显恩集》书稿，更是深深感悟到，以叶显恩老师当年对傅衣凌先生的评价，回过头来理解和认识叶老师自己的学术，也是再恰如其分不过的。回顾学术史，人文学科的研究确有"预流"与"未入流"之别，而居于其间决定性的影响因素，在于学术的传承。

在中国社会经济史的学术发展中，叶显恩老师那一辈的学者做出了承前启后的重要贡献。叶显恩老师1962年从武汉大学考入中山大学历史系，跟随中国社会经济史学科的另一位重要奠基者梁方仲教授攻读研究生，从此开始了中国社会经济史研究的学术旅途。其时的中山大学历史系，因地处岭南且得院系调整之赐，汇聚了陈寅恪、岑仲勉、刘节、梁方仲等十数位卓越的人文学者，先生们读书问学，授业解惑，也在系内培植了那个年代颇为难得的某种学人间独有的文化氛围。在梁方仲教授的悉心指导下，叶老师决定以"明清徽州农村社会与佃仆制度"作为研究生毕业论文的选题。1965年8月，他与几位同学随同梁方仲教授开始"北上学术之旅"，在北京向严中平、李文治、彭泽益、吴晗、邓广铭、唐长孺等学界前辈讨教请益，同年10月独自取道曲阜、芜湖、合肥，前往歙县、休宁、祁门、黟县、绩溪等地做为期两个月的徽州历史文化田野考察。多年以后还经常被叶老师提起的这次学术旅行，不但奠定了本文集收录的成名著作《明清徽州农村社会与佃仆制》①的风格与根基，而且从根本上影响了这位当时就受到诸多前辈关爱和器重的年轻学者毕生的学术方向。

20世纪五六十年代中国的学术环境，应该是未曾亲历其境的后来者所难以臆想的。半个世纪以后，人们常常会提到那个年代对知识分子的不公，对学术发展的压制，对国际学术交往的自我封闭。而事实上，那也是一个年轻读书人的头脑充满理想与憧憬的时代，不少年轻人受到时代感召，较少为"论资排辈"之类的思想所束缚，敢想敢干，从而超越了个人日常生活较为细微琐碎、计较利害得失的经验，怀着后辈所难以理解的情怀投身研究工作。对那一代青年学者来说，"不断地发掘新的材料，提出新的问题，作出新的探索"，其实是带有某种不自觉的必然性的。问题在于，历史学作为人文学科的一部分，还得讲究"家法"，必须"学有所本"。对于人文学者来说，学术更重要的是一种思想与生活的方式，人文学科的价值标准，更多地以本学科最优秀学者活生生的榜样为准绳。正因如此，在提倡"大鸣大放"和敢想敢说敢做的年代，一个刚刚步入学术之门的有志向的青年学者，能够受到名师教导，得到众多可谓"得一时之选"的前辈学者

---

① 叶显恩：《明清徽州农村社会与佃仆制》，合肥，安徽人民出版社，1983。

的指点与熏陶，在自觉与不自觉之间得以"传承"，从而避免像许多同辈人那样有意无意中坠入"野狐禅"之道，既是由于叶老师的真诚与睿智，更是一种造化。数十年后，叶老师接受访问时，对此仍念念不忘："有幸得如此众多的名师指点，有幸亲睹他们的治学风采，不仅当时激动不已，今日念及依然有如沐春风之感。"①

中国社会经济史学科的发展，与开始于20世纪初的"社会史大论战"关系密切。近一百年前，让当年那批刚接受了欧洲社会科学理论（包括马克思主义理论）的青年学者苦苦思索的问题，是与"亡国灭种"的深重危机联系在一起的，即中国封建社会为什么长期缓慢发展？为什么中国没有与欧洲同步，自主地发展成为先进的资本主义社会？直至晚年，傅衣凌教授在授课时，还不止一次讲到自己年轻读书时，一直致力探求这个问题的思想历程。1949年以后中国历史学研究所谓"五朵金花"学术论争的出现，在某种意义上，也可视为"社会史大论战"所提出的许多重要问题得以延续讨论，在新一代学者普遍接受马克思主义理论之后，特别是在毛泽东《中国革命与中国共产党》所提出的一系列论断启发下，兼具较多政治意涵的一次学术的"集体行动"。孕育和

---

① 叶显恩、邓京力：《我与区域社会史研究———访叶显恩研究员》，载《历史教学问题》，2000（6）。

278

成长于这样的政治与学术环境，叶显恩老师的徽州研究，不可避免地利用了那个时代流行的理论分析工具，受到那个时代中国史学界主流问题意识的影响。例如，他最早为国际学术界关注的《从祁门善和里程氏家乘谱牒所见的徽州佃仆制度》[1]《明清徽州佃仆制试探》[2] 和《关于徽州的佃仆制》[3] 三文，结语的最后一句阐述文章的问题指向与作者的学术期待，三篇论文的表述几乎完全一致，分别为"这对我们理解中国封建社会的一些问题特别是长期缓慢发展的特点，是有帮助的"、"这对我们理解中国封建社会的某些特点特别是长期缓慢发展的特点是有补益的"和"这对我们理解中国封建社会的某些特点，特别是长期缓慢发展的特点，是有补益的"。由此细节不难看出，半个多世纪前"社会史大论战"提出的核心问题，直至改革开放初期，仍然深深地植根于中国社会经济史研究者的心中。这些论文较多地使用了"奴隶制""农奴制的残余形态""租佃关系""定额租""劳役地租制""从实物地租转向货币地租的过渡形态""资本主义萌芽"等分析概念，从中可体验到 20 世纪五六十年代史学界"五朵金花"的讨论中，关于古史分期、封建土地所有

---

① 叶显恩：《从祁门善和里程氏家乘谱牒所见的徽州佃仆制度》，载《学术研究》，1978（4）。
② 叶显恩：《明清徽州佃仆制试探》，载《中山大学学报（哲学社会科学版）》，1979（2）。
③ 叶显恩：《关于徽州的佃仆制》，载《中国社会科学》，1981（1）。

制形式、农民战争和资本主义萌芽等诸多带有时代特质的问题影响之深。而难能可贵的是，在关于明清徽州佃仆制度具体的研究过程中，叶显恩老师的工作已经展现了许多别开生面的特色。他1965年和1979年两次深入徽州乡村进行田野调查，搜集并利用了丰富的契约、谱牒、碑刻、诉讼辞状、田产簿册、档案、方志、文集等民间文书与地方文献，在研究中注重历史文献与实地调查所得口述资料的结合，注重相关典章制度的考证及其历史演变，注重个案研究及其与地域社会变迁的内在联系，这样的工作明显地超越同时代的研究者，从而引起了国内外同行的广泛关注。这一从研究生学习阶段就得到梁方仲教授亲自指导的工作，也自然而然地带着前文提到的许多为近代中国学术发展做过奠基性贡献的卓越学者学术思想影响的痕迹，蕴涵了学术传承应该"学有所本"的深刻哲理。

1983年《明清徽州农村社会与佃仆制》出版，系统展现了叶显恩老师徽州研究的学术成就与思想创新，其重要的贡献之一，就是从"区域体系"的视角把握徽州社会的总体历史变迁。对这一工作的价值，叶老师自己有这样的判断："就一个具有典型性的地区做区域体系的分析研究，在国内可以说是具有开创性的"。① 徽州研究的现代学术发展，至

---

① 《徽商》编辑部：《特别专访稿》，载《徽商》，2008（3）。

少可以追溯到 20 世纪三四十年代藤井宏、傅衣凌等学者的工作，而 1958 年以后以契约文书为主的大量徽州历史文献的陆续发现，更使有关明清徽州商人、土地制度、佃仆制度、宗族组织等问题的研究吸引众多学者的关注，但将诸多具体的社会经济史问题置于一个具有典型意义的区域社会的总体历史脉络中进行考察，则是从《明清徽州农村社会与佃仆制》一书开始的。叶显恩老师自己表述了这一思想发展过程："随着我对徽州地区历史资料掌握的增多，明清时期徽州农村社会的许多问题逐渐在我脑海中明晰起来，比如缙绅地主的强大、商业资本的发达、宗族土地所有制的发展和宗族势力的强固、封建文化的发达、佃仆制的顽固残存等。这些问题互相关联、互相作用。对以上这些问题要作出合理解释，必须将他们置于徽州历史的总体中进行考察，并作区域体系的分析。我头脑中的这些问题在我的《明清徽州农村社会与佃仆制》一书中进行了探讨，诸如徽州的历史地理、资源、土地、人口的变动、徽州人的由来及其素质等问题都曾涉及"[1]。可以毫不夸张地说，能否理解"区域体系"视野的意义，是能否读懂这一学术著作的关键所在。

我们现在都知道，建基于"总体历史"观念的区域历

---

① 叶显恩、邓京力：《我与区域社会史研究———访叶显恩研究员》，载《历史教学问题》，2000（6）。

史研究的学术传统，在欧美学术界影响最广者，首推滥觞于20世纪30年代的法国"年鉴学派"，历经数代学者的传承与发展，这一学派的思想影响至今仍弥久而常新。叶显恩老师徽州研究"区域体系"视野的形成，也受到这一学派学术思想的影响，用他的自己的话说："建国后很长的时期，我们基本上是与外界隔绝的，像法国年鉴学派的情况可以说一无所知。1977年，美国耶鲁大学郑培凯先生来广州，1978年美国加利福尼亚洛杉矶大学黄宗智教授访问中山大学，向我介绍了这一学派的情况和美国学者从事区域性专题研究的情况，这样也就更加坚定了我的信念——拓展关于徽州社会史的研究。"① 改革开放初期，正值欧美的各种学术思潮与中国学术界重新直接接触的时候，叶显恩老师敏锐地把握到其中具有"主流"意味的学术思想的启示，从而使建基于中国丰厚的历史文献分析和长期田野调查相结合的工作，具有了更强的国际学术对话的禀赋与能力。这样的研究，在某种意义上超越了老师那一辈的成就，体现了"学有所本"与"叛师"的辩证统一，也超越了徽州研究这一课题本身的价值，具有了某种方法论上的意义，这就是学术的"预流"。

年鉴学派的奠基者之一马克·布洛赫在其不朽的《历

---

① 叶显恩、邓京力：《我与区域社会史研究———访叶显恩研究员》，载《历史教学问题》，2000（6）。

史学家的技艺》中写道："各时代的统一性是如此紧密，古今之间的关系是双向的。对现实的曲解必定源于对历史的无知；而对现实一无所知的人，要了解历史也必定是徒劳无功的。""这种渴望理解生活的欲望，确确实实反映出历史学家最主要的素质。"[①]他强调一位优秀历史学家"由古知今"和"由今知古"的素质，认为人类历史的研究者必须关注现实社会生活，掌握当今的知识以培养历史感，这样才能理解总体的历史，而"唯有总体的历史，才是真历史"[②]。叶显恩老师正是这样，他一直保持着一位历史学家对当代社会变迁的专业敏感与学术热情，并与时俱进地发展新的学术方向。从 20 世纪 80 年代初开始，叶老师就一直以非凡的毅力和勇气，直面各种疑虑，排除诸多困难，与一批同辈学者和年轻的学生一起，积极推动中国社会经济史的区域研究，拓展了珠江三角洲社会经济史研究的新领域。从 1983 年开始，他就与汤明檖教授共同担任"七五"期间国家社会科学重点研究项目"明清广东社会经济研究"的主持人，是为其时国家社会科学规划办公室同时推出的三个社会经济史区域研究重点项目之一。1987 年他又筹划组织了傅衣凌教授担任大会主席的"国际清代区域社会经济史暨全国第四届清史学术讨

---

① ［法］马克·布洛赫著，张和声、程郁译：《历史学家的技艺》，36 页，上海，上海社会科学院出版社，1992 。
② ［法］马克·布洛赫：《历史学家的技艺》，39 页。

论会"，主编会议论文集《清代区域社会经济研究》，这次会议汇聚了国内外从事中国区域社会经济史研究的众多一流的中青年学者，可谓得一时之选，且论文选题及立论都富于新意，至今三十余年，还常常被学界同仁提起，影响深远。2001 年出版的《珠江三角洲社会经济史研究》[①] 一书，集中反映了叶显恩老师这一时期的学术成果。正如他在 1987 年的一次演讲中讲到的，这一学术兴趣的发展，除了得益于年鉴学派学术思想的启发，以及作为徽州研究学术实践的自然延伸这些因素外，还有一个重要的缘由，就是出于对改革开放之后中国经济社会区域性发展的学术敏感与关怀："就中国而言，三中全会以后党中央在现代化建设中允许各地区实行一系列特殊政策和灵活措施，发挥中央和地方两个积极性，我们只有分别研究各个地区历史发展的特点和规律，以及这些特点对当代社会的影响，才能适应改革、开放的形势，真正发挥历史研究对现代化建设和精神文明建设的借鉴作用"。[②] 这种敏感与关怀，不是人云亦云的"跟风"，亦非削足适履的"硬套"，而是以对中国社会发展的不平衡性和历史整体性的学术思考为前提的："以中国社会为例，面积几与欧洲相等的广袤国土上自然条件千差万别，各个地区的

---

① 叶显恩：《珠江三角洲社会经济史研究》，台北，稻乡出版社，2001。

② 叶显恩：《谈社会经济史的区域性研究》，100 页，载《中国社会经济史研究》，1987（3）。

人文社会情况又由于历史上本地区开发的先后、人口的迁徙、风俗习惯的差别等因素而出现了千姿百态的面貌，只有分区域进行深入的研究，才能概括全国历史的总体"。"历史的总体是由多系统网络复合构成的，一个局部地区只是总体的一部分，受总体的制约，与其它地区有千丝万缕的联系。因此，全国性的综合研究自当以各地区的研究为基础，同样，地区性的研究，也不能局限于狭窄的小天地，而必须放眼于全国历史发展的整体。把个别的局部的历史，无限推衍，描绘成普遍的历史，其荒谬是不言而喻的。但离开中国历史的整体，囿于一隅之见，孤立研究地方史，无疑也不能揭示历史的真谛"。① 这些在今日的学者看起来仍然兼具辩证逻辑与实践常识深度的道理，在30多年以前更是充满学术启迪的洞见，其中蕴涵着一个重要的学术判断，即大一统中国历史发展的内在一致性，是以其相互密切联系的区域发展的巨大的时空差异为前提的。只有明白了这个道理，才能从历史学学科的本位上，真正理解30余年来中国社会经济史区域研究学术发展的价值所在，感同身受地体验中国社会经济史研究者们当代关怀的精神实质及其意义。区域社会经济史研究作为体现"此时代之新学术"的学术探索，自然而然地因为其"预

① 以上参见叶显恩：《谈社会经济史的区域性研究》，载《中国社会经济史研究》，1987（3）。

流"的特质"由附庸而成大国"[1]。

21世纪，人类历史最重要的发展之一，是快速发展的"全球化"进程。在这一进程之下，世界各地人们的物质生活、精神生活与交往方式发生了翻天覆地的变化，中国政府也适时提出了影响深远且反应热烈的"一带一路"倡议。面对这样的变化，具有当代关怀的中国历史学家首先要回答的，就是这一空前的"全球化"潮流的历史渊源及其对中国的影响。诚如叶显恩老师所言："16世纪（明中叶）是发现新大陆，开通东方航线，肇始世界一体化的海洋商业殖民的时代；是建立殖民地和商业系统最活跃的时代；是西方重商主义盛行，海洋贸易发生历史性变化的时代。西方冒险海商东来中国沿海寻找商机，并建立殖民地；由此出现了中西两半球海商直接交遇的新局面。东亚海域的贸易网络，既连结太平洋彼岸的南美洲，又重新伸展到永乐之后中断往来的印度洋，并扩及大西洋，初步形成横跨亚、非、欧、美四大洲的世界性海洋贸易圈。与此同时，中国境内商品经济趋向繁荣，商机愈益增多；以商业增殖财富的途径，日益广阔。中国传统社会经济开始发生转型"。[2]令人感佩的是，当时已过花甲之年的叶老师仍然保持了足够的学术敏感，有计划地把研究

---

[1]　杨国桢：《<傅衣凌治史五十年文编>序》，1页，载傅衣凌：《傅衣凌治史五十年文编》，厦门，厦门大学出版社，1989。

[2]　叶显恩：《徽州与粤海论稿》，36页，合肥，安徽大学出版社，2004。

的重点转移到海洋史研究上。本文集收录的多篇论述海上贸易、海上丝路、海洋文明、海岛文化与海外华人的文章，可以视为这位在中国社会经济史研究领域辛勤耕耘了半个多世纪的历史学家，壮心不已，努力追踪国际学术潮流的阶段性成果。我们知道，这一努力还在继续之中，我们期待着老师不断有新的成果面世。

学生辈对于叶显恩老师的感情与感谢，除了学问上入门的指点和学术思想的启迪外，还更多地表现在对老师有教无类、诲人不倦、分享资源、奖掖后进的精神风范的感佩上。不管是受业门生还是私淑弟子，几乎所有被叶老师指导过的年轻学人，都能感受到老师那份亲切、热情与细致入微、对学生认真负责的态度。我也一直得到老师的鼓励、关怀与指点，真的是没齿难忘。学界有不少同仁关注近二十年"历史人类学"学术取向在中国的发展，其实，我们这些来自内地、香港、台湾和欧美各地的十多位同辈学人能因缘际会走到一起，逐渐凝聚共识，形成所谓"华南研究"的学术群体，其中一个重要的缘由，就是我们之中的大多数人，都是近30年前就因叶老师而结识，或自己就是老师的学生，或到中山大学向老师请益，或受老师之邀到广州访问，或因老师介绍到外地求学，我们借助老师举办讲座、会议乃至家宴的机会，参加老师主持的各种合作项目，在老师大度包容、充满学术热情的推动之下，有意无意之间，自然而然地形成了共同的研究兴趣与学术追求。可以说，正是因为有许多像叶显恩老师这样的对中国学术发展充满使命感和责任感的前辈学者的关心、扶持与指点，"华南研究"的同仁们才能说自己的工作是"学有所本"的，才敢于期待这样的工作"能够成为一个有着深远渊源和深厚积累的学术追求的一部分"。

叶显恩老师是在 3 年前就交代我要为这个文集做序的。当时不知深浅，自以为近 40 年来一直在老师的关心、指点下工作，不止一遍地读过老师所有的论著，完成这个任务应该不难，就不假思索地应承下来了。以后几次动笔，却发现要理解老师的学术思想，把握其内在脉络并非易事，加之行政事务繁杂，时时分心分神，结果就老是功败垂成。为了等待这样一个不成熟的序言，让老师的文集延迟出版，3 年来老师虽偶有督促，但一直和风细雨，理解包容，任由学生交作业的期限一拖再拖。其中的温情与宽容，真的令学生感动并惭愧。

陈寅恪先生在《清华大学王观堂先生纪念碑铭》中说道："士之读书治学，盖将以脱心志于俗谛之桎梏，真理因得以发扬"。陈先生强调读书人要追求"独立之精神，自由之思想"的境界，首先自己要"脱心志于俗谛之桎梏"，是为学术史上不朽的至理名言。我以为，要理解一位卓越学者学术思想的发展脉络，除了要认真研读其全部论著之外，更重要的是，必须尽量超越各种各样先入为主的世俗的成见，超越"立竿见影""急用先学"的世俗的功利动机，超越日常生活中难免的世俗的追求和标准，正心诚意，将其置于时代变迁与学术发展的历史大背景中，努力去理解作者"其持论所以不得不如是之苦心孤诣"，[①]才能真正学有所获。在即将结束这篇文字的时候，我愿意提出这样的期待，与本文集的各位读者共勉。

是为序。

（2018 年 7 月 31 日于广州康乐园马岗松涛中）

---

① 陈寅恪：《冯友兰〈中国哲学史〉审查报告》，载《学衡》，1930（74）。

# ◎ "报人读史"的智慧与思想 [1]

　　在大学里开《史学概论》课，讲到历史与当代的关系时，常常会引用美国学者保罗·康纳顿在《社会如何记忆》书中的一段话，来讨论"有关过去的知识"与"对现在的体验"之间的关系：

　　我们对现在的体验在很大程度上取决于我们有关过去的知识。我们在一个与过去的事件和事物有因果联系的脉络中体验现在的世界，从而，当我们体验现在的时候，会参照我们未曾体验的事件和事物。相应于我们能够加以追溯的不同

---

[1]　此为《无雨无风春亦归》序。原载田东江：《无雨无风春亦归》，北京，商务印书馆，2013。

的过去，我们对现在有不同的体验。于是，从今我推演故我就有困难：这不仅仅是因为现在的因素可能会影响——有人会说是歪曲——我们对过去的回忆，也因为过去的因素可能会影响或者歪曲我们对现在的体验。①

我想用康纳顿的说法来提醒学生，在历史记忆与对现实的理解之间，存在着相当复杂的动态的多层次的互动关系。如果要说"一切历史都是当代史"，不仅仅是指生活在当代的史学家，在描述自己的研究对象时，必定受到其时代的影响，从而使历史具有了克罗齐所讲的"当代性"，更重要的可能是，我们对现在的体验，在很大程度上取决于有关过去的知识，历史记忆在"当代性"形成过程中所起的作用，要比一般人的想象大许多。也就是说，人们的历史记忆，受到其对"当代"理解的影响，而其对"当代"的理解，又受制于其对历史的记忆，这是一个具有内在和谐性但却难以用理性语言确切表达的复杂的动态过程。我也常常提醒学生，在这样的过程之中，知识精英以"白纸黑字"的形式型塑并保留其历史记忆的工作，对后起的研究者来说，具有特别值得注意

① 康纳顿著、纳日碧力戈译：《社会如何记忆·导论》，2页，上海，上海人民出版社，2000。

的价值。

当初讲课的时候，还以为这一类的看法，主要应属于我们这些"历史佬"才会有的"切身体验"。但后来拜读田东江的三集"报人读史札记"——《意外或偶然》《历史如此年轻》和《青山依旧》，才发觉到，对一位优秀的新闻工作者来说，熟读史书，兼具史才和史识，将日常工作所形成的"对现在的体验"与属于个人修养的"有关过去的知识"连接起来，所表达的洞见，也同样是别开生面，发人深省。新闻界前辈范以锦先生为《青山依旧》作序，这样评价东江的文字：

其文章鲜明的主题意识，使作者不是"看三国落泪，为古人担忧"，也不是"发思古之幽情"，所体现的是满腔热血的当代知识分子所理应体现的对历史的深刻思考和对现实的深切关注。[①]

对范先生的看法，我是深以为然的。

保罗·康纳顿讨论社会记忆的功能时，还有一个重要的

---

① 范以锦：《青山依旧——报人读史札记三集·序》，2页，北京，商务印书馆，2011。

观点，即"过去的形象一般会使现在的社会秩序合法化"。这样的见识，大概也可归入大家都耳熟能详的"读史使人明智"之类的道理。我觉得，如果读者不能从这样的角度，去理解东江一系列"报人读史"文章的深意，不能透过一个新闻工作者敏锐的感觉和犀利的文字，去体验其背后蕴涵着的仁厚用心与包容思想，那确实是令人遗憾的，也就辜负了作者的一份良苦用心。可惜的是，在当代中国社会，误读好作品仍然属于普遍现象。

从史学工作者的角度看来，"报人读史"可以归入知识精英以"白纸黑字"的形式塑造并保留其历史记忆一类的工作。过去 30 余年间，我们所经历和体验的经济、社会、文化和学术领域的巨大变化，在几千年中国历史上是绝无仅有的。亲历这样的历史，对中国社会和中国文化的研究者来说，真是可遇而不可求。新闻工作者身处这样的历史转折和社会转型时期，其具有历史深度的文字自然也就成为历史的一部分。东江以报人身份读史，从古代史家的记载中，寻求观察当代社会的灵感与智慧，殊不知，他对自己当下思想的记录，不经意间，已经成为后辈史家思想的材料。

我与东江认识多年，本书《杭州西湖》一文提到 2011年游览杭州西湖事，国庆长假最后一天"与一干学界友人海阔天空",我即忝列那"一干学界友人"之间。也就是那次同游西湖,东江谈到他正在编辑"报人读史札记"第四集,要求我在书前写几个字。回穗一年后,接到这部《无雨无风春亦归》的书稿,看到他 2010 和 2011 两年之间所写的 119 篇思想性和知识性俱佳的作品,用功之勤,用力之深,真的令人不胜钦佩。我相信,不管对学者还是公众,这都是一部开卷有益的作品。

是为序。


（2013 年 1 月 20 日于广州康乐园马岗松涛中）

# ◎ "乡是一种社区"[①]

在中国社会学科的近代发展中，蒋旨昂的《战时的乡村社区政治》有着特殊的地位。该书与林耀华《金翼》、费孝通《江村经济》和《禄村农田》、费孝通与张之毅合作的《云南三村》等名著一起，被视为中国社区研究"时至今日仍未被超越的著作"[②]。近几十年间，几乎所有讨论中国本土社会学研究的教科书，都一定会讲到这本80年前问世的仅130多页的小册子。《战时的乡村社区政治》1941年由乡村

---

① 此为《战时的乡村社区政治》重版序。原载蒋旨昂：《战时的乡村社区政治》，北京，商务印书馆，2021。

② 吕付华：《派克、布朗与中国的"社区研究"》，《思想战线》（2009年人文社会科学专辑）第35卷；亦可参见丁元竹：《社区研究的理论与方法》，125～132页，北京，北京大学出版社，1995。

建设研究所印行①，时值抗战艰困阶段，国难当头，故书名中有"战时"二字。商务印书馆 1944 年在重庆正式出版该书，1946 年在光复后的上海再版，现在读者看到的，已经是商务印书馆刊印的第 3 个版本了。此外，还有一些重印近代中国社会研究和农村调查报告的大型资料丛书，也收录有这份研究报告②。

在华西协合大学同事、时任该校社会学系主任的李安宅教授看来，"蒋旨昂教授是一位实用社会学的实地工作者。他有纯理社会学的原理原则与实用社会学的适应技术，以及两方面互为因果、交相影响的收获"③。李安宅写这段话时，1911 年出生的蒋旨昂年仅 34 岁，兼具社会学理论与实践两方面的优良造诣，应得益于其正规谨严的学术训练和勤勉敬业的田野工作经历。他 1934 年毕业于燕京大学社会学系，毕业论文为同年在《社会学界》第 8 卷上发表的调查报告《卢家村》，为此他从大学三年级起，就在河北昌平县乡村进行

<hr>

① 笔者未见到这个最早的版本，这里根据的是[加]伊莎白、[美]柯临清：《战时中国农村的风习、改造与抵拒：兴隆场（1940—1941）》（北京，外语教学与研究出版社，2018）书末所附"参考文献"的记载（296 页），其出版地标注为成都。但在其他地方，伊莎白又将该书第一次印行的机构写成了"乡村建设研究院"（同上书，284 页）或"乡村建设学院"（[加]伊莎白、俞锡玑：《兴隆场——抗战时期四川农民生活调查（1940—1942）》，1 页，北京，中华书局，2013），似乎是指设于重庆附近的"乡村建设育才院"。

② 例如，樊秋实编：《近代中国农村问题研究资料汇编》（第 42 册），上海，上海科学技术文献出版社，2018。

③ 李安宅：《〈社会工作导论〉序》，见蒋旨昂《社会工作导论》，9 页，上海，商务印书馆，1946。

了一年多的田野调查，还兼任燕京大学开办的清河实验区社会服务股股长。大学毕业后，蒋旨昂赴美国西北大学和芝加哥大学求学，1936年获硕士学位，1937年曾随美国社会学会考察欧洲七国。同年回国后，参加农村建设协进会在山东济宁和贵州定番等地的县政建设，任贵州乡政学院研究员，还兼任定番县政府的收发和三区区长。1940年晏阳初等在重庆附近的巴县创办中国乡村建设育才院，蒋旨昂应邀加入，负责育才院的乡村建设研究工作。1941年到成都华西协合大学任教，历任社会系副教授、教授兼乡建系主任。课堂教学之外，还与李安宅一起创办了羊石场社会研习站，作为学生培训和社会调查基地。同时组织学生在成都开展社会事业调查，编有《成都社会工作》一书[①]。他也主张社会工作在"边政"研究中大有可为，积极参加华西协合大学边疆研究所组织的藏区调查，1943年与于式玉教授一起赴西康黑水考察，写成了《黑水社区政治》[②]。而1946年出版的《社会工作导论》是蒋旨昂另一部重要著作，此书属中国社会工作知识体系构建的最初尝试，对中国社会工作专业教科书的编写体例影响良深，近年还一再重版[③]。1947年蒋旨昂赴欧美访问一年，

---

① 蒋旨昂在《社会工作导论》中引用该书的资料，注释为"见拙著《成都社会工作》，社会部社会行政丛书，交文化服务社印行"（19页）。但笔者未发现该书正式出版的记载。

② 载《边政公论》第2卷11、12期合刊，1943。

③ 如河北教育出版社2012年版；华东理工大学出版社2019年版等。

在普林斯顿大学和伦敦大学考察户政，进行人口研究。1952
年院系调整后，大学不再设置社会学科，他留在华西坝上新
组建的四川医学院，主要从事行政管理工作，仍坚持进行外
语教学。而学术研究一直被搁置，直至 1970 年病逝。①

　　《战时的乡村社区政治》一书的田野工作，是 1940 年
至 1941 年，蒋旨昂任职于巴县的中国乡村建设育才院时进
行的。按其时正在邻近的璧山县兴隆场进行田野调查，并时
常得到蒋旨昂指导的伊莎白（Isabel Brown Crook）的观点，
该书研究的位于重庆周边所谓"陪都迁建区"的"甲""乙"
两个社区，应该就是巴县的歇马场和璧山县的来凤驿②。书

---

① 参见张雷、郭文佳：《蒋旨昂：近代中国社会进步的守道者》，《公民与法》
（综合版），2019（11）；王川：《一个人类学家对于自己研究史的讲述——
以李安宅先生 1961 年 5 月 15 日〈自传〉为中心（上）》，载《中国藏学》，
2015（2）；赵喜顺：《抗战时期的四川社会学》，载《西南民族学院学报》
（哲学社会科学版），1995（5）；林顺利：《民国时期社会工作引入和
发展的路径》，载《河北大学学报》（哲学社会科学版），2013（3）；G.
William Skinner, *Rural China on the Eve of Revolution: Sichuan Fieldnotes,
1949-1950*, Washington：University of Washington Press，2017，pp.6-7；金
开泰编辑：《百年耀千秋：华西协合大学建校百年历史人物荟萃（1910—
2010）》，121～122 页，香港，中国文化出版社，2010；王安乐：《试
论中国社会工作教育本土化的接续与创新——来自蒋旨昂的启示》，中央
民族大学硕士学位论文，2013 年，18～21 页。

② ［加］伊莎白、［美］柯临清：《战时中国农村的风习、改造与抵拒：兴隆
场（1940—1941）》，107～108 页、119 页，北京，外语教学与研究出版社，
2018。不过，根据伊莎白的回忆，当年在兴隆场接受蒋旨昂指导时，她和
一起工作的同事俞锡玑"并不了解那时他还在附近的另外两个乡从事个
人调查"（［加］伊莎白、俞锡玑：《兴隆场——抗战时期四川农民生活
调查（1940—1942）》，1 页）。

中"甲社区图"的"图例"有"乡村建设育才院"的标识，而蒋旨昂供职的这个机构就是 1940 年在歇马场建立的；书里又提到"乙场名为 × × 驿"，根据伊莎白的说法，除"来凤驿"外，"这一带再无其他地方的名字以'驿'字来结尾的"。参阅其他资料和地图，还可以在书中找到"甲社区"就是歇马场，而"乙社区"即为来凤驿的许多佐证。

许多研究者都注意到以华西协合大学为中心，被称为"华西学派"的一批优秀社会学家和人类学家，在 20 世纪三四十年代为中国人文社会科学"本土化"所做的卓越努力[1]。蒋旨昂无疑属于他们之中拥有明确"学术自觉"的佼佼者，在撰写《社会工作导论》时，一开篇就清晰表达了这样的追求："即使有一两本想要有系统地讨论社工的专书，也全是西洋的，总使我们觉得有点隔靴搔痒，不便直接利用。……本书想用社会学的观点，来建立中国社会工作之体系……"[2]。这样的学术取向，既缘于那一辈社会学和人类学者的旧学基础、乡土经验和家国情怀，更是因为社会学和

[1] 参见李绍明：《略论中国人类学的华西学派》，载《广西民族研究》，2007（3）；李锦：《"华西学派"的知识生产特征》，载《广西民族大学学报》（哲学社会科学版），2019（6）；赵喜顺：《抗日战争时期内迁学校与四川社会学的发展》，载《新时代论坛》，1995（2）；陈波：《李安宅与华西学派人类学》，成都，巴蜀书社，2010。
[2] 《〈社会工作导论〉自序》，见蒋旨昂《社会工作导论》，1 页，上海，商务印书馆，1946。

人类学都是从实地调查中发展起来的，其专业训练和学术研究均离不开田野工作。长期在中国乡村地区进行田野调查，了解当地的历史文化、制度习俗、农商生计和人情世故等，不但是他们为本地人所接纳的"入门钥匙"和观察调查的要点所在，而且这类所谓的"地方性知识"，也就潜移默化地融入学术表达和理论建构之中。从这个角度看，社会学科的"本土化"亦是一个大道自然的过程。只是像蒋旨昂这样，30多岁就以教科书的形式，努力建构中国自己的学科体系，那就应被视为一种"学术自觉"了。以《战时的乡村社区政治》为例，在他的表述中，"乡村社区"不仅是位于"乡村"的"社区"，更如第一章标题所阐明的："乡是一种社区"。作为一部社会学的著作，他理所当然地要使用"社区"这样具有理论分析意涵的学术概念来解释乡村社会，定义"社区"必备的五种特质，而到了歇马场和来凤驿实际的乡村社会场景中，则宣称这两个乡都符合"社区"的定义，从而使源于欧美的"社区"（community）概念与在中国有数千年传统的"乡"这一基层社会组织，在一个非常具体的研究中等同了起来。而瞿菊农在序言中所讲的"要了解中国，必需要了解中国乡村社会"，也就找到了立足点。蒋旨昂无疑是对的，因为许多学者和实务工作者后来也是这么做的，结果是时至今日，在基层行政区划上，无数原来的"乡"真的被直接更名为"社区"了。而第七章具体描述乡公所的工作内容时，蒋旨昂用的是"管""教""养""卫"四个分类概念，从中不难看到传统中国政治理念的深刻意涵，他把"积谷，办合作，平抑物价等项"属于民生方面的事项，都归为"养"的范畴；而治安和健康则被合称为"卫"。类似的例子在书中比比皆是，其价值不仅在于以传统的概念描述转型中的社会政治现象，更在于自觉地从本地人的立场去理解其物质生活与精神世界，以本土的范畴和规范进行学术讨论与理论分析这样的思想过程。

当然，在历史学家看来，《战时的乡村社区政治》对于传统中国典章制度和政治文化的理解仍嫌浅显，对乡村社会历史的许多重要线索还是关注不够，书中提到歇马场和来凤驿的许多地方行政惯习和权力运作规矩，如"绅粮"的权力、"斗息"的征缴、保甲的编整、驿铺与街场、庙产与学产、"职缘团体"与"力缘团体"等，其实都存在有助于理论建构的更深历史渊源可供探究。但有意思的是，80年后再读这部著作，不难感觉到，作者孜孜不倦、巨细靡遗地记录下来的乡村地方政治变迁与乡村行政运作的实际情形，足以成为研究近代中国乡村政权组织和基层政治架构转型的难得史料。作者在战时"陪都"附近的乡村作了约八个月的实地调查，其时正值国民政府在四川一带大力推行所谓"新县制"①，地方权力格局和行政管理方式正在转变之中。书中详细描述的新县制之下乡村社区政治变迁的实况，包括"乡长兼中心学校校长和国民兵乡队队长""三位一体"新的权力架构的形成过程、"士绅地位之延伸"与"知识青年参与政治"之间的矛盾、现代国家所推动的一系列政治动员和社会变革举措在乡村遭遇的尴尬等，对于后来的研究者，无疑是弥足珍贵的第一手观察实录。尤其给人印象深刻的，是第五章所描述的来凤驿和歇马场两位乡长的身份背景、为人做派和履职作风，栩栩如生且入木三分，读后自然对现代国家制度深入传统基层的曲折与复杂，多一分辩证之同情。

1949 年至 1950 年，还是康奈尔大学人类学系博士研究生的施坚雅（G. William Skinnar）为了准备博士论文，到华西协合大学访学，在成都南郊的高店子一带进行田野调查②，蒋旨昂就是他的指导教授（adviser）。1964 年至 1965 年间，施坚雅发表影响深远的《中国农村的市场和社会结构》

---

① 参见曹天忠：《新县制"政教合一"的演进和背景》，载《近代史研究》，2008（4）；曹成建：《20 世纪 40 年代四川省新县制下地方自治的施行》，载《西南交通大学学报》（社会科学版），2002（2）；曹成建：《20世纪 40 年代新县制下重庆地方自治的推行及其成效》，载《四川师范大学学报》（社会科学版），2000（6）。

② 王建民等：《从川西集镇走出的中国学大师——美国著名人类学家施坚雅（G. W. Skiner）教授专访》，载《西南民族大学学报》（人文社科版），2009（10）。

系列论文①，主要依据的就是在四川实地调查的资料。根据近年出版的施坚雅田野工作笔记，当时蒋旨昂经常与他讨论调查所得和具体工作安排，在落实调查村落、确定调查内容、调整工作方向、学习与本地人打交道的方法等方面，都给予相当细致贴切的指导。施坚雅住在乡下时，也定期把田野工作笔记的副本带回学校，交蒋旨昂保管。②从《战时的乡村社区政治》的内容看，蒋旨昂对乡村的市场结构及其与社区的关系是关注的，第一章讲"社区界限根据各种区界拟定"时，首先强调的就是"贸易区域"的因素："贸易区域往往是超越社区界限的。许多人可以到两个以上的区域去做买卖。这便是所谓'赶转圈场'。卖的人可以在'一'四七日赶子场，'二'五八赶丑场，'三'六九赶寅场，而且同日又有不同的场，供他选赶。买的人也可以如此赶法"。歇马场和来凤驿本身就是市场中心，若依照施坚雅后来提出的标准，歇马场无疑是一个"基层集镇"，而来凤驿作为成渝古驿道的"四大名驿"之一，或许可以算是"中间集镇"。蒋旨昂对这两个市场中心的店铺和其他贸易设施，及其乡民们定期"赶场"的活动都有相当细致的观察和记录。这些无疑对施

① William Skinner, "Marketing and Social Structure in Rural China", Part 1,2,3,*Journal of Asian Studies*, Vol.24, No.1-3(1964-1965).

② G. William Skinner, *Rural China on the Eve of Revolution*: *Sichuan Fieldnotes, 1949-1950*, pp.6-7, 27-28, 86-87, 106-107, 181-183, 224, 231-234, 236-237.

坚雅会有思想上的影响。

不过还是应该明白，传统时期"场"的分布及"赶场"活动在四川乡村地区十分普遍，是普通农家日常生活不可或缺的内容，只要从事乡村调查，定期集市与百姓日常生活的关系及其对基层社会的影响，一定会成为绕不过去的观察内容。而在20世纪三四十年代，已有傅衣凌、加藤繁、斯宾塞（J. E. Spencer）等学者对明清时期的乡村市场和定期市做过细致而有影响的研究。因此，也就没有必要由于蒋旨昂当过施坚雅的指导教授，而施坚雅后来又因为提出中国乡村市场结构的模式而声名鹊起，就特别强调蒋旨昂在这个方面对施坚雅的学术影响。相反的，从《中国农村的市场和社会结构》的论述看，实际上施坚雅研究的前提与蒋旨昂正好大相径庭。蒋旨昂理解市场与社区的地域界限并不一致，也注意到市场活动对社区生活的影响，但他始终认为有固定边界的社区（即"乡"）是最基本的研究单位。第一章第二节就明确表达了这样的观点："场的影响所及，虽场超越本乡，但在平常状况，无特殊买卖时，也有限度"。"由各种生活区域所形成的社区，也是要拿这种重复的边缘以内的界限为界限，始可得一比较明确而固定的区域"。所以，他的几乎所有重要的工作，都在强调"社区研究"的重要性。而施坚雅则明确表达了对这种研究取向的不同看法："研究中国社会的人类学著作，由于几乎把注意力完全集中于村庄，除了很少的例外，都歪曲了农村社会结构的实际。如果可以说农民是生活在一个自给自足的社会中，那么这个社会不是村庄而是基层市场社区。我要论证的是，农民的实际社会区域的边界不是由他所住村庄的狭窄的范围决定，而是由他的基层市场区域的边界决定。"① 如果蒋旨昂也可算是施坚雅的老师的话，以上例子正好用来印证这样的道理: 学术传承的本质在于"叛师"。

施坚雅研究中国农村市场结构的问题指向，绝不仅限于农民交换活动或经济行为，他真正感兴趣的还是中国社会的政治结构。在比较市场体系和行政体系这两种等级系统时，有一段非常重要但常被中国研究者忽略的论述: "当我们考察这两种结构各自的结合方式时，出现了一种根本的差异。行政单位的定义明晰，在各个层次都是彼此分离的，在逐级上升的结构中，所有较低层次单位都只属于一个单位。市场体系相反，只在最低层次上彼此分离，每提高一个层次，每个较低层次的体系通常都面对着两个或三个体系。结果是，与行政结构不同，市场结构采取了连锁网络形式。正是基层市场对两个或三个中间市场体系的共同参与、中间市场对两个或三个中心市场体系的共同参与等等，使以各集镇为中心的小型地方经济连接在一起，并首先组成地区经济结构，最

---

① [美]施坚雅:《中国农村的市场和社会结构》，40 页，北京，中国社会
科学出版社，1998。

终形成具有社会广泛性的经济。因而，市场对于传统中国的社会一体化具有重大意义，它既与行政体系平行，又超出于后者之上，既加强了后者又使后者得到补足"。① 这段话可以说是《中国农村的市场和社会结构》最精华之处，施坚雅通过对一个多重交错叠合的市场体系动态的结构过程的分析，力图揭示中国乡村中像"一盘散沙"的无数个体农户得以形成一个"一体化"社会的机制与奥秘。这一解释强调维系中国作为一个"大一统"国家诸种因素中，市场体系天然的重要性。而既然这一市场体系的基础是乡村的"基层市场"，那么，这样的理论也就明显地具有"自下而上"的色彩，强调基层社会内在的机制。

而《战时的乡村社区政治》虽然也讨论了行政区域与市场区域的关系，谈到市场区域对行政区域的影响，但蒋旨昂作为乡村建设运动的积极参与者，其时又正值建立"新县制"的历史阶段，其改造乡村社会的思路基本上是"自上而下"的，重视的是政治与行政权力的运用。前文引用的用于描述乡公所功能的"管""教""养""卫"四个概念，反映的正是这样的思路。而以国家为前提的"一体化"社会的存在，对他来说应该也不是问题。而且，歇马场和来凤驿都处于战时的所谓"陪都迁建区"之中，歇马场更是迁建有民国政府

---

① ［美］施坚雅：《中国农村的市场和社会结构》，39～40页。

的立法院、司法院、最高法院、检察署等国家级的大机构，国家力量的存在是不言而喻的。在《战时的乡村社区政治》中，确确实实可以在社区日常行政活动中，看到许多诸如征兵、催款、训练、捐献军粮、检阅壮丁等因上级指令而采取的举动，尽管这些举措在基层社会实际执行的过程中常常变通地打了折扣。

在中国社会研究中，"国家"无时不在且无处不在，施坚雅和蒋旨昂最终都没有绕开"国家与社会"的相关问题，相较之下，前者的工作比较注重结构及其运作机制，而在后者的"社区研究"中或许更能看到具象的整体关怀。只是从历史学者的视角看来，可能另有一个值得关注的分析性概念工具，这就是"区域"。在传统乡村研究中，"区域"本身就是一个动态的社会历史的过程，既有其发展脉络与内在运作机制，又与特定人群的活动和认知相联系，且常常被视为"国家"话语的具体表达形式。近年从"区域研究"视角探究"国家与社会"问题的工作已经做了很多，这里也就"点到即止"了。

蒋旨昂曾被认为是"淡出社会学界记忆"的学者，有文章称"蒋旨昂这个名字早已淡出了人们的视野，也远离了社会集体记忆"[1]。笔者原来也对蒋旨昂一无所知，去年9月

---

[1] 彭秀良：《淡出社会学界记忆的蒋旨昂》，《团结报》，2016年1月25日。

间忽接罗志田兄电邮，其中附了《战时的乡村社区政治》的PDF版，说是拟推动此书再版，命我写一序言。究其缘由，2018年也是奉志田兄之命，笔者在四川大学做过一个题为"重读施坚雅"的讲座，志田兄认为既然蒋旨昂当年做过施坚雅田野工作的指导教授，也就有理由把为蒋旨昂著作写序的"力役"再直接"征派"下来。去年底，他又寄来其高足赵大琳同学阅读蒋旨昂、伊莎白、施坚雅等人著作富于启发性的读书报告，并告知商务印书馆有意再版这部著作。就是在志田兄循循善诱的再三督责之下，笔者开始在繁杂忙乱的行政事务之余，把《战时的乡村社区政治》读了两遍，还查了其他的一些资料，终于拉拉杂杂地写下这点读后的感想。

是为序。

（2021年3月11日于广州康乐园马岗松涛中）

学术断想

# ◎ 学术世代交替是大道自然的过程 [①]

　　本次论坛旨在基于学者各自学科和研究的状况，从思想塑造的维度，比较细致深入地总结、反思、批评也包括学者自我反思学术道路的内容，三十年间中国思想与学术的发展，在学术世代更替的历史感中，凝聚学术共识，增强对学术共同体的责任感和使命感，促成当代中国学术具有创造性的坚实发展。

　　我想比较感性地讲四点感想。

　　第一，这是一个思想的大会，而不是一个学术的大会。

　　这是我对这次会议的一个认识。大家不要以为我们在这

---

① 此为 2008 中国文化论坛年会总结陈词。原载苏力、陈春声主编：《中国人文社会科学三十年》，北京，生活·读书·新知三联书店，2009。

里进行的，真的是一次严肃的学术讨论，不是的。我们所做的事情，是请很多个不同学科的中国最好的学者，或者曾经是最好的学者，或者自认为是最好的学者，到汕头大学这个地方来，在同一个空间里，大家各自回顾自己学科30年来的发展，带着很强烈的个人体验谈各自的感觉。

基本上，这是一次以回顾历史为基调的会议，亦可视为一个口述史的大会。每位与会者都不是很客观、很理性、很有批判精神地在描述自己这一学科的发展，带着超越感去展现、思考这个学科的未来。不管自己意识到或没有意识到，承认或者不承认，许多学者讲的其实是个人的历史，个人的心路。

这就难免带来一个很大的困惑。刚才有位同学说想睡觉，我是完全同情的，我昨天忍不住偷偷睡了一会。听人家讲口述史，有两点是要注意的：首先，听者真的要了解讲者话语背后的逻辑，昨天好多位学者讲的那个逻辑我也把握不到，他们讲得前言不搭后语，我就忍不住睡了一会，今天精神才比较好。其次，口述史是带有非常强烈的非逻辑的成分和想象的成分的，不完全是史实，这一点，我们这些做口述史的都很清楚。在今天这个场合，我们需要明白的是，为什么过了三十年了，这些学者都这么大年纪了，还是要这样想事情，这才是关键。不要太相信他前面告诉你的那些事实，他们剪裁过很多了，他们当年有很多"丑事"的，除了甘阳偶尔愿意暴露一点之外，其他人都封口不言。

虽然总体来说，这个研讨会感性大于逻辑，体验甚于理性，但这其实是非常好的，会听的人可以从中听出很多的思想。问题只是，你真的要有一种"理解之同情"，置身于这些讲者所描述的历史场景和他们自己的心路历程中去体验，能做到这一点，我们就有收获。这也是我们该怎样去看这次论坛的意义，最重要的一点。

讲到这一点，我对这次会议有一点点不满，就是这帮1977、1978级的老同学们抑制不住，都大学毕业20多年了，从小接受的那种理想主义教育所培养起来的社会责任感丝毫不减，结果，在这个本来应该更加"学术"一点的场合，对国家的大政方针表达了过多的热情和关注。好像每个人都身负重任，什么台湾怎么统一啊，"共产主义"一词要不要修改英文的翻译啊，还对未来的社会发表一大通改革的宣言。怎么说呢？各位年过半百的所谓"大学者"们，在这里表达了非常好的社会责任感，但对后座的同学则可能会产生误导，使年轻人以为好的学术就是这样做出来的。同学们一定要知道，其实不是这样的。每一位好的学者心中，都可能深深埋藏着我刚才讲的那一套东西，真的是自觉不自觉地想着这些事，但是在严肃的学术场合，这些话是不用、也不能拿出来讨论的，这一点很重要。作为学者应该研究很专门的问题，每个课题看起来都应该跟这种所谓"家国情怀"没有关系，在学术场合只能很理性地讲自己的学术观点，而不是直接对这些社会的、政治的、现实的问题发表看法。虽然这些问题可能才是你真正的关怀，是你做研究的潜在动力。

司马南听了这些讨论，就说我们有圈子，其实没什么圈子啦，这些人在这样一个时空中，聚集到一起，发现彼此都有某一类共同的爱好、热情或者是弱点，就忍不住纷纷地表达出来了，结果就产生某种"圈子"的错觉。这就是我对本次会议的一个看法，这是一次思想的大会，而非学术的大会。

第二，把"中国"作为一个研究的单位时，要充分地考虑其多元性和差异性。

甘阳一再告诫我们，不要相信存在着一个想象中的、统一的、一元的、似乎什么都非常好的西方。我想把他的话反过来说了，就是不要想象真的有一个一元的、统一的、均质的、什么都非常好的中国。

刚刚讲到，许多学者在这次会议上表达了非常好的"家国情怀"，我相信，这些东西对我们也好，对在座年轻的同学也好，是要深深埋藏在心底，而不要动辄拿出来展示的。对我们这代人来说，这是我们心灵最深最深处的某一种情感，年纪一大，一不小心，就老是要流露出来，这是很自然的事情。但是我觉得，如果用学术的、理性的观点去看，在这次会议上，这个观念被大家强调得过头了一点。王铭铭一直很艰难地、"阴阳怪气"地想发出点声音，想提醒大家，就是注意那个"边缘的、多元的中国"的存在是重要的，但在这次论坛的氛围下，他的努力一直未得到适当的关注。

这么多"知名学者"从北京到汕头来参加本次论坛，对我们这些潮汕人来说，真的是感到很荣幸的事情。我是潮汕本地人，从大家来这里开会，就自然而然地联想到唐代韩愈被贬到潮州来的故事。韩愈是了不起的文人，"文起八代之衰"，他在潮州呆了八个多月，也不是很喜欢潮州这个地方，所写《潮州刺史谢上表》中，对当时的潮州这个地方，讲了一堆鄙视的话，说自己是"居蛮夷之地，与魑魅为群"，把我们这块土地上的先人视为一群妖魔鬼怪。所以，实事求是地说，他不是很看得起我们这个地方。但潮州人还是很不错，后来都对他很尊崇，宋代以后，把本地最重要的那条叫"恶溪"的大河改名为"韩江"；韩江边上有一个笔架山，也被命名为"韩山"，影响所及，山河易名。宋代还在韩山上修了一所书院，叫韩山书院，里面有棵橡树，也被附会说是韩文公种的，所以叫"韩木"。后来韩木枯死了，又种回来，都讲不清楚是种了多少代了，大家还相信那是韩文公手植树，因为相信他的精神还在。所以说，我们潮汕人对北方来的学者，都是非常非常尊敬的，虽然是被贬过来的，我们也是很尊敬的。为什么会这样呢？因为这个地方地理偏远，开化较慢，在历史上，北方来的学者、文人对中原文化在本地的推广、普及，有很大的贡献。

讲这个故事，是想提醒大家注意，文化上"多元一体"的中国，是经历了很长时间逐步形成的，生活在差异极大的不同自然地理和文化习俗之下的各地百姓，享有和认同一个共同的文化，是经历过漫长而复杂的历史过程的。直至现在，我们的国家其实还是很多元的，很多地方不是用一个大一统的、均质的"中国"概念就可以完全理解的。

我们是研究中国文化的，在我们这些研究者心目中，存在着一个整体的中国文化的观念，我们真的相信有一个中国的精神，这是一个方面。另一个方面是，在做很具体的分析性研究的时候，我们要很小心用"中国"这个词，在把"中国"作为一个研究单位的时候，特别要多考虑许多限制性的因素。怎么讲呢？当我们与外国、西方做比较的时候，"中国"这个词是再好用不过的。但如果做进一步的分析，就要注意到很多不同的差别。我的意思是，在用"中国"这样一个名词作为分析性概念的时候，一定要注意，它是在一个相对的情况下面被使用的。在与不同的事物相对应的时候，就要用不同的概念去做分析研究。我们要想到，中国人是非常非常复杂的，不但有地域的差别，也有阶级的差别，但14亿人都说自己是中国人。做很专门研究的时候，我们在使用"中国"这个词时，要更加有分析性一点。

我同意刚才绍光提出的另一个观点，他说，如果对中国关注太多，就可能会影响中国作为一个大国的思想或意识形态或精神和文化方面的准备。他说的这件事情，非常重要。他举的例子是，美国有多少人在研究什么国家、又有多少人在研究什么地区，都不是美国自家的事情。同理可知，我们要真正关注中国文化，就不能光是研究我们自己，作为一个大国，我们要多一些研究非洲、研究蒙古、研究东南亚，只有把这些不是"我们的"地方研究好了，我们才能真正研究好中国。我个人有这样的经验，到美国去了，跟某位美国学者讲，他对中国的某个具体问题理解错了，他有时不是太在乎。因为他们关心的是本国的问题，其中国研究的目的，是为了增强他们的欧美研究。这常常是他们的立足点，也是他们整个研究的出发点，很少人是单纯因为对中国有兴趣而研究中国的。

同样的，我们因为要明白中国的事情，就应该去研究东南亚，研究东北亚，研究拉美，研究欧美，这是非常重要的。我们虽然在这里办中国文化论坛，但也许某一个时候，我们要专门开会，讨论如何以理解中国文化为目的，去研究人家的文化。这是我要讲的第二点。

第三，做文化研究，要更加重视日常生活经验的重要性。

刚才戴锦华老师也讲到了这一点，所以，对这个问题我想可以讲得简结一些。甘阳刚才讲到我们应该如何重新认识西方，他举出的例子，基本上都属于日常生活的范畴。他所列举的都是日常生活中非常好的例子，他试图用那些例子去解构一个僵化、死板的概念。

这就提醒我们，如果要在学理上超越、突破现有的理论，不能仅停留在思考书上是怎么讲的。很重要的是，要回过头来，想想我们自己的生活实际上是怎么样的。我们每个人都有自己的生活经验，都有这样那样的生活常识，在做理论分析和理论批判的时候，心里要存有生活的经验，再仔细想一想，对那些理论，还有哪些地方我们可以有别的想法。不是直接用生活印证理论，但我相信，懂得从日常生活经验反思理论建构，对于好的学者来说，是非常重要的。

刚才有很多同学讲到，其实日常生活显得比我们的理论分析要和谐很多，这是真的。日常生活是有其内在和谐性的，只是我们为了思想的多元，为了理论建构，有意地制造概念、制造范畴、制造紧张和对立。利用这种人为制造的紧张和对立去表达思想，是学者独有的权利，我们要珍惜这个权利。但一定不要忘记，使理论得以建构的实际生活场景，本来是没有这么紧张、这么对立的，制造理论上的紧张和对立，只是学者认识世界和表达其认识的一种方法。

所以说，我觉得这两天我们把自己弄得太紧张了，什么80学人，90学人啊，说是90学人已经蓄意要取代80学人了，其实没有这回事啦。我和整天跟程美宝在一起，常常忘记她是要取代我的嘛。实际上，在日常的生活中，我们并未感觉到这两天大家所描述的这一类谁取代谁的紧张。

关注日常生活有很多好处，最重要的一点，是让你的研究"入世"而能保持方向感。做学术不能庸俗化，更不能迷失方向，一定要明白自己在做什么，不致于陷入偏执和自我中心。对有同理心和同情心的好学者而言，日常生活经验往往能提供这样的指引。

我也做一点台湾历史和宗教的研究，常常到台湾参加研讨会。台湾的学术研讨会有一个习惯做法，很难说好还是不好，就是有时一方面请了许多许多很有造诣的学者在那里侃侃而谈，同时又向社会开放学术研讨会，有很多民众前来参加。常常在一个很专门、似乎很精深的学术报告之后，会有一些地方文史工作者提出若干很奇怪的问题，这些问题大多够不上在学术层面上做认真的讨论，但是会议结束后，认真想想这些提问，不时会感到这种来自"民间的"日常的经验有时确能挑战所谓"学术的"想法，不是完全没有用的。向社会大众开放学术研讨会，不仅仅是让公众来认识学者们的工作，而且他们进来会给我们一些有益的刺激。

第四，学术的世代交替，是一个"大道自然"的过程。

不应该让学术的世代交替显得太沉重，这是自然而然的一个过程，就是我们不这样认真地讨论，也是慢慢地一直在进行着的。昨天听到有关各国人均寿命的数据，我不禁心中窃喜，因为中国经过这些年的改革开放和经济发展，人均寿命达到 73 岁了，我们才有机会坐在这里，讨论所谓世代交替的事情。试着想想看，如果一不小心，我们国家的人均寿命像俄罗斯那样，只剩下 56 岁，那在座的很多人，还没有机会感受到下一代的挑战，就已经死掉了，哪里还有机会去思虑什么"世代交替"的紧张。这就是自然法则，这个过程是很自然会发生的，我们把大家弄在这里，一起想这个问题，触及了许多与我同辈的哥们姐们的"灵魂深处"，结果，就制造了一个大家都觉得紧张，都感到不说点什么、不做点什么就会对不起历史的"重大课题"。

我还是想简单地跟在座的同学们多说几句。你们为什么现在会觉得参加这个会，似乎没有什么收获呢？很重要的理由，是因为你们抱着非常虔诚的学术态度，抱着对包括甘阳等人在内的某种"追星"的感觉来开会，最后就开始觉得不如睡觉更好。我常常很坦白地跟我的学生讲，学术报告是一定要听的，听报告有两个好处，第一个好处，如果老师讲得好，那就就好好学；第二个好处，如果老师讲得不好，那你就培养了自信。这是非常重要的，没有听学术报告没有收获的道理。我相信，如果在我今天的报告里没有听到什么有收获的话，你们自信心一定大增。

其实，我想揭示的是与学术传承有关的另外一个道理。大家都说，学术传承的本质就是文化传承，特别是在现代社会，好像没有学术传承，我们的文化也就传承不下去似的。但是，什么才是有意义的学术传承呢？我们这些做人文研究的，都要讲一些什么门派、家法之类的道理，要看重师门、看重善根、看重造化，当然，更要看重继承者自身的努力。但是，有一个关键环节常常被有意无意地忽略了，那就是"叛师"。

"叛师"其实是学术传承最重要的环节。所谓"师我者生，似我者死"，讲的就是这个道理。人家觉得你能够继承自己老师的前提，是因为你已经在某种程度上背叛了自己的老师。先跟着老师学，最后做得跟老师不一样，人家就开始羡慕你、嫉妒你了，而且也就"顺便"记住了你老师的贡献，这就是所谓"学术传承"。不然的话，就没人看得起你。如果以为只要一直跟着老师好好学，当个乖乖仔，那最后你就会连同自己的老师一起，被学术界忘记，这样的话，你也就对不起自己老师了。所以说，传承背后最本质的一点，是要有一点"叛师"的精神，不叛师就对不起你老师，这是关键。叛师是需要有自信的，学术传承的本质其实就在这一点点地方而已。

大家对现在中国的教育制度有很多很多批评，特别是今天早上有好几位老师非常痛心疾首地讲到这些问题，他们觉得我们学经典不够，这绝对是对的。"叛师"的前提，是我们要非常懂得传统，懂得经典，不然所谓"叛师"或者"传承"都是假的。但是，我对当代中国教育制度最大的意见，反而是有关批判性的教育不够，真的很不够，在这个方面还要很好地加强。

坦白地讲，这个会议开到现在，有机会把上面这段话讲出来，似乎该说的话也就都说完了。我个人觉得，我们这个论坛，以后不应该再讨论什么"世代交替""学术传承"这样的问题了。

我相信，下一代学者一定不会像我们和我们的上一辈学者那样，执着地以"国家"作为最基本的研究单位。我们这一代和上一代都有自己的教育背景、生活体验和学术经历，下一代一定与我们很不同的。但我还是想说，"国家"仍然是非常重要的。今天晚上我们要吃自助餐，在汕头这个地方，吃自助餐是一定要有海鱼的。鱼在大海里面自由自在地游，没有国界，最后就只能摆到我们的餐桌上。

# ◎ 学术传承的本质在于"叛师"①

36 年前硕士毕业留系任教，在中山大学历史系讲的第一门课是《史学概论》。记得讲到德国史学家兰克时，根据读几篇翻译过来的文章获得的印象，似懂非懂地强调，"兰克学派"之所以成功，是因为他多年如一日地坚持办研修班（Seminar）。当时绝对不会想到，有朝一日我们这群朋友也开办起所谓"高级研修班"，而且一办就是十多年。昨晚用了差不多一个通宵，囫囵吞枣地看完了这个集子的 30 余篇文字，许多已经模糊的记忆又被唤醒了，只是被唤醒的记忆又似乎与集子里的描述不尽相同。无论如何，先要感谢各

---

① 此为《"乡校"记忆》序。原载赵世瑜主编：《"乡校"记忆——历史人类学训练的起步》，北京，北京师范大学出版社，2021。

位作者的珍惜与辛劳，更得对"始作俑者"世瑜教授不懈的督责与唠叨表达深深的敬意。

当年与这个集子里屡屡提到的那些老师们商量举办这个研修班时，既有培养"后浪"，寻找年轻同道的意愿，也有以田野工作与文献解读相结合的方法，多一点了解中国不同地方历史文化的想法。正如多篇文字里提到的，整个过程中，老师们都大道自然地显露了其远非"善良之辈"的那一面。其实，在学员们"不在场"的时候，老师间的争执与冲突可能更为激烈，有时会吵到几乎"崩盘"的地步。日前为自己的一本书写后记，其中是这样描述我们这群人的关系的："一起进行田野调查、文书解读、问题研讨和学生指导的过程，坦荡而较真，深刻且辩证，除了学问上的交锋冲突与思想上的得益之外，到了写'后记'的时候，记起的更多是一种因无私而享受的同伴情谊"。这样的表述，读起来有点矫情，但自以为还是基本属实的。

从 2003 年到 2018 年，12 期研修班的行迹涉及北京、河北、河南、山西、江西、广东、福建、贵州、湖南、陕西、浙江等 10 余省市，还有新加坡和马来西亚的华人社区，从大家的描述不难看出，这个幅员广阔的国家真的是千姿百态，让不同地缘、学缘背景的师生切身体验历史文化的地域差异，也是研修班的初衷之一。但还是需要强调这样的理解：大一统中国历史发展的内在一致性，实际上是以其相互密切联系的区域间巨大的时空差异为前提的。多年田野工作的经验是，判断一个地方是否理解和接受王朝的意识形态，不在于这个地方根据朝廷的法度对本地的风俗习惯做了多少实质性改变，而在于当地的读书人和士绅阶层，在多大的程度能够自觉地、自圆其说地将本地的文化传统和风俗习惯解释得符合朝廷的"礼法"。只有培育出这样的思维辩证，才算是对研修班的要旨有所感悟。

所谓"华南学派"是虚构的，也不要把"历史人类学"之类的标签太当真，说实在话，这个集子显露出来的取向有点太"内卷"了。我们还是要知道，学术传承的本质在于"叛师"。跟着老师入门，就要马上思考老师那代学者错在哪里，最后做得跟老师很不一样，"后浪"把"前浪"拍死在沙滩上，人家开始羡慕嫉妒你了，也就顺便记住了你老师的工作。这就是所谓"学术传承"，不叛师就对不起老师。

是为序。

（2020 年 10 月 11 日于广州康乐园马岗松涛中）

学术传承的本质在于"叛师"

# ◎ 与古人对话：历史研究如何跨越时代差异

通常我们在讲跨文化的沟通时，大多是从空间上的差异着眼，想到的是在不同地区不同的文化背景之间，或者是不同社会阶层之间，或者是由于宗教信仰等因素而形成的不同价值取向之间的沟通与互相理解。这些基本上都可视为结构性的问题，而历史学家经常要面对的，却是历时性的文化沟通的难题。

做历史的人，除了在座诸位常常想到的上述那些跨文化的努力之外，还有一层更困难的任务，就是要去理解古人和他们所做的事情，理解他们的情感与生活。历史学家要做的，是沟通不同时代的文化差异，所以，历史研究其实是一种跨越时代差异区理解古人的学术活动。历史学家在相信"人性相通"的前提下，发展出整套专业的规范和技能，来达致这一目的。

下面，我以半坡遗址为例，来解释历史学家是怎么做的。

大家知道，半坡遗址在西安城东大约六公里处，整个聚落可以划分为三个不同的区，即居住区、墓葬区及陶窑区。而大部分房屋集中分布在聚落的中心，我们能够看到居住区内的建筑有平面圆形和方形两种，这些建筑又可分为半穴居式和地面木架建筑式。也能看到，围绕居住区有一条深宽各为 5 ~ 6 米的壕沟，沟外为墓地及陶窑区。那个时期还没有文字，现代的历史学家和考古学家看到的，大概就是这一类的东西。

历史学家和考古学家怎么解释他们所看到的这些东西呢？下面是我从一本普通的教科书中抄下来的，历史学家关于半坡遗址的解释：

半坡遗址是一个氏族部落的聚落所在。居住区是以氏族集结的小区为基础，"大房子"作为中心来组织的，这座大房子是氏族部落的公共建筑，氏族部落首领及一些老幼都住在这儿，部落的会议、宗教活动等也在此举行。"大房子"与所处的广场，便成了整个居住区规划结构的核心。再结合对墓葬区、陶窑区布局分析，可以看出半坡氏族聚落无论其总体，还是分区，其布局都是有一定章法的，这种章法是原始社会人们按照当时社会生产与社会意识的要求经营聚落生活的规划概念的反映，其建筑形式也体现着原始人由穴居生活走向地面生活的发展过程。[①]

这个解释涉及对当时在那里生活的人们的生产方式、社会结构、社会生活、聚落内部组织、仪式行为、意识形态和进化过程等内容。历史学家之所以可以大胆地作出这样的推断，除了有关于人类社会形态的理论和进化论思想作为其思想基础之外，很重要的一条就是，他们知道整个遗址都是人的创造物，其中蕴涵一些很特别的东西，这就是人性，包括人类的心灵所需要的和所惧怕的东西，历史学家相信人性相通，再对照我们现在的生活体验，在我们的心灵中某些一下子还不能完全用理性的语言表达出来的结构的作用下，就可能想象、模拟和构建出一些东西，从而达致对古人生活的理解，这就是跨越时代的差异。例如，看到半坡人住处的地基和柱洞，就能凭想象力描绘出他们居所大概的模样；我们相信人是生活在社会中的，有组织、有团体，所以我们就会努力去构建其社会的形态；我们一看到聚落中间的大房子，马上就会想到权力，进而想到这是一个公共建筑，因为我们现代的生活也常常需要公共的建筑空间。这些都是我们相信"人

---

① 李少林主编：《中国建筑史》，6 页，呼和浩特，内蒙古人民出版社，2006。

性相通"的结果。

我们强调历史学是关于人的学问，历史学家研究的对象是人类的过去。因为这门学科与别的学科不同，历史学家要用自己的心，去感知作为同类的人过去的生活和情感。对于与我们不是同类的那些生物和其他自然物的历史，我们可从外部进行解释，但没有办法"移情"地理解。历史学家的看家本领之一，就是"理解"，这个是别的很多自然科学和社会科学学科所不能做到的。

很多学科都是关于人的学问，像人类学、社会学、政治学等，很多学科都在做人的研究。但是历史学与这些学科有一个不同之处，就是历史学是活着的人研究并理解已经过去的人的学问。我们怎样才能知道那些已经逝去了的社会、消失了的现象、不在了的事件，以及那些已经去世的人们原来的状况？这就要通过间接的方式，通过史料的中介才能达致研究的目的，史料是历史研究的证据，要通过史料才能重构你的研究对象，这也是历史学的特别之处。历史研究要跨越时代鸿沟，很重要的问题，就在于怎么样去处理历史证据。在历史上留下来的所有痕迹，都会被历史学家拿来做史料用，包括遗址、文字材料、器物、图像等。处理史料最基本的功夫就是考证，这是历史学的专业技能。这些专业技能是历史学学术共同体内部公认的可以检验史料真伪的办法和道理，这些专业技能需要以年代学、目录学、文献学、典章制度、历史地理等很多方面的知识作为基础。遵守这些专业技能的要求，是历史研究跨越时代差异最基本的功夫，如果欠缺这个功夫，就不能在这个学术圈子里立足。

上面所说的是证据的问题，下面谈谈"理解"的问题。"理解"的本质是将心比心，用你自己的心灵去感受你的研究对象，去体验他为什么一定是那样子做事情。"理解"是人文学科最主要的特点，它的核心是人性相通。陈寅恪先生《冯友兰〈中国哲学史〉审查报告》，有一段不朽的名言：

吾人今日可依据之材料，仅为当时所遗存最小之一部；欲借此残余断片，以窥测其全部结构，必须具备艺术家欣赏古代绘画雕刻之眼光及精神，然后古人立说之用意与对象，始可以真了解。所谓真了解者，必神游冥想，与立说之古人，处于同一境界，而对于其持论所以不得不如是之苦心孤诣，表一种之同情，始能批评其学说之是非得失，而无隔阂肤廓之论。[①]

陈先生讲，要理解古代人的思想，就要回到研究对象本人的那个时代，与他设身处地的处在同一境界里，你才能明

---

[①] 陈寅恪：《冯友兰中国哲学史上册审查报告》，《金明馆丛稿二编》，247页，上海，上海古籍出版社，1980。

白他为什么不得不这样想问题。这里讲得非常透彻。

尽管最近几十年间，历史学社会科学化的倾向很明显，但最好的历史学家还是需要很深厚的人文素养。在最本质的层面上，历史学更多的是接近人文学科。人文学科有个很有意思的特点，因为它基本上不提供实用性的知识，而重在发明一些新的思想。这些新的思想会改变人们对世界的看法，从而也就随便改造了世界。人文学科教你怎样看这个世界，而且还不是创造几条定理或定律让你去遵循，常常只是讲一些例子让你去领悟，这就是所谓诗性智慧或历史智慧。这样的智慧，常常可以帮助我们在遇到价值问题时，作出恰如其分的选择。当我们碰到很多与价值判断有关的问题时，当遇到理性不能直接解决的难题的时候，我们常常想问的，就是我们的前辈、我们的祖先在类似的情况下，是怎么做的、结果又是怎么样的。正因为这样的需求源于人类的本性，所以，历史学自古有之，它存在是人类社会最自然的现象之一。

"历史学是现在与过去的永恒对话"，历史学家生活在现代，对当代社会及其未来，有深刻的关怀，历史学家只所以研究历史，是出自他对现代生活的关怀。这是历史学家与博物学家最大的差别。我们生活在这个社会，我们面对很多挑战，也就要去问历史上是不是有类似的情形，历史学家的智慧对现代社会的影响是间接而深刻的。

我们常常讲一切历史都是当代史，其实有两重的意思。

一是讲，历史学家带着现代的情感去关怀历史，我们对当代社会的看法，也会影响我们对历史的看法；二是说，当历史学家们所建构的历史知识成为整个社会的集体记忆的一部分时，它就把这个社会也改变了。这就是《社会如何记忆》这本书要讲的两个过程，即我们对过去的认识受到我们对现代社会理解的影响，而我们对现代社会的认识又受到我们对过去的理解的影响。在这个意义上，"过去"与"现在"是互相包容、互为前提的，正因为如此，历史学才成为过去与现在的永恒对话。

（原载《中山大学报》，2006年4月27日）

# ◎ 以"历史"的名义关怀"当代"

　　《历史的终结及最后之人》从出版之日起，就成为一部受到各国政治家和大众广泛关注的著作，也在思想界和学术界引起普遍的争议。这本书在美国、法国、日本和智利都是最佳畅销书，获得《洛杉矶时报》图书评论奖，并在不到10年间被翻译成20多种文字，究其缘由，可能主要不在其逻辑的严密和学理的深邃，而在于书里所展现的具有历史哲学魅力的恢宏气度。作者在21世纪开始之际，面对人类社会未来走向，作出了某些富于思辨力、并带有预言色彩的断言。正因为该书的叙述带有强烈的预言色彩，且触及到知识界和读书人某种带着"终极关怀"的情感，才激起了各种复杂的反应，评论者见仁见智，理性与情绪交杂，逻辑和感悟并存。

福山（Francis Fukuyama）在 1992 年该书英文版问世时，正好 40 岁。他是在美国出生的日裔学者，书香世家。福山早年在康奈尔大学攻读古典文学，得到阿兰·布鲁姆（Allan Bloom）的指点，认真地研读了俄裔法国哲学家亚历山大·柯耶夫（Alexandre Kojeve）的著作。柯耶夫是 20 世纪最著名的黑格尔哲学阐释者之一，在《历史的终结及最后之人》中被反复提到的《黑格尔导读》一书，是他讲课的记录，也是其最有影响力的作品。细读《历史的终结及最后之人》，不难看出柯耶夫对福山的影响之深，不但柯耶夫的名字一再出现，而且正如一些评论者已经指出的，其实该书的基本逻辑和许多重要概念，都源于柯耶夫的思想。福山 28 岁在哈佛大学获政治学博士学位，其导师之一是以"文明的冲突"而蜚声国际的萨缪尔·亨廷顿（Samuel P. Huntington）。在《历史的终结及最后之人》中也不难发现亨廷顿的影子，特别是其中有关文明和战争的论述，尽管作者的观念与亨廷顿有明显不同。福山曾两度以专家身份在美国国务院工作，担任过乔治·梅森大学（George Mason University）公共关系政策学教授，现为约翰·霍普金斯大学（Johns Hopkins University）国际政治经济学教授。十多年来，他的几乎每一部著作都引起过热烈的讨论。

该书最引人瞩目的字眼，是"历史的终结"这几个字。许多评论文章的标题就是"历史终结了吗？"或"历史并未终结"，"9·11事件"发生之后，一家报纸的评论竟然以"福山的终结"为题，讽刺福山的结论已经破产。尽管福山一再重申，"历史终结"的观念源于黑格尔，其思想脉络有着深厚的德国古典哲学的渊源，但在传媒、政客和大众的记忆中，"历史的终结"已经成为一个可与日常生活经验相联系、似乎凭对字义的直感就可把握的简单符号，直接与福山划上了等号。其实，在该书的序言中，福山就已经对这个概念的哲学涵义做了明确的解释："我得出的终结观点，并不是指一个个事件的发生，无论是重大的还是严重的事件，而是指历史，指一种在所有人在所有时期经历基础上被理解为一个唯一的、连续的、不断变化的过程。对历史的这种领悟与伟大的德国哲学家黑格尔有着密切的联系"。"历史终结并不是说生老病死这一自然循环会终结，也不是说重大事件不会再发生了或者报道重大事件的报纸从此销声匿迹了，确切地说，它是指构成历史的最基本的原则和制度可能不再进步了，原因在于所有真正的大问题都已经得到了解决"。

很明显，福山继承了黑格尔哲学的传统，将"历史"理解为精神在矛盾和冲突中的发展。黑格尔认为自由理念是历史发展的精神动力，而在福山看来，20世纪80年代末、90年代初苏联和东欧各国发生的重大政治变动，证明自由主义的理念正在成为全球的人们唯一信奉的理念，在这样的逻辑之下，自由主义有一天会失去其精神上的敌人，到了那一天，历史就完成了它前进的进程，也就终结了。这样的逻辑在黑格尔和柯耶夫的著作中都有明确的表达，福山的工作，是针对20世纪90年代末人们的心态，以新的国际政治和经济格局为例，在某种程度上，将哲学变成了公众比较容易理解的政治理论，适应了"冷战"结束后国际上对新的历史哲学和政治观念的需求。

尽管第二次世界大战结束以来，西方学术界一直以所谓"批判（或分析）的历史哲学"占上风，但这一哲学倾向回避直接对历史的本质、历史是否有方向等带有本体论性质的问题做回答，总是显得怀疑过多而气度不够，因为毕竟本体论的问题植根于人类这个物种的心灵深处，始终是哲学家们无法回避的。福山再从黑格尔和马克思的学说出发，重提历史的方向性问题，并作出相当正面而直接的回答，实际上回到了"思辨的历史哲学"那种深厚的传统之上。这也是该书给人以气度恢宏之感，且风靡各界的缘由所在，因为公众还是喜欢与生活经验相关、又带有哲学的超越感觉的大气魄的作品。

在以往的评论中，《历史的终结及最后之人》的后半部分，即讨论"最后之人"的内容，常常被有意无意地忽略了。其实，这是该书更具思想意义的部分。全书开始，福山就从柏拉图的《理想国》谈起，论述人的灵魂的三个部分：欲望、理性和获得认可，以黑格尔的观点，说明人与动物的根本区别，在于人渴望得到别人的认可，而获得认可的愿望导致人类分成主人和奴隶。根据柯耶夫的说法，主人和奴隶矛盾斗争的相互作用，就构成了历史。在这样的逻辑之下，一旦自由主义的理念被人类普遍接受，没有了主人与奴隶的区别，没有了为了获得认可而进行斗争的必要，历史就终结了，而那个时候的人就将成为"最后之人"。按照福山的说法："人们从共同体生活的衰落中得到启迪，未来我们很有可能成为无忧无虑的、专心于自身利益的最后之人的危险，他们除了个人安乐外缺乏任何精神的追求"。他以美国当代年轻人的生活方式来证明这种倾向已经发生，但作为哲学家，显然对人类的精神生活最后进入这样的境地并不满意，因而指出"和平和繁荣带来的无聊在历史上曾产生过更严重的后果"。

为了解决这个问题，福山又引用黑格尔的观念，提出战争对满足人性中骄傲的感觉的重要性："一个自由民主的国家，即便或许每30年左右会打一场短暂但有决定意义的战争，或者打一场保卫本国自由和独立的战争，比起一个只有和平的国家来也要健康得多，也会更令人满足"。这样以来，福山实际上未敢真正断言"历史的终结"最后一定会出现。因为没有一种制度，包括他所推崇的自由民主制度，可以满足所有地方的所有的人，"这是一种对自由民主本身的不满，所以那些尚未得到满足的人始终有可能重写历史"。书中最后一章中的这段话，让我们看到了黑格尔哲学真正的精神所在。

　　仅仅在历史哲学的脉络上讨论《历史的终结及最后之人》，是不够的。该书引人入胜的理由，更多的是作者对当代国际政治事件和政治现象充满睿智的观察。生活在一个多元而变化迅速的世界中，人们需要的是一种富于历史感和哲学深度，具有稳定的方向感的观察角度，以应付日常生活中不断遇到的挑战。福山无疑是机智而平实地做到这一点的。书中对当代政治敏锐批评的例子俯拾皆是，许多看似"反常识"的议论，略微思考之后常常给人豁然开朗的感觉。不管对学者还是公众，这都是一部开卷有益的作品。

　　　　　　　　　（原载《南方周末》，2006 年 7 月 6 日）

# ◎ 在"世界体系"与"朝贡体制"之间

——从《海权战略》看 17 世纪的环中国海

张培忠《海权战略——郑芝龙、郑成功海商集团纪事》一书,是一部兼具历史感与学术性的优秀报告文学作品,作者怀着对历史人物深深的"理解之同情",在大量阅读史料且细心体验文献背后的物质生活与精神世界的基础之上,对17 世纪在中国东南沿海及环中国海地域有重大影响的郑氏海上活动集团做了细致的、引人入胜的描述。郑芝龙出生于1604 年,而施琅收复台湾在 1683 年,郑氏集团的活动涵盖了 17 世纪的绝大部分时间。作为一位历史学者,想联系阅读《海权战略》的体会,谈谈应该如何认识 17 世纪环中国海周边地域的人文特质,从一个角度说明该书的启迪与价值。

——17 世纪是环中国海地区人文网络和国家关系转型的具有历史意义的重要时期。一方面,自公元前 3 世纪开始的、以中国中原帝国为核心的等级制网状政治秩序体系"朝贡体制"仍在该地区占据主导和支配地位；另一方面，随着葡、西、荷等西方势力的东来，该地区逐步卷入了资本主义世界体系。传统的"朝贡体制"开始被新兴的"世界体系"所取代。

——在环中国海地域被卷入资本主义世界体系的初期，新的体系很好地利用了旧体系的传统秩序，而来自新大陆的大量白银输入，还在一定程度上激发了旧体制的活力。17世纪在环中国海活动的人群，其精神生活的内核更多地受传统"朝贡体制"相关观念的支配，包括"华"与"夷"、"汉"与"藩"、"化内"与"化外"等与"己类"和"异类"分界相关的观念。要在这样的背景之下，理解17世纪环中国海的"海权"问题。

——17世纪对居于"朝贡体制"核心的中国来说，恰好处于一个"天崩地裂"的时期。清代最初的近四十年时间里，南明与清朝多个政权并存，东南沿海地方长期处于"不清不明"状态，从属关系反复无常，军事将领不断易帜，而号称奉南明"正朔"的各支人马又互不统属，有时还相互残杀。王朝交替时期政局变幻无常，政治认同上的"正统性"失去客观依凭，官、民、兵、盗之间的界限变得很不确定，地方社会实际上已经失去判断各种势力的"正统性"的客观依据。这样的情形不仅影响了海上活动人群，而且对当时环中国海周边地域的国家关系也有深远影响。

——私人海上活动集团是17世纪环中国海转型过程中最有活力的因素。对于东南沿海那些有着上千年海外贸易传统，跨国活动早已成为老百姓日常生活一部分的地区来说，其民众一直要面对的，就是环中国海周边地区不同国家和不同人群的截然不同的政治、法律、贸易、宗教和文化制度，上千年间他们的先辈就是在这样复杂的制度环境中，充满智慧地协调和利用各种制度，在不同国家和不同社会之间，游刃有余地发展着自己的事业和文化传统。被卷入资本主义世界体系初期，他们以在传统"朝贡体制"的积累和发展出来的智慧，迅速地适应了外部环境的变化，很好利用了这些变化提供的种种有利条件，谱写了《海权战略》一书所展现的波澜壮阔的伟大史诗。

陈寅恪先生在《柳如是别传》中指出："自飞黄、大木父子之后，闽海东南之地，至今三百余年，虽累经人事之迁易，然实以一隅系全国之轻重。治史之君子，溯源追始，究世变之所由，不可不于此点注意及之也。"[1] 我们也要从这样的角度，理解《海权战略——郑芝龙、郑成功海商集团纪事》一书的启迪与价值。

（原载《文艺报》，2014年4月28日）

---

[1] 陈寅恪：《柳如是别传》下册，727页，上海，上海古籍出版社，1980。

# ◎ 当生态成为一种"文明"

　　作为一个人文学者，我想结合自己的专业，谈谈对"生态文明"的一些理解。

　　首先，与其将"生态文明"描述成一种在人类历史宏大叙事中必将占有一席之地的社会结构或社会形态，不如将其理解为一种生活态度和生活方式的转变。

　　当生态被描述为一种"文明"，其内在的逻辑过程是蕴涵着某种悖论的。在古代汉语中，"生态"一辞常常用于描述世上万物生存的样态，如公元768年著名诗人杜甫所作七律《晓发公安》中，就有"隣鸡野哭如昨日，物色生态能几时"的诗句。19世纪末，经由日本学者的转译，欧洲语言中的ecology一词，以汉字表达为"生态学"，从而使"生态"二字具有了现代学术的意义，通常被用于描述各种生物的生存状态。此后，在讲到"生态"二字时，人们常常联想到的是绿色和自然。

而汉语中"文明"一词的起源，可以追溯到据说成书于公元前12世纪的《易经》，该书有"见龙在田、天下文明"的说法。根据汉代学者的解释，这里的"文"指的是人与外部世界的关系，而"明"则是讲内心的修养。也是在19世纪末、20世纪初中国社会制度与知识结构转型的过程中，"文明"二字被用于表达欧州语言中civilization一词的意义，从而指一种社会进步的状态，与"野蛮"一词相对立，包括了人类社会生活方方面面的内容。在某种意义上，此后我们所说的"文明"，即意味着"人为"的"不自然"。

正因为这样，当生态被描述为一种"文明"时，其内部自然地就有了一种逻辑上的紧张感。

因为中国理论界习以为常的宏大叙事的传统，"生态文明"有时被标榜为与物质文明、精神文明、政治文明并存的第四种社会的结构形式，也常常被描述为继游牧/狩猎文明、农业文明、工业文明之后人类必将经历的第四种社会形态。我无意在这里评论这类归纳在理论上是否周延，更难以判断许多一开始就带有"算命先生"味道的预言能否成真，作为一个人文学者，我想说的是，"生态文明"在几十年的时间里，成为一个被不同学科、不同族群、不同文化背景的人们普遍关注的概念，在其背后，更重要的是一种与价值观相联系的生活态度的转变。

当偏重"自然"的"生态",成为带有"不自然"性质的"文明"的定语时,也就意味着"文明"对"野蛮"的适度妥协,意味着"人为"对"自然"的自觉回归。也许我们可以从古代中国"天人合一"的传统哲理中去发掘"生态文明"的思想源泉,也可以在1623年出版的意大利思想家康帕内拉的《太阳城》中发现"生态城市"构想的萌芽,但无论如何,超越了国家、民族和文化区隔的,以"生态文明"为依归的生活态度的自觉转变,还是最近几十年才出现的"新生事物"。我们要重视、珍惜人类生活方式转变的新取向,也有理由对之充满梦想和期待,但在理论建构上仍应持慎重而严肃的态度,在将一个概念描述成一种社会结构或社会形态之前,应有更柔软、更细腻、更科学、更具体的研究。

其次,与其将"生态文明"视为一种带有普世意义的必然的历史发展阶段,不如更加重视其实现过程中的地域特色与人性安排,重视其与普通人日常生活的关系。

随着中国社会的发展,以带有政治标签性质的概念作为社会动员手段的有效性正逐渐下降,而政治理想或社会改造目标实现过程中符合人性需求的细腻操作,越来越显得重要。提倡"生态文明"无疑是一种富有远见战略性安排,但在具体的实施策略上,关注不同地域的历史传统、文化特色和生态差异,在细节和微观层面上关注普通人日常生活的需求,适当迁就人性的弱点，可能比理性的、科学的、宏观的大道理更能动员普通市民的参与，从而获得更好的成效。

"生态"的原意指的是各种生物的生存状态，以及它们之间、它们与环境之间环环相扣的关系。中山大学研究生态学的同事也告诉我，"生态学"的产生，最早是从研究生物个体开始的，也就是说，"生态"这个理念本身，就蕴涵了重视地域环境和生物个体差异的意义，大自然本来就多姿多彩，因而，多样性也就成了"生态"概念的题中应有之义。

在近代学术的意义上，"文明"这个概念的出现，与城市发展有密切的关系，civilization 本来就源于拉丁文的"市民"（Civis）一词。我们知道，现代城市发展的特点之一，就是"千城一面"。对经历了近三十年迅速城市化的中国百姓来说，这一感觉尤为明显。在中国各地旅行，置身各大城市新建的商业街区，目睹同样风格的楼宇、同一式样的招牌，品尝着同类味道的"垃圾食品"和饮料，常常会有空间迷失的感觉，因为尽管不同的城市相距千里，但给我们五官的感觉却如此相似。

因此，为了建成"美丽城乡"而提倡"生态文明"，值得关注的一个方面，就是尽力保持"生态"的多样性特质，并尽量消除伴随着现代"文明"发展而来的趋同性压力。

在技术的层面上，在生态城市建设过程中，因地制宜，选择不同的树种、草种，决定城市水体的布局，相对来说还比较容易。但在文化的层面上，如何在城市设计和城市运作的细节上，体现城市的历史、文化和传统，大道自然地保持城市的地方特色，让人文与生态达到"天人合一"的境界，则实属不易。

要达致人文与生态的自然融合，更重要的一条，是要关注普通人的生活，通过日常生活的细节培养居民的生态意识。我们不时可以听到相关专家、学者对公民生态意识水平的批评，包括生态价值意识、生态责任意识、生态道德意识、生态审美意识、生态科学意识、生态消费意识等，这样的批评，赋予我们这些从事教育的人以沉重的责任感，也让我们对下一代更健康、全面的成长充满了期待。但在现阶段，更重要的是，要从人性的特点出发，在城市制度设计和运作的细节上，让普通百姓真正感受到生态保育的好处，感受到城市管理者重视"生态文明"的诚意和能力。以垃圾分类为例，我们进行了广泛的宣传，努力试行了许多措施，也增添了不少设备，对可回收垃圾的利用还作了系统的安排，投入了大量的资源。但是，在试点过程中，一些屋村收集垃圾的工人们，却顺手把居民们已经分类放置的垃圾，又倒到一个大桶里混杂起来。就这样一个细节，严重影响了普通市民参与垃圾分类的积极性与自觉性，街谈巷议，意见纷纷。我不止一次听到，原来已认真按规矩分类的家庭，因为这个缘故，又开始马虎应付了。

这个例子或许可以说明，在社会治理和城市管理中，细节才是我们真正的弱项。从这个角度说，我们国家要在目前这个发展阶段达致"生态文明"的目标，确实是任重而道远。

再次，在将"生态文明"描述为"后工业社会"的文明形态的同时，不能否认，"生态文明"目标的提出，是建立于"工业社会"对人类生存和发展做出巨大贡献的基础上的，而"生态城市"和"美丽城乡"的建设，也离不开先进工业技术的支持。

关于"生态城市"和"美丽城乡"具体的建设过程对先进工业技术的依赖程度，已有多位专家从不同角度做了很好的论述，他们也介绍了多项具有较强可操作性的技术措施。我只想补充一点，从一位历史学者的角度看来，在现阶段讨论"工业文明"即将被"生态文明"取代，或者说"工业时代"即将因为"信息时代"的到来而结束，可能还是过于草率。

我们这些学历史的人，总是觉得其它学科的同行在讨论人类社会发展法则的时候，常常显得比专业的历史学家更有气魄。人类社会的发展本来就有其内在的和谐性法则，人类历史的发展实际上也是赓续不断的，所谓社会形态或者文明形态的划分，本来就是理论建构的结果。在人类的知识史上，"生态文明"这一理念提出才几十年，被普遍认同和接受的时间更短，其有效性和影响力仍有待历史的检验。也许我们还是可以更从容一点，反过来仔细想一下，难道"生态文明"

就不能发展成为"工业时代"的一种特质？或者说，在我们的后代看来，"信息时代"会不会仅仅是"工业社会"的一个发展阶段？

这样的思考，想表达的是一种认识论的取向，即在认识社会历史的时候，我们更需要的可能是完善和补充，是理论的并存与兼容，而不一定是颠覆和取代。更不能为了达致理论传播的目的，而故作惊人之语。也许这也可被视为理论思考方式的一种"生态文明"。

多谢诸位。

（原载甘新主编：《生态文明与美丽城乡：2013
广州论坛演讲集》，北京，商务印书馆，2014）

**图书在版编目（CIP）数据**

松岗听涛：在校园与乡土之间/陈春声著. —北京：北京师范大学
出版社，2021.11

（行者系列）

ISBN 978-7-303-27251-8

Ⅰ.①松…　Ⅱ.①陈…　Ⅲ.①学术研究－研究　Ⅳ.①G30

中国版本图书馆 CIP 数据核字（2021）第 190037 号

营　销　中　心　电　话　010-58805385
北 京 师 范 大 学 出 版 社
主题出版与重大项目策划部　　http://xueda.bnup.com

SONG GANG TING TAO

出版发行：北京师范大学出版社　www.bnup.com
　　　　　北京市西城区新街口外大街 12-3 号
　　　　　邮政编码：100088
印　　刷：鸿博昊天科技有限公司
经　　销：全国新华书店
开　　本：130 mm×200 mm　1/32
印　　张：11.125
字　　数：205 千字
版　　次：2021 年 11 月第 1 版
印　　次：2021 年 11 月第 1 次印刷
定　　价：59.00 元

策划编辑：宋旭景　　　　　　责任编辑：宋旭景
美术编辑：王齐云　　　　　　装帧设计：王齐云
责任校对：段立超　陈　民　　责任印制：陈　涛　赵　龙

**版权所有　侵权必究**

反盗版、侵权举报电话：010-58800697
北京读者服务部电话：010-58808104
外埠邮购电话：010-58808083
本书如有印装质量问题，请与印制管理部联系调换。
印制管理部电话：010-58808284